ОДИНОЧЕСТВО ПРОСТЫХ ЧИСЕЛ

Paolo Giordano

LA SOLITUDINE
DEI NUMERI PRIMI

Romanzo

Паоло Джордано

ОДИНОЧЕСТВО ПРОСТЫХ ЧИСЕЛ

роман

РИПОЛ КЛАССИК

Москва, 2010

УДК 821.131.1
ББК 84(4Ита)6-44
Д40

Перевод с итальянского И. Г. Константиновой

Джордано, Паоло

Д40 Одиночество простых чисел / Паоло Джордано ; [пер. с итал. И. Г. Константиновой]. — М. : РИПОЛ классик, 2010. — 320 с.

ISBN 978-5-386-01576-3

Маттиа думал, что они с Аличе — простые числа, одинокие и потерянные. Те числа, которые стоят рядом, но не настолько рядом, чтобы по-настоящему соприкоснуться. Но только ей он никогда не говорил об этом...

Самый пронзительный роман о любви и одиночестве.

В оформлении обложки использована фотография Mirjan van der Meer www.rooze.deviantart.com; www.flickr.com/photos/rooze

УДК 821.131.1
ББК 84(4Ита)6-44

Опубликовано по соглашению с международным литературным агентством Елены Костюкович.

© 2008 Arnoldo Mondadori Editore S.p.A., Milano
Изображение на обложке © Mirjan van der Meer
© Издание на русском языке, перевод на русский язык, оформление.
ООО Группа Компаний
ISBN 978-5-386-01576-3 «РИПОЛ классик», 2009

Элеоноре,
потому что обещал тебе
эту книгу в тиши

Богато отделанное перыш(?) старой женщины прекрасно смотрелась на изящной фигуре Сильвии, которая попросила меня застегнуть ее «Смотрите, — продолжала она, — как смешно — все мелькнуло она.

Жорж Санд. «Сильвия», 1853

Богато отделанное платье старой тетушки прекрасно сидело на изящной фигуре Сильвии, которая попросила меня застегнуть его. «Смотри-ка, тут простые рукава. Как смешно!» — воскликнула она.

   Жерар де Нерваль, «Сильвия», 1853

СНЕЖНЫЙ АНГЕЛ
(1983)

1

Аличе делла Рокка ненавидела лыжи и все, что связано с ними. Ненавидела будильник, звонивший утром в семь тридцать даже в рождественские каникулы, своего отца, сверлившего ее взглядом, пока она завтракала, — обычно он нервно постукивал ногой под столом, будто требуя: поторопись! Ненавидела колючие шерстяные колготки, варежки, стеснявшие пальцы, шлем, туго, до боли сжимавший щеки и подбородок, и эти огромные, всегда тесные ботинки, в которых она двигалась, словно горилла.

— Выпьешь ты наконец свое молоко? — снова поторопил отец.

Аличе отпила совсем немного. Горячее молоко обожгло язык, потом пищевод и желудок.

— Ну что ж, сегодня станет ясно, что ты собой представляешь, — заявил отец.

«А что я собой представляю?» — задумалась она.

Потом он выставил ее на улицу, упакованную, точно мумию, в зеленый лыжный костюм, сверкающий спонсорскими лейблами. На улице было градусов десять мороза, а вместо солнца в туманной дымке, застилавшей все вокруг, виднелся только какой-то диск чуть темнее снега.

Она шла с лыжами на плече, глубоко проваливаясь в снег, и чувствовала, как урчит молоко в желудке. «Лыжи ты должна носить сама. И только когда станешь хорошей лыжницей, кто-то будет делать это за тебя...»

— Поверни лыжи другим концом, а то еще убьешь кого-нибудь, — приказал отец.

В конце сезона Лыжный клуб дарил ей фирменный значок с выпуклыми звездочками. Каждый год на одну звездочку больше: три серебряные звезды, а потом еще три золотые — ровно столько накопилось с тех пор, когда ей, четырехлетней, хотя и рослой, помогли забраться в кресло подъемника; к девяти годам она уже забиралась в кресло сама. Каждый год новый значок — дабы понимала, что добилась некоторых успехов и что близятся соревнования, одна только мысль о которых приводила ее в ужас.

Аличе думала об этом еще с того времени, когда звездочек у нее было всего три.

Обычно все собирались у подъемника ровно в восемь тридцать, к открытию спортивного комплекса. Ее заспанные товарищи по группе уже были там. Воткнув лыжные палки в снег, они опирались на них подмышками, безвольно свесив руки, отчего походили на пугала. Разговаривать никому не хотелось, а уж Аличе так меньше всех.

Отец пару раз довольно крепко прихлопнул ее по шлему, будто хотел вогнать в снег.

— Отталкивайся лучше. И помни: будешь спускаться — корпус вперед, поняла? Кор-пус впе-ред! — повторил он.

«Корпус вперед», — эхом отозвалось в голове Аличе.

Отец отошел, согревая дыханием сомкнутые ладони. Шагнул еще раз-другой, и туман проглотил его. Ему хорошо — он вернется сейчас в домашнее тепло читать свою газету.

Аличе со злостью швырнула лыжи на землю. Увидел бы это отец — при всех устроил бы ей скандал.

Прежде чем вставить ботинки в крепления, она постучала палкой по подошвам, сбивая налипший снег. И тут же ощутила позыв. Он просигналил острой болью, словно игла вонзилась в живот. Сегодня ей тоже не утерпеть, это ясно.

Каждое утро происходило одно и то же. После завтрака Аличе запиралась в туалетной комнате и тужилась, тужилась изо всех сил, чтобы выпустить из себя всю мочу без остатка. Долго сидела на унитазе, мучительно напрягая живот. От чрезмерного усилия что-то стреляло у нее в голове и казалось, глаза вот-вот вылезут из орбит, словно мякоть из сдавленной виноградинки. Она пускала из крана сильную струю воды, чтобы отец ничего не слышал, и, напрягаясь, сжимая кулаки, старалась выдавить из себя последнюю каплю.

И сидела так, пока отец не начинал стучать в дверь:

— Так что же, синьорина, ты закончила, наконец, или сегодня мы опять опоздаем?

Но все это не помогало. Уже наверху, на горе, она опять ощущала такой сильный позыв, что, сняв лыжи, приседала где-нибудь в стороне на снег, притворяясь, будто завязывает шнурки на ботинках. Подгребая к ним немного снега и не раздвигая ног, она облегчалась прямо в штаны. При этом все смотрели на нее, и Эрик, тренер, замечал:

— Как всегда, ждем Аличе.

Какое же это облегчение, думала она всякий раз, когда приятное тепло растекалось по холодным ногам.

«Было бы облегчением, будь я тут одна и никто не пялился бы на меня...

— Рано или поздно заметят...

— Рано или поздно на снегу останется желтое пятно...

Все начнут смеяться надо мной...»

Кто-то из родителей подошел к Эрику и поинтересовался: может, из-за тумана не стоит сегодня подниматься наверх? Аличе с надеждой прислушалась, но Эрик изобразил свою лучшую улыбку.

— Туман только здесь, — ответил он, — а на вершине такое солнце, что камни плавятся. Смелее, все наверх.

В кресле подъемника Аличе оказалась в паре с Джулианой, дочерью отцовского сослуживца. По дороге они молчали. Вообще-то они спокойно относились друг к другу — без особой симпатии, но и без неприязни. У них не было ничего общего, кроме желания находиться в этот момент совсем в другом месте.

Шум ветра, сдувавшего снег с вершины Фрайтеве, сливался с ритмичным металлическим гудением стального троса, на котором висело кресло. Девочки прятали подбородок в воротник, чтобы согреться дыханием.

«Это от холода, это не позыв», — уговаривала себя Аличе.

Но чем ближе они были к вершине, тем глубже вонзалась в живот эта игла. Более того, возникло еще одно ощущение. Наверное, нужно в туалет и по другим делам.

Нет, просто холодно. Это не позыв, она ведь только что пописала.

Прогорклое молоко отрыжкой выплеснулась из желудка в горло. Аличе с отвращением сглотнула. Позыв становился нестерпимым, до смерти нестерпимым. А до горнолыжной базы оставались еще две станции. «Мне не выдержать столько», — подумала она.

Джулиана подняла страховочную перекладину, и они обе наклонились немного вперед. Когда лыжи коснулись земли, Аличе оттолкнулась от сиденья.

Видимость была всего метра два — какое там солнце, от которого камни плавятся. Кругом одна белизна: наверху, внизу, по сторонам — белое, и только белое. Как будто тебя с головой закутали в простыню. Полная противоположность мраку, но все равно страшно.

Аличе сошла с лыжни и поискала поблизости сугроб, где бы присесть. В животе заурчало, как при включении посудомоечной машины. Оглядевшись, она не увидела Джулианы — значит, и та не видит ее. На всякий случай она еще на несколько метров поднялась по склону — «елочкой», как требовал отец, когда ему пришло в голову обучить ее горнолыжному мастерству. Вверх и вниз по детской лыжне, тридцать — сорок раз в день. Наверх по лестнице, а вниз — как снегоуборочная машина. Покупать скипас* — напрасная трата денег, считал тогда отец, к тому же ходьба по лестнице полезна для ног.

Аличе отстегнула крепления и прошла немного вперед, по щиколотку утопая в снегу.

Наконец она присела...

Вздохнула и расслабилась...

По всему телу словно пронесся электрический разряд и ушел в кончики пальцев...

Наверное, это все из-за молока... Конечно, из-за него! А может, и оттого, что попа замерзла от сидения в снегу на высоте более двух тысяч метров. Так или иначе, но такого с ней еще никогда не бывало, во всяком случае она не припомнит. Никогда, ни разу...

Не утерпела...

Намочила штаны...

---

* *Skipass* — абонемент для пользования подъемником. — *Здесь и далее примеч. пер.*

Мало того — январским утром, ровно в девять часов, еще и сделала под себя...

И даже не заметила, как это произошло...

И пребывала бы в неведении, пока не услышала, как Эрик зовет ее откуда-то из тумана.

Она быстро поднялась и только тут почувствовала тяжесть в штанах. Невольно потрогала брюки сзади, но варежка слишком толстая... Впрочем, и так все было ясно.

«И что же мне теперь делать?» — задумалась она.

Эрик позвал снова. Аличе не ответила.

Пока она здесь, ее скрывает туман.

Она может спустить брюки и как следует вымыться снегом...

Или может спуститься к Эрику и шепнуть ему на ухо, что случилось...

Или может сказать, что у нее заболело колено и ей нужно вернуться домой...

А еще может наплевать на все и двигаться дальше как ни в чем не бывало — только надо держаться последней.

Но она никуда не двинулась — так и стояла, укрытая туманом, боясь шевельнуть хотя бы мускулом.

Эрик в третий раз позвал ее. Громче.

— Наверное, эта ненормальная уже у подъемника, — ответил вместо нее какой-то мальчишка.

Аличе услышала, как зашумели все остальные. Кто-то предложил идти и не ждать ее, кто-то сказал, что замерзает, стоя на месте. Скорее всего, они были где-то рядом, в нескольких метрах, или уже подходили к подъемнику. В горах звуки обманчивы — отдаются эхом, гаснут в снегу.

— Черт бы ее побрал... — ругнулся Эрик. — Идемте посмотрим.

Аличе медленно сосчитала до десяти, пытаясь сдержать рвоту, которую вызывала сползавшая по ногам жижа. Досчитав до десяти, она начала заново и дошла до двадцати.

Больше ни звука не слышалось.

Она подняла лыжи и направилась к месту спуска. Пришлось немного поразмышлять, как поточнее держаться перпендикулярно склону. В таком тумане вообще не поймешь, куда двигаться.

Потом Аличе вставила ботинки в лыжи и застегнула крепления. Сняла и подышала на них, потому что они запотели. Она и сама способна спуститься в долину. И пусть себе Эрик ищет ее сколько угодно на вершине Фрайтеве. Ни секунды больше ей не хотелось оставаться в этих испачканных колготках!

Аличе представила маршрут. Прежде ей еще не приходилось спускаться одной, но ее группа наверняка уже у подъемника, а так, вместе с другими, она съезжала по этой лыжне десятки раз.

Спуск она начала осторожнее, чем всегда, используя прием «торможение плугом». Ноги при этом приходилось ставить широко, и ей казалось, будто она не так уж и испачкана. Как раз накануне Эрик сказал: «Увижу, что делаешь торможением плугом, — клянусь, свяжу тебе пятки!»

Она не нравилась Эрику, сомневаться не приходилось. Эрик считал ее трусихой и в общем-то не зря — на деле так оно и было. И ему не нравился ее отец — каждый раз после занятий тот доставал его бесконечными вопросами: «Так как дела у нашей Аличе?.. Так значит, делаем успехи?.. Так значит, она у нас будущий чемпион?.. Так когда начнутся эти соревнования?.. Так как же это, а как же то...» Эрик всегда смотрел в одну точку за спиной отца и односложно отвечал либо «да», либо «нет» либо долго вздыхал и произносил «эх!».

Аличе живо представила эту сцену. Глядя в затуманенные очки, она едва различала кончики лыж. Только когда под ногами оказывался нетронутый снег, она догадывалась, что нужно повернуть.

Чтобы не чувствовать себя совсем одиноко, она принялась мурлыкать какую-то песенку и время от времени утирала варежкой сопли под носом.

«Корпус вперед, ставь палку и поворачивай. Теперь корпус вперед, понятно? Корпус вперед», — всегда подсказывали и Эрик, и отец.

Отец, это уж точно, крепко разозлится — просто озвереет. И ей нужно что-то придумать. Какую-нибудь правдоподобную историю, к которой нельзя будет придраться. Она и не подумает сказать ему, что произошло на самом деле. Туман — вот причина, почему она отстала, — во всем виноват туман. Допустим, она шла вслед за всеми по основной лыжне, как вдруг у нее с куртки слетел скипас...

Нет, это не годится. Не бывало еще такого, чтобы у кого-то слетал скипас. Нужно и в самом деле быть полным идиотом, чтобы потерять его. Пусть это будет шарф. С шеи у нее слетел шарф, и она вернулась за ним, а остальные не стали ее ждать. Она звала их сто раз, но напрасно. Все они словно растворились в тумане, и тогда она отправилась вниз искать их.

«А почему же ты не вернулась наверх?» — спросит отец.

И в самом деле, почему? Нет, пожалуй все же лучше потерять скипас. Не вернулась, потому что без скипаса контролер на подъемнике не пустил бы ее.

Аличе улыбнулась, довольная выдумкой. Безупречная история! Ей даже показалось, будто она не так уж и испачкалась. По ногам уже ничего не стекало.

Наверное, замерзло, подумала Аличе.

Теперь она весь день проведет у телевизора. Примет душ, наденет чистое белье и сунет ноги в свои меховые шлепанцы...

Она бы и просидела в тепле весь остаток дня, если бы оторвала глаза от лыжни и взглянула хоть на мгновение вперед — этого хватило бы, чтобы увидеть оранжевую ленту с надписью «ЛЫЖНЯ ЗАКРЫТА».

А ведь отец учил ее — всегда смотри, куда едешь. Если бы только она вспомнила, что на свежевыпавшем снегу корпус не следует наклонять вперед, если бы Эрик еще накануне получше отрегулировал ее крепления, а отец не настаивал бы, что не стоит слишком затягивать их, потому что Аличе весит всего двадцать восемь килограммов...

Полет был не такой уж длинный.

Несколько метров.

Ровно столько и нужно, чтобы успеть ощутить пустоту в желудке, ничего не почувствовать под ногами и оказаться носом в снегу.

А лыжи как ни в чем не бывало воткнулись в сугроб, запросто расправившись с ее берцовой костью.

Она не почувствовала никакой боли. Почти ничего не ощутила, по правде говоря. Только снег, попавший под шлем и шарф, слегка обжигал кожу.

Сначала она пошевелила руками. В детстве, когда она просыпалась и за окном шел снег, отец закутывал ее и выносил на улицу. Они выходили на середину двора, брались за руки и на счет «Раз, два, три!» вместе падали навзничь. Отец говорил ей: «А теперь сделай ангела!» Аличе разводила руки вверх и вниз, а когда поднималась и смотрела на оставшийся на белом снегу след, казалось, это и в самом деле тень ангела с распростертыми крыльями.

Сейчас Аличе тоже «сделала ангела» — просто так, без всякой причины, разве для того только, чтобы убедиться, что еще жива. Она сумела повернуть голову и вздохнула поглубже, хотя ей и показалось при этом, что воздух не проник в легкие. И появилось странное ощущение, будто она не знает, как управлять своими ногами. Очень странное ощущение, словно их вообще больше нет — ног.

Попытка привстать не удалась. Не будь тумана, кто-нибудь увидел бы ее оттуда, сверху. Зеленое пятно, лежащее на дне рва, в двух шагах от того места, где весной опять потечет горная речка и с первыми теплыми днями появится земляника. Если набраться терпения, ягоды сделаются сладкими, как карамелька, и настанет день, когда можно будет собрать их целую корзинку.

Аличе позвала на помощь, но ее тихий голос поглотил туман. Потом она снова попробовала подняться, хотя бы повернуться, но не смогла. Отец говорил, что те, кто погибает от холода, за минуту до смерти чувствуют сильнейший жар и начинают раздеваться. Поэтому людей, замерзших в горах, всегда находят в одних трусах. А у нее штаны грязные к тому же.

Начали коченеть пальцы. Она сняла варежку, подышала в нее и сунула туда кулак, чтобы согреться. Потом погрела так же другую руку. И несколько раз повторила эту нелепую процедуру.

Замерзают прежде всего конечности, не раз объяснял ей отец. Пальцы ног и рук, нос, уши. Сердце изо всех сил заботится о себе и оставляет замерзать все остальное.

Аличе представила, как синеют ее пальцы, а потом постепенно замерзают руки и ноги. Подумала о сердце, которое все сильнее качает кровь и старается сохранить остававшееся тепло для себя. Она сделается такой хрупкой, что если рядом окажется волк и всего лишь наступит лапой на ее руку, рука тут же переломится.

Меня ищут...
Кто знает, есть ли тут волки?..
Не чувствую больше пальцев...
Если бы не пила молока...
Корпус вперед...
Волки зимой впадают в спячку...
Эрик взбесится...
Не хочу участвовать в этих соревнованиях...
Не пори чушь, ты прекрасно знаешь, что волки не впадают в спячку...

Постепенно ее мысли становились все путанее, все туманнее. Солнце медленно зашло за гору Шабертон, притворившись, будто ничего не случилось. Тень от горы накрыла Аличе, и туман стал совсем черным.

ПРИНЦИП АРХИМЕДА
(1984)

2

Когда близнецы были еще маленькими и Микела вытворяла какую-нибудь из своих глупостей — например, спускалась в ходунках вниз по лестнице или засовывала в ноздрю горошину, после чего приходилось везти ее в травмпункт, где горошину извлекали каким-то особым пинцетом, — отец всегда обращался к Маттиа, тот первым появился на свет, и пояснял, что мамин живот, очевидно, оказался слишком мал для обоих.

— Кто знает, как вы там чудили, в животе, — говорил он. — Думаю, ты сильно пинался и что-то здорово повредил у твоей сестры. — И смеялся, хотя ничего смешного в этом не было.

Он брал Микелу на руки и щекотал ее нежные щечки своей бородой.

Маттиа смотрел снизу вверх. И тоже смеялся, невольно запоминая слова отца, хотя и не понимал их до конца. Каким-то странным образом эти слова оседали в его желудке густым и вязким слоем, вроде осадка на дне слишком долго хранившейся бутылки вина.

Смех отца сменился натянутой улыбкой, когда выяснилось, что в два с половиной года Микела не может произнести ни одного слова, даже «мама», «кака», «баю-бай» или «гав». Бессвязные звуки, которые она издавала, исходили, казалось, из такого далекого и пустынного пространства, что отец всякий раз вздрагивал.

Когда Микеле было пять с половиной лет, женщина логопед в толстых очках положила перед ней планшет, в котором были вырезаны четыре фигуры — звезда, круг, квадрат и треугольник, а рядом рассыпала горстку таких же фигурок, которые нужно было вставить в подходящие отверстия.

Микела с удивлением смотрела на все это.

— Куда нужно положить звезду, Микела? — спросила логопед.

Микела все так же смотрела на стол, но не притронулась ни к одной фигурке.

Доктор вложила ей в руку звезду.

— Куда нужно поместить вот это, Микела?

Микела рассеянно блуждала взглядом по сторонам, ни на чем не задерживаясь. Потом она сунула в рот кончик звезды и принялась грызть.

Логопед отвела ее руку ото рта и повторила вопрос в третий раз.

— Микела, черт возьми, да сделай же, наконец, что велят! — не выдержал отец; он уже не мог сидеть спокойно там, где ему указали.

— Синьор Балоссино, прошу вас, — примирительно сказала женщина. — Детям всегда нужно время, чтобы подумать.

Микеле понадобилось много времени. Целая минута. Затем она испустила мучительный вопль, который мог означать и радость, и отчаяние — поди пойми, и решительно положила звезду в квадрат.

Если бы Маттиа сам не понял, что с его сестрой что-то не так, то ему помогли бы заметить это одноклассники, например Симона Вольтера. Когда учительница, сказала: «Симона, этот месяц будешь сидеть за партой вместе с Микелой», та возмутилась и, скрестив руки на груди, заявила:

— Я не хочу сидеть рядом с этой.

Маттиа подождал немного, пока Симона препиралась с учительницей, а потом сказал:

— Я могу сесть рядом с Микелой.

Все, похоже, облегченно вздохнули: «эта», Симона и учительница. Все, кроме Маттиа.

Парта стояла в первом ряду. Микела все уроки возилась с раскрасками. Она усердно игнорировала границы и малевала какими попало цветами. Кожа у детей получалась синяя, небо красное, а все деревья — желтые. Карандашом она действовала как молотком для отбивания мяса — так колотила им по бумаге, что рвала ее на куски.

Маттиа в это время учился читать и писать. Он выучил четыре арифметических действия и оказался первым в классе, кто освоил деление столбиком. Его голова была великолепно устроена в отличие от совершенно пустой головы его сестры.

Иногда Микела начинала метаться за партой, сильно размахивая руками, отчего походила на бабочку в сачке. Глаза у девочки темнели, и учительница с испугом (но и с надеждой) смотрела на нее — а вдруг она и в самом деле улетит? Кто-то на задних партах начинал смеяться, кто-то шикал на них. Тогда Маттиа вставал, поднимал сестру со стула и держал, чтобы она не упала, а Микела вовсю мотала головой и так быстро махала руками, что ему казалось, они вот-вот оторвутся.

Маттиа ловил руки сестры и терпеливо прижимал их ладонями к ее груди.

— Ну вот, больше у тебя нет крыльев, — шептал он ей на ухо.

После этого Микеле требовалось еще некоторое время, чтобы успокоиться. Несколько секунд она неотрывно смотрела на что-то невидимое другим, после чего снова бралась за карандаш как ни в чем не бывало.

Маттиа, опустив голову, садился на свое место, он весь горел от смущения, а учительница продолжала урок.

Микела и Маттиа учились уже в третьем классе, но еще никто из ребят ни разу не пригласил их на свой день рождения. Заметив это, мать решила помочь делу — устроить празднество по случаю рождения близнецов. Но за обедом синьор Балоссино решительно отверг эту идею, сказав, к огорчению Аделе, что все это и так тягостно. Маттиа с облегчением вздохнул, а Микела в десятый раз уронила вилку. Больше этот вопрос не обсуждался.

Но вот однажды январским утром Риккардо Пелотти, рыжий, с толстыми, как у бабуина, губами, подошел к их парте.

— Послушай, моя мама сказала, что ты можешь прийти ко мне на день рождения, — выпалил он одним духом, обращаясь к Маттиа. — И она тоже, — добавил он, кивнув на Микелу, которая старательно разглаживала ладонью поверхность парты, словно простыню.

Маттиа вспыхнул от волнения и ответил «спасибо», но Риккардо, выполнив трудное поручение, уже ушел.

Аделе тоже разволновалась и повела близнецов в «Бенеттон» покупать им новую одежду. После «Бенеттона» они обошли три магазина игрушек, но всякий раз Аделе сомневалась в выборе подарка.

— А что любит Риккардо? Это ему понравится? — спрашивала она Маттиа, взвешивая в руке коробку с полутора тысячью пазлов.

— Откуда я знаю! — отвечал сын.

— Он же твой друг, в конце концов. И ты наверняка знаешь, какие игры он любит.

Маттиа подумал, что Риккардо вовсе не его друг, но объяснить это маме невозможно, поэтому в ответ он только пожал плечами.

Наконец Аделе остановила свой выбор на конструкторе «Лего» «Космический корабль» — это была самая большая и дорогая коробка в отделе.

— Мама, это слишком, — возразил сын.

— Да ладно. И потом вы же вдвоем пойдете. Не хотите же вы жалко выглядеть!

Маттиа хорошо понимал, что с «Лего» или без него — они все равно будут выглядеть жалко. С Микелой не приходится ожидать ничего другого. Сестра ни на минуту не оставит его в покое, прольет на себя весь лимонад, а потом начнет ныть, как ноет всегда, когда устает. Риккардо пригласил их только потому, что его заставили это сделать.

Впервые Маттиа подумал, что лучше бы остаться дома. Более того, он подумал: «Лучше бы Микела осталась дома».

— Мама, — неуверенно заговорил он.

Аделе искала в сумке кошелек.

— Да?

Маттиа вдохнул поглубже.

— А Микеле обязательно идти на этот праздник?

Аделе замерла от неожиданности и уставилась на сына. Кассирша равнодушно наблюдала за ними, держа руку на клавише в ожидании денег.

Микела тем временем перевернула вверх дном всю стойку с пакетиками карамели.

— Конечно, она обязательно должна пойти, — ответила мать, и вопрос был решен.

К Риккардо они могли отправиться одни, потому что его дом находился всего в десяти минутах ходьбы. Ровно в три часа Адель выставила близнецов за дверь.

— Идите, а то опоздаете. И не забудьте поблагодарить его родителей, — напомнила она.

Потом она обратилась к Маттиа:

— Присмотри за сестрой. Ты ведь знаешь, что всякую гадость она есть не может.

Маттиа кивнул. Адель поцеловала обоих в щеку. Микелу подольше. Поправила обруч у нее на голове и сказала:

— Развлекайтесь.

Пока они шли к Риккардо, мысли Маттиа текли под ритмичное шуршание «Лего» — детальки перекатывались в коробке, словно прибой, ударяясь то об одну стенку, то о другую. Микела брела далеко позади, спотыкаясь и еле волоча ноги по мокрым, опавшим листьям на асфальте. Погода была безветренная и холодная.

«Рассыплет на пол все чипсы из тарелки, — подумал Маттиа. — Возьмет мяч и не отдаст никому...»

— Ты можешь поторопиться?! — обернулся он к сестре, которая вдруг присела на корточки посреди тротуара и принялась терзать какого-то червяка.

Микела посмотрела на брата так, словно давно не видела, потом поднялась и побежала к нему, сжимая червяка двумя пальцами. На лице ее играла улыбка.

— Какая гадость! Брось! — приказал Маттиа, отшатнувшись.

Микела перевела взгляд на червяка — казалось, она удивилась, откуда он взялся у нее в руке. Разжав пальцы, она выпустила его и вперевалку поспешила за братом, который ушел далеко вперед.

«Возьмет мяч и ни за что не отдаст никому, как в школе», — подумал Маттиа. Он оглянулся на сестру и впервые испытал настоящую ненависть. Точно такие же глаза, как у него, точно такой же нос, такого же цвета волосы — и пустая голова...

Он взял ее за руку, чтобы перейти улицу, потому что машины тут ездили быстро. И в тот момент, когда они переходили дорогу, ему пришла в голову одна мысль.

Он отпустил руку сестры в шерстяной варежке и подумал, что этого делать нельзя.

Но когда шли мимо парка, он опять передумал и убедил себя, что этого никто никогда не обнаружит. Вокруг никого не было — ни одного прохожего, они оказались одни.

Он резко повернул и, взяв Микелу за руку, повел ее в парк. Трава на лугу была влажная, Микела семенила за ним, пачкая свои новенькие — белые, под замшу — сапожки в грязи.

В парке тоже не было ни души. Кому охота прогуливаться здесь в такой холод? Маттиа прошел дальше, к деревьям, где стояли деревянные столы и гриль для барбекю. Когда они учились в первом классе, учительница водила их сюда по утрам на прогулку. Именно тут они останавливались позавтракать, а потом собирали сухие листья, из которых составляли ужасные букеты в подарок бабушкам и дедушкам для украшения стола в Рождество.

— Мики, послушай меня хорошенько, — сказал Маттиа. — Ты слушаешь меня?

С Микелой всегда следовало убедиться, что ее узкий коммуникационный канал открыт. Маттиа подождал, пока сестра кивнет.

— Хорошо. Так вот, мне сейчас нужно уйти, ненадолго, хорошо? Ненадолго, всего на полчасика, — объяснил он.

Не было никакого смысла говорить правду, потому что для Микелы что полчаса, что целый день — никакой разницы. Доктор объясняла, что пространственно-временное восприятие его сестры остановилось на досознательной стадии развития. Маттиа прекрасно знал, что она имела в виду.

— Сидишь тут и ждешь меня, — велел он Микеле.

Та серьезно и молча смотрела на брата — молча, потому что не умела говорить. Поняла она его или нет — неизвестно, но на какой-то момент глаза ее вспыхнули, и Маттиа потом вспоминал, будто в глазах этих застыл страх.

Он отступил от сестры на несколько шагов — ему важно было проследить, не пойдет ли она за ним. «Только раки так пятятся, — отругала его однажды мать, — и всегда на что-нибудь натыкаются!»

Вот уже между ними метров пятнадцать, не меньше, и Микела больше не смотрит на него, целиком поглощенная пуговицей на своем шерстяном пальто, которую старалась оторвать.

Маттиа повернулся и побежал, сжимая в руке пакет с подарком. В коробке стучали друг о друга пластмассовые детальки — казалось, они хотели что-то сказать ему.

— Чао, Маттиа, — встретила его мама Риккардо, открывая дверь. — А сестренка?

— У нее поднялась температура, — солгал Маттиа. — Немного.

— Ах, как жаль, — кивнула синьора, но не похоже было, что она хоть сколько-нибудь огорчена. Посторонившись, она пропустила его. — Рикки, твой друг пришел. Иди поздоровайся!

Риккардо Пелотти появился, лихо проехавшись по паркету; выражение лица у него было все такое же неприятное. Остановившись, он взглянул на Маттиа и поискал глазами недоразвитую. Обнаружив, что ее нет, он облегченно вздохнул и произнес «чао».

Маттиа поднял сумку с подарком к самому носу его мамы.

— Куда это деть? — спросил он.
— Что это? — осторожно поинтересовался Риккардо.
— «Лего».
— А...

Риккардо схватил пакет и исчез в коридоре.

— Иди за ним, — подтолкнула Маттиа синьора Пелотти. — Праздник там.

Гостиная была разукрашена гирляндами и шариками. На столе, покрытом красной бумажной скатертью, стояли тарелки с попкорном и чипсами, в центре — большое блюдо с пиццей, разрезанной на квадраты, и множество еще не открытых бутылок с газированными напитками разных цветов.

Одноклассники Маттиа группками теснились вблизи стола. Маттиа направился было к ним, но потом остановился, сообразив, что никто не обратил на него внимания.

Когда подошли еще гости, какой-то молодой человек лет двадцати с красным пластиковым шариком на носу и в пестрой клоунской шапке заставил их играть в «слепую муху и ослиный хвост». Это такая игра, когда тебе завязывают глаза и ты должен ухватить ослиный хвост, нарисованный на листе бумаги. Маттиа взял приз — пригоршню карамелек, но только потому, что все видел из-под повязки. Все загудели: «У-у-у... Обманщик...», — а он, краснея от смущения, совал карамельки в карман.

Позднее, когда за окном уже стемнело, парень, одетый клоуном, выключил свет, усадил всех в кружок и принялся рассказывать страшную историю. При этом он держал у себя под подбородком включенный электрический фонарь. Маттиа подумал, что история нисколько не страшная, а вот освещенное таким образом лицо действительно пугало. От света, падавшего снизу, оно казалось неестественно белым и покрывалось глубокими тенями. Чтобы не видеть этого лица, Маттиа посмотрел за окно и вспомнил о Микеле.

Вообще-то он и не забывал о ней все это время, но только теперь представил, как она сидит там, под деревом, одна и ждет его, ежась от холода и потирая рукавичками щеки.

Поднялся он как раз в тот момент, когда мама Риккардо внесла в темную комнату торт с зажженными свечами. Все дружно захлопали в ладоши — то ли страшной истории, то ли торту.

— Мне нужно идти, — сказал Маттиа, не дождавшись даже, пока торт поставят на стол.

— Прямо сейчас? Но у нас еще торт...

Мама Риккардо смотрела на него поверх свечей. Ее лицо, освещенное снизу, тоже искажали уродливые тени. Гости умолкли.

— Хорошо, — неуверенно произнесла она. — Рикки, проводи своего друга.

— Но я ведь должен погасить свечи! — рассердился виновник торжества.

— Делай, что тебе говорят, — приказала мать, не отрывая взгляда от Маттиа. — Ну и зануда же ты, Маттиа!

Кто-то засмеялся. Маттиа прошел за Риккардо в коридор, вытащил из кучи одежды свою куртку и сказал имениннику «спасибо». Тот ничего не ответил, закрыл за ним дверь и поспешил вернуться к своему торту.

Во дворе Маттиа обернулся и посмотрел на освещенные окна. Оттуда доносились приглушенные голоса, похожие на успокаивающее бормотание телевизора в гостиной, когда вечером мама отправляла его и Микелу спать. Калитка, звонко щелкнув замком, закрылась у него за спиной, и он пустился бежать.

Маттиа вошел в парк, но даже при свете уличных фонарей не мог различить дорожку, покрытую гравием. Голые ветви деревьев там, где он оставил Микелу, казались темными царапинами на черном небе. Посмотрев в ту сторону издали, Маттиа вдруг отчетливо понял, что сестры там нет.

Он остановился недалеко от скамейки, где еще несколько часов назад сидела Микела, усердно портившая свое пальто. На всякий случай он даже сдержал дыхание, прислушиваясь и будто ожидая, что сестра вот-вот появится из-за дерева, крикнув «ку-ку!».

Потом он позвал Микелу и испугался собственного голоса.

Снова позвал, потише.

Подошел к столам и коснулся того места, где она сидела.

Скамейка была холодной, как и все вокруг.

Наверное, ей надоело, и она пошла домой, подумал Маттиа.

Но ведь она даже не знает дороги...

И не может сама перейти улицу...

Маттиа огляделся. Парк терялся во мраке, и, где он кончается, представить было трудно. Идти дальше страшновато, но другого выхода нет...

Он шел на цыпочках, стараясь не шуршать листьями, шел и осматривался по сторонам в надежде увидеть Микелу. Он все еще надеялся, что она прячется где-нибудь за деревом, подкарауливая какого-нибудь скарабея или бог весть что еще.

Впереди проступили черные силуэты аттракционов. Он постарался припомнить, какого же цвета был тот круг, на котором требовалось удержаться, пока он крутится, в тот день, когда мама, уступая воплям Микелы, позволила ей дважды прокатиться на нем, хоть забава была и не по ее силам.

За аттракционами тянулась ограда общественного туалета, но он не отважился зайти туда.

Маттиа шел по тропинке, которая в этой части парка была совсем узкой — ее протоптали семьи, приходившие сюда отдыхать. Он шел уже минут десять, пока не понял, что заблудился. Тогда он заплакал и закашлялся одновременно.

— Ты просто дура, Микки, — тихо произнес он. — Глупая недоразвитая дура. Мама тысячу раз объясняла тебе, что, если потеряешься, нужно оставаться там, где стоишь... Но ты никогда ничего не понимаешь... Ничего!

Он поднялся по небольшому склону и оказался у реки, протекавшей по парку. Отец часто упоминал ее название, но Маттиа так и не запомнил. Вода отражала неизвестно откуда падавший свет, и этот свет мягко преломлялся сквозь слезы в его глазах.

Маттиа спустился к воде и почувствовал, что Микела должна быть где-то рядом. Она всегда любила воду. Мама часто рассказывала, что, когда они вместе купались малышами, Микки визжала как сумасшедшая, не желая вылезать из ванны, даже когда вода совсем остывала.

Однажды отец привел их на берег — наверное, как раз сюда — и стал учить бросать камешки: так, чтобы они подпрыгивали на поверхности. Пока он объяснял, как нужно двигать рукой, как придать камешку вращение, Микела по пояс вошла в воду. Отец едва успел ухватить ее за рукав. В сердцах он влепил ей пощечину — Микела заплакала, и потом все трое вернулись домой с вытянутыми физиономиями.

В сознании Маттиа словно электрический разряд вспыхнула картинка: присев на корточки, Микела играет прутиком со своим отражением, стирая его, а потом она валится в воду, как мешок картошки.

Он опустился на землю, почувствовав усталость. Сам не зная зачем, он обернулся и увидел мрак, который будет царить здесь еще очень долго. Вода была черной и блестящей. Он снова постарался припомнить, как называется река, но и теперь не смог. В холодной земле — странно, но она была мягкой — нашелся осколок бутылки: свидетельство чьей-то развеселой вечеринки. Когда он первый раз вонзил его себе в руку, боли не было — наверное, он ее не заметил. Потом он стал полосовать руку, нажимая все сильнее и сильнее и не отрывая глаз от воды. Он ждал, что вот-вот на поверхности появится Микела, и задавался вопросом, почему одни вещи плавают, а другие тонут.

НА КОЖЕ И ПОД НЕЙ
(1991)

3

Огромная белая ваза из керамики с витиеватым цветочным рисунком и позолотой, всегда стоявшая в углу ванной, принадлежала вот уже пяти поколениям семьи делла Рокка, но никому не нравилась. Аличе не раз порывалась швырнуть ее наземь и выбросить крохотные бесценные осколки в мусорный бак напротив виллы вместе с упаковками «тетра пак» от пюре, прокладками, не ее, конечно, и пустыми упаковками от отцовского транквилизатора. Проведя по вазе пальцем, Аличе подумала, до чего же она холодная, гладкая и чистая. Соледад, горничная родом из Эквадора, с годами стала убирать все лучше, потому что в доме делла Рокка принято было следить за мелочами. Когда она впервые появилась у них, Аличе исполнилось всего шесть лет, и она с недоверием разглядывала незнакомку, прячась за мамину юбку. Наклонившись к ней, Соледад в свою очередь с удивлением смотрела на девочку.

— Какие у тебя красивые волосы. Можно потрогать? — спросила она, и Аличе прикусила язык, чтобы не сказать «нет».

Соледад приподняла каштановую прядку, похожую на кусочек шелка, и опустила. Она не могла поверить, что волосы могут быть такими тонкими.

Надевая майку, Аличе задержала дыхание и зажмурилась, а когда открыла глаза, увидела свое отражение в большом зеркале над умывальником и испытала приятное разочарование. Потом она оттянула резинку трусиков и завернула край так, чтобы, прикрывая шрам, резинка натянулась между бедренными косточками. Указательный палец тут еще не пролезал, а мизинец мог, и она жутко обрадовалась этому. Вот сюда, именно сюда и нужно посадить, подумала она.

Синюю розочку, как у Виолы.

Аличе повернулась боком — правым, лучшим, как она привыкла думать, зачесала все волосы на лицо и решила, что в таком виде похожа на сумасшедшую. Потом стянула волосы в узел — конским хвостом, который подняла повыше, на самое темя, — именно так причесывалась Виола, которой все всегда восхищались.

Но и это не помогло.

Она распустила волосы по плечам и привычным жестом заложила их за уши. Затем оперлась на раковину и придвинулась к зеркалу. Ее глаза там, за стеклом, слились в один страшный циклопический глаз.

Аличе подышала на стекло, и туман закрыл часть ее лица. Ей никак не удавалось понять секрет этих взглядов, которыми Виола и ее подруги сражали наповал всех мальчишек вокруг. Безжалостные и призывные, они могли уничтожить или помиловать — всё решало едва уловимое движение бровей.

Она попробовала посмотреть на свое отражение таким же манящим взглядом, но увидела в зеркале неловкую и нескладную девицу, которая глупо жеманничала, двигаясь, словно под наркозом.

Аличе не сомневалась, что все дело в ее щеках, слишком пухлых и розовых. Глаза тонули в них, а ей хотелось метать острые стрелы в мальчишек, как это делают другие девочки. Ей хотелось, чтобы ее взгляд никого не щадил, чтобы запоминался надолго...

Однако худели у нее только живот, попа и груди, а щеки оставались прежними — круглыми и пухлыми, как у ребенка.

В дверь постучали.

— Али, ужин на столе, — донесся из-за матового стекла ненавистный голос отца.

Аличе не ответила. Она втянула щеки, желая посмотреть, насколько лучше выглядела бы, не будь они такими пухлыми.

— Али, ты здесь? — опять позвал отец.

Вытянув губы трубочкой, Аличе поцеловала свое отражение. Язык коснулся холодного стекла. Она закрыла глаза и как при настоящем поцелуе покачала головой, но слишком ритмично и потому неправдоподобно. Такого поцелуя, какого действительно ждала, она еще не получала ни от кого.

Давиде Поирино оказался первым, кто поработал языком у нее во рту, еще в седьмом классе, на спор. Он трижды, словно инструментом, обвел по часовой стрелке ее язык своим, а потом повернулся к приятелям и спросил:

— О'кей?

Те заржали и кто-то сказал:

— Ты же хромую поцеловал...

Но Аличе все равно осталась довольна и не нашла ничего плохого в том, что отдала свой первый поцелуй Давиде.

Потом были другие парни. Целовалась, например, с двоюродным братом Вальтером, когда отмечали день рождения бабушки, и с каким-то приятелем Давиде, чьего имени даже не знала, — тот тихонько спросил, не позволит ли она и ему попробовать. Они простояли несколько минут в самом дальнем углу на школьном дворе, прижавшись губами друг к другу, и не осмелились даже шевельнуться. Когда закончили целоваться, парень сказал «спасибо» и удалился с гордо поднятой головой пружинистым шагом взрослого человека.

Теперь, однако, она отставала от подружек. Они говорили о позициях, о засосах, о том, как действовать пальцами и спорили, лучше с резинкой или без. Она же все еще хранила на губах ощущение холодного, детского поцелуя в седьмом классе.

— Али, ты слышишь меня? — громче позвал отец.

— Вот зануда. Конечно, слышу! — сердито ответила Аличе, но так тихо, что он вряд ли расслышал.

— Ужин готов, — повторил отец.

— Да поняла я, черт побери! — вскипела Аличе. Потом негромко добавила: — Надоеда.

Соледад знала, что Аличе выбрасывает еду. Поначалу, замечая, что та оставляет ее на тарелке, она говорила:

— Доешь, мой ангелочек, ведь у меня на родине дети умирают от голода.

Аличе это не нравилось. Однажды вечером, здорово разозлившись, она посмотрела ей прямо в глаза и выпалила:

— Даже если я начну наедаться до колик в животе, дети в твоей стране все равно не перестанут умирать от голода!

С тех пор Соледад ничего ей не говорила, но все меньше клала еды на тарелку. Впрочем, это ничего не меняло. Аличе умела на глаз определять вес продуктов и точно отмерять свои триста калорий на ужин. От остального избавлялась по-всякому. Ела она, положив правую руку на бумажную салфетку. Перед тарелкой ставила стакан с водой и фужер для вина, даже просила наполнить его, но не пила — выстраивала таким образом стеклянную баррикаду. У нее все было стратегически просчитано — где поставить солонку и где флакон с оливковым маслом. Оставалось дождаться, пока родители отвлекутся, и сдвинуть остатки еды с тарелки на салфетку. По крайней мере три такие салфетки за ужином она упрятывала в карман, а потом, когда чистила зубы, выбрасывала их в унитаз. Ей нравилось смотреть, как еда крутится в водовороте спускаемой воды. Довольная, она поглаживала себя по животу, пустому и чистому, как ваза в ванной.

— Черт возьми, Соледад, ты опять положила в соус сливки, — упрекнула мать горничную. — Сколько раз тебе повторять, что я не перевариваю их. — Мать Аличе с отвращением отодвинула от себя тарелку.

Аличе явилась к столу с тюрбаном из полотенца на голове, будто принимала душ, а не просто так торчала в ванной. Она долго думала, спросить отца или нет. Впрочем, она ведь все равно настоит на своем. Уж очень хочется.

— Я хотела бы сделать себе татуировку, — сказала она.

Отец задержал в руке стакан, который подносил ко рту.

— Я что-то не понимаю...

— Ты понял, — сказала Аличе, дерзко глядя на него. — Я хочу сделать себе татуировку.

Отец провел салфеткой по губам и по глазам, словно хотел стереть представившуюся ему неприятную картину. Потом, аккуратно свернув салфетку, он положил ее на колени и потянулся за приборами — ему хотелось выразительно продемонстрировать свое умение держать себя в руках.

— Не понимаю, как подобное могло прийти тебе в голову, — произнес он.

— И какой же, позволь узнать, ты хотела бы рисунок? — вмешалась мать с раздражением, которое, скорее, вызвал соус, нежели слова дочери.

— Розу. Небольшую. Как у Виолы.

— Скажи на милость, а кто такая эта Виола? — спросил отец с подчеркнутой иронией.

Дырявя взглядом пустую середину стола, Аличе почувствовала, что она здесь никто.

— Виола — это ее школьная подруга, — недовольно ответила мать. — Она говорила тебе о ней сто раз. Сразу видно, что у тебя с головой не все в порядке.

Адвокат делла Рокка смерил жену высокомерным взглядом, давая понять, что ее не спрашивают.

— Простите, но мне совершенно нет дела до того, что рисуют на себе школьные подруги Аличе, — заключил он. — В любом случае ты не сделаешь себе никакой татуировки.

Аличе сдвинула на салфетку еще немного спагетти.

— Все равно не запретишь, — осмелела она, по-прежнему глядя в центр стола. Голос ее, однако, звучал не совсем уверенно.

— Ну-ка повтори! — произнес отец ровным и негромким голосом. — По-вто-ри! — медленно отчеканил он.

— Я сказала, что все равно не запретишь, — произнесла Аличе, подняв глаза на отца, но и секунды не выдержала его пристального, леденящего взгляда.

— Ты и в самом деле так думаешь? Насколько мне известно, тебе пятнадцать лет, и это обязывает тебя выполнять требования родителей — подсчитать нетрудно — еще три года. По окончании этого срока можешь, скажем так, украшать свою кожу цветами, черепами и чем угодно еще.

Адвокат делла Рокка улыбнулся тарелке и отправил в рот аккуратно накрученные на вилку спагетти.

Наступило долгое молчание. Аличе водила пальцами по краю скатерти. Ее мать покусывала хлебную палочку и рассеянно смотрела по сторонам. Отец притворялся, будто ест с большим удовольствием. Он энергично двигал челюстями, и каждый раз, отправив в рот очередную порцию, закрывал от наслаждения глаза.

Аличе решила ударить посильнее — потому что она по-настоящему ненавидела его, потому что от одной только этой его манеры есть у нее начинала неметь даже здоровая нога.

— Тебя наплевать, что я никому не нравлюсь, — сказала она. — Что никогда никому не понравлюсь.

Отец вопросительно взглянул на нее и снова вернулся к еде, как будто никто тут и слова не произнес.

— Тебе наплевать, что ты навсегда искалечил меня, — продолжала Аличе.

Вилка застыла на полпути ко рту. Несколько секунд адвокат делла Рокка с недоумением смотрел на дочь.

— Не понимаю, о чем ты говоришь, — сказал он чуть дрогнувшим голосом.

— Нет, ты отлично понимаешь, — ответила Аличе. — И прекрасно знаешь — только ты виноват в том, что я на всю жизнь осталась калекой.

Отец положил вилку на край тарелки. Прикрыл глаза рукой, словно глубоко задумался о чем-то. Потом поднялся и вышел из комнаты. Его тяжелые шаги громко отзвучали по блестевшему мрамору в коридоре.

— Ох, Аличе... — покачала головой Фернанда, в ее голосе не слышалось ни сочувствия, ни упрека. Она поднялась и ушла вслед за отцом в другую комнату.

Аличе сидела минуты две, уставившись в свою тарелку, пока Соледад убирала со стола, беззвучная, как тень. Потом сунула в карман салфетку с едой и ушла в ванную комнату.

4

Пьетро Балоссино давно уже прекратил всякие попытки проникнуть в непонятный мир своего сына. Когда его взгляд случайно падал на исполосованные шрамами руки Маттиа, он думал о бессонных ночах, наполненных поисками — не остались ли где-нибудь режущие предметы, об Аделе, которая, наглотавшись таблеток, спала на диване с открытым ртом — она не желала больше делить с ним постель; он думал о будущем, которое, казалось, наступит уже утром, и отсчитывал часы до него по ударам колокола вдали. Убеждение, что однажды на рассвете он найдет своего сына уткнувшимся в подушку, залитую кровью, так глубоко засело в его голове, что он с трудом мог рассуждать здраво даже теперь, когда такой опасности не стало и сын сидел рядом с ним в машине.

Он вез его в новую школу. Моросил дождь, такой мелкий, что и не слышно было.

Несколько недель назад директор научного лицея «Е. М.» пригласила его с Аделе в свой кабинет, чтобы объяснить ситуацию, как она написала в дневнике Маттиа. Когда они пришли, она начала издалека, долго рассуждая о ранимом характере мальчика, его необыкновенных способностях и неизменно высокой оценке по всем предметам.

Синьор Баллосино настоял, чтобы сын присутствовал при этом разговоре, — хотелось соблюсти корректность по отношению к нему. Маттиа сидел рядом с родителями, уставившись в колени и ни разу не подняв взгляд. Он так сжимал кулаки, что умудрился расцарапать до крови левую ладонь. Два дня назад Аделе по рассеянности постригла ему ногти только на одной руке.

Маттиа все слышал, что говорила директор, но пропускал ее слова мимо ушей, словно она говорила не о нем. Он вспоминал, как в пятом классе учительница Рита, после того как он почти неделю упрямо молчал, посадила его на середину класса, велев остальным расположиться вокруг, и сообщила им, что Маттиа, видимо, беспокоит какая-то неприятность, о которой он не хочет никому говорить. Она добавила, что Маттиа очень умный мальчик, даже слишком умный для своего возраста, и предложила товарищам поговорить с ним — пусть попросят его поделиться своими тревогами, чтобы он понял — у него есть друзья. Маттиа изучал свои ботинки и, когда учительница спросила, хочет ли он сказать что-нибудь, наконец заговорил — спросил, может ли он вернуться на свое место.

Завершив с похвалами, директор подошла к главному — синьор Балоссино понял, что это главное, не сразу, а лишь спустя несколько часов. Заключалось же оно в том, что все преподаватели Маттиа «говорят о какой-то особой неловкости, о странном, необъяснимом чувстве собственной неполноценности, возникающем при общении с этим необыкновенно одаренным ребенком, который, похоже, не нуждается ни в каких контактах со сверстниками».

Директор помолчала, откинулась на спинку удобного кресла и открыла какую-то тетрадку, но читать не стала и тут же закрыла ее, словно вспомнив вдруг, что у нее в кабинете сидят люди. Хорошо продуманными фразами она высказала супругам Балоссино мысль о том, что лицей «Е. М.», возможно, не в полной мере отвечает уровню развития их сына.

Когда за ужином отец спросил Маттиа, действительно ли он хочет сменить школу, тот лишь пожал плечами и продолжал рассматривать яркий неоновый отблеск на ноже, которым предстояло резать мясо.

— Дождь не косой, — произнес Маттиа, глядя в окно машины и отрывая отца от его мыслей.

— Что? — переспросил Пьетро.

— На улице нет ветра. Иначе шевелились бы листья на деревьях, — продолжил Маттиа.

Пьетро постарался понять, к чему он клонит. Вообще-то ему было все равно, он полагал, это какое-то очередное чудачество сына.

— Ну и что?

— Капли стекают по стеклу косо, но лишь потому, что машина движется. Определив угол их отклонения от вертикали, можно вычислить скорость движения.

Маттиа очертил пальцем траекторию капли. Наклонился к стеклу, подышал на него и провел линию на запотевшем стекле.

— Не дыши, потом остаются пятна, — упрекнул отец.

Маттиа словно не слышал.

— Если бы мы не видели, что происходит за окнами машины, и не знали бы, что движемся, то не могли бы понять, почему капли стекают по наклонной — по своей ли вине или по нашей, — произнес Маттиа.

— О какой вине ты говоришь? — с некоторым раздражением спросил отец, растерявшись.

— Я о том, почему они стекают по наклонной.

Балоссино кивнул с серьезным видом, так ничего и не поняв.

Они приехали. Пьетро не выключил двигатель и поставил машину на ручной тормоз. Маттиа открыл дверцу, и порыв свежего воздуха ворвался внутрь.

— Приеду за тобой в час, — сказал Пьетро.

Маттиа кивнул. Пьетро потянулся было к нему, чтобы поцеловать, но помешал ремень безопасности. Он снова откинулся на спинку и посмотрел на сына — тот вышел из машины и закрыл дверцу.

Новая школа находилась в красивом престижном районе на холме. Здание, возведенное еще в двадцатые годы, несмотря не недавнюю перестройку, сильно мозолило глаза среди роскошных вилл — длинная бетонная коробка с четырьмя одинаковыми рядами окон и двумя зелеными противопожарными лестницами.

Маттиа поднялся к входу, неподалеку от которого мокла под дождем в ожидании звонка группка ребят. В школе он поискал, не желая никого расспрашивать, схему расположения помещений, нашел нужное и направился к последней двери в коридоре на втором этаже. Переступив порог класса, он глубоко вздохнул, ухватился за ремни своего рюкзака, висевшего за спиной, прошел к дальней стене и остановился возле нее с видом человека, которому очень хотелось бы в эту стену въехать.

Рассаживаясь по местам, ребята с любопытством посматривали на него. Никто не улыбнулся. Некоторые перешептывались — Маттиа догадывался, что говорят о нем. Свободных парт оставалось все меньше, и, когда кто-то сел возле девушки с длинными красными ногтями, он почувствовал облегчение.

В класс вошла учительница, и Маттиа проскользнул на последнее свободное место у окна.

— Новичок? — спросил его сосед по парте, которому, видимо, здесь тоже было неуютно.

Маттиа кивнул, не глядя.

— Денис, — представился тот, протягивая руку.

Маттиа вяло пожал ее и произнес:

— Очень приятно.

— Добро пожаловать, — сказал Денис.

5

Виола Баи восхищала всех подруг, но они и побаивались ее. Она была поразительно хороша собой, даже неловкость какую-то вызывала ее красота. А кроме того, в свои пятнадцать лет она знала жизнь намного лучше своих сверстниц — или во всяком случае создавалось такое впечатление.

По понедельникам девочки собирались на перемене вокруг ее парты и с волнением слушали отчет о том, как она провела выходные. Чаще всего это было умелое переложение того, чем накануне делилась с ней сестра Серена, на восемь лет старше. Виола проецировала рассказы Серены на себя, обогащая их пикантными подробностями, которые, как правило, придумывала на ходу, но именно они представлялись подругам самыми волнительными.

Она рассказывала о разных местах, где никогда не бывала, в деталях описывала ощущения от приема галлюциногенов и не забывала упомянуть о лукавой улыбке бармена, с какой он взглянул на нее, наливая коктейль «Куба либре». После этого она чаще всего оказывалась с ним либо в постели, либо в кладовке среди упаковок пива или ящиков водки, где он брал ее сзади, зажимая ей рот, чтобы не кричала.

Своими рассказами Виола Баи умела произвести впечатление. Она понимала, что секрет кроется в точности и яркости деталей, и умела так рассчитать время, что звонок раздавался именно в ту минуту, когда бармену не удавалось справиться с молнией на своих фирменных джинсах. Взволнованная публика медленно расходилась, раскрасневшись от зависти и возмущения, и, конечно, настаивала, чтобы Виола продолжила рассказ на следующей перемене. Но она была слишком умна, чтобы поддаваться на уговоры. Криво усмехнувшись своими красивыми губами, она оставляла историю неоконченной, как бы говоря, что случившееся — сущие пустяки. Просто еще одна подробность из ее необыкновенной жизни, а на самом деле она уже давно ушла от всего этого на миллион световых лет.

Секс она и в самом деле уже изведала и даже попробовала наркотики, названия которых с удовольствием перечисляла. Сексом, правда, занималась всего один раз. Это произошло у моря с приятелем ее сестры, которая в тот вечер слишком много курила и пила — где уж ей помнить о тринадцатилетней соплюшке, которой еще рано заниматься такими делами.

Он трахнул ее быстро, прямо на улице, за мусорным баком. Когда, понурив головы, они возвращались к компании, Виола взяла его за руку.

— Ты чего? — спросил он, высвобождая руку.

У нее пылали щеки, и все еще чувствовался жар в промежности. Она вдруг ощутила себя такой одинокой...

Потом этот парень ни разу даже не заговорил с ней, и Виола призналась во всем сестре. Но та лишь посмеялась над ее наивностью и сказала:

— Надо быть похитрее. А ты чего ожидала?

Публику, восхищавшуюся Виолой, составляли Джада Саварино, Федерика Маццольди и Джулия Миранди. Все вместе — крепкая и безжалостная команда — «сволочная четверка», как называли их некоторые ребята в школе. Виола сама подбирала подруг и от каждой требовала жертву, потому что ее дружбу еще надо было заслужить. Только она решала, кому войти в ее свиту, и решения эти часто оказывались жесткими, если не сказать жестокими.

Аличе тайком наблюдала за Виолой. Со своей парты, двумя рядами дальше, она жадно ловила обрывки фраз и отрывки ее рассказов. А вечером, оставшись у себя в комнате, с волнением припоминала их.

До той среды Виола никогда не заговаривала с ней, и вдруг...

Это оказалось чем-то вроде обряда посвящения, проведенного по всем правилам. Никто из девочек не знал точно, действовала ли Виола спонтанно или заранее продумала эту пытку. Но все дружно нашли ее совершенно гениальной.

Аличе терпеть не могла раздевалку. Ее одноклассницы, такие красавицы, старались подольше ходить здесь полуголыми — в трусах и лифчике — на зависть друг дружке. Они принимали разные позы, по большей части неестественные, втягивали живот и выставляли груди. Вертелись перед полуразбитым зеркалом во всю стену. Сравнивали ширину бедер и прочие параметры — все без исключения идеальных размеров и необыкновенно соблазнительные.

По средам, чтобы не переодеваться в раздевалке, Аличе приходила в школу в спортивных брюках, надетых под джинсы, — девчонки смотрели на нее с подозрением, пытаясь представить, какое под ними скрывается уродство.

Майку она снимала отвернувшись, чтобы никто не видел ее живота.

Надев гимнастические тапочки, Аличе ровно поставила туфли у стены и аккуратно сложила джинсы. Она одна так поступала — одежда ее одноклассниц валялась как попало на деревянных скамейках, а обувь они раскидывали по всему полу.

— Аличе, ты любишь сладкое? — обратилась к ней Виола.

Аличе понадобилось несколько секунд, чтобы понять: Виола Баи обращается именно к ней. Она была убеждена, что первая красавица класса в упор ее не замечает.

Она только что затянула шнурки на тапочках, но узел почему-то развязался.

— Я? — переспросила Аличе, оглядываясь в растерянности.

— Здесь нет других Аличе, мне кажется, — ответила Виола.

Девчонки хихикнули.

— Да нет, я не сладкоежка...

Виола поднялась со скамейки и подошла ближе. Аличе увидела, как она смотрит на нее своими красивыми глазами, слегка прикрытыми челкой.

— Но карамельки ты ведь любишь, не так ли? — настаивала Виола.

— Ну... В общем... Не то чтобы очень...

Аличе закусила губу, пожалев, что ответила так глупо и неуверенно. Прижимаясь спиной к стене, она почувствовала, как здоровую ногу свела судорога, другая, как всегда, осталась деревянной.

— Как это «не то чтобы очень»? Карамельки все любят. Верно, девочки? — обратилась Виола к подругам, не оборачиваясь.

— Все-е... — эхом отозвались они.

Краем глаза Аличе уловила странное волнение во взгляде Федерики Маццольди, смотревшей на нее с другого конца раздевалки.

— Да, в самом деле люблю, — поправилась она.

Ей почему-то стало страшно.

В первом классе эта «сволочная четверка» схватила Алесcандру Мирано, ту, которая потом провалилась на экзаменах и пошла учиться на косметичку, и затащила ее в мальчишескую раздевалку. Девочку заперли там, и перед ней разделись двое ребят. Аличе слышала в коридоре, как они подкалывали ее и как до упаду хохотали палачи.

— Конечно. Я и не сомневалась. А сейчас хочешь конфетку? — спросила Виола.

Аличе задумалась.

«Отвечу „да", кто знает, что заставят есть. Отвечу „нет", Виола разозлится, и меня тоже затолкают в раздевалку к мальчишкам...»

Она молчала, как дурочка.

— Ну что же ты? Не такой уж трудный вопрос, — рассмеялась Виола и достала из кармана горсть фруктовой карамели.

— Эй вы там, какие хотите? — спросила она девочек.

К Виоле подошла Джулия Миранди и заглянула ей в руку. Сама Виола продолжала пристально смотреть на Аличе, и под ее взглядом та почувствовала, как ее всю корежит, словно газетный лист, пылающий в камине.

— Тут апельсиновые, малиновые, черничные, клубничные и персиковые, — сказала Джулия и мельком — так, чтобы не заметила Виола, — взглянула на Аличе. В ее взгляде читался испуг.

— Мне малиновую, — сказала Федерика.

— А мне персиковую, — попросила Джада.

Джулия кинула им конфеты и развернула свою, апельсиновую. Положив ее в рот, она отступила, как бы предоставляя сцену Виоле.

— Остались черничная и клубничная. Ну так что, хочешь или нет?

«Может, просто даст конфету, и все, — подумала Аличе. — Хочет, наверное, только посмотреть, съем ли. В конце концов, это всего лишь карамелька...»

— Клубничную, — тихо произнесла она.

— Надо же, я тоже люблю клубничную, — ответила Виола с притворным огорчением. — Но я охотно отдам ее тебе.

Она развернула карамельку и уронила обертку. Аличе потянулась — хотела было поднять.

— Подожди минутку, — остановила Виола, — не спеши.

Она наклонилась и, держа липкую конфету двумя пальцами, потерла ею грязный пол раздевалки. Потом, как мелком, прочертила линию вдоль стены до угла, где скопилось много мусора, пыли и волос.

Джада и Федерика захохотали.

Джулия нервно покусывала губу.

Все остальные девочки, почувствовав, что дело принимает скверный оборот, поспешили покинуть раздевалку.

Виола подошла к умывальнику, где после занятий гимнастикой девочки мыли лицо и подмышки, и собрала конфетой серую слизь со стенок раковины.

— Вот, — сказала она, сунув конфету Аличе под нос. — Клубничная, какую хотела.

При этом она не смеялась. У нее было серьезное и решительное лицо человека, который совершает что-то неприятное, но необходимое.

Аличе покачала головой, как бы говоря «нет», и еще сильнее вжалась в стену

— То есть как? Ты расхотела? — удивилась Виола.

— Нет уж, — вмешалась Федерика, — просила, вот и ешь теперь.

Аличе сглотнула слюну.

— А если не съем? — отважилась она спросить.

— Не съешь, будут последствия, — загадочно ответила Виола.

— Какие последствия?

— Последствия тебе знать не дано. Никогда не узнаешь.

«Отведут к мальчишкам, — подумала Аличе. — Или разденут, отнимут одежду и не отдадут...»

Еле заметно дрожа всем телом, она протянула руку.

Виола уронила грязную конфету ей на ладонь.

Аличе медленно поднесла конфету ко рту.

Девочки притихли, гадая, станет она есть или нет.

Виола оставалась невозмутимой.

Аличе положила липкую карамель на язык и ощутила языком налипшие на нее волосы. На зубах что-то скрипнуло.

«Нужно сдержать рвоту, — подумала она. — Сдержать рвоту!»

Подавив выплеснувшийся изнутри кислый желудочный сок, она проглотила карамель...

Почувствовала, как та камнем спускается по пищеводу...

Неоновая лампа на потолке слегка гудела...

Со спортплощадки доносился гомон — голоса мальчишек, возгласы, смех...

В раздевалке воздуха всегда не хватает — окна здесь, в полуподвале, небольшие, и потому так трудно дышать...

Виола серьезно посмотрела на Аличе и кивнула, как бы говоря: ну вот теперь можно разойтись. Она повернулась и первая вышла из раздевалки, не удостоив взглядом притихших подруг.

6

Было нечто важное, что следовало знать о Денисе. По правде говоря, он и сам думал, что на самом деле только это и нужно знать, и потому никогда никому ничего не говорил. Его секрет носил ужасное название, которое трепыхалось, словно нейлоновое полотнище, над всеми его мыслями, стесняя дыхание. Прочно засев в голове, оно давило на сознание, как проклятие, с которым рано или поздно придется считаться.

Ему исполнилось десять лет, когда преподаватель музыки провел его руку по всей гамме до мажор, положив на нее свою горячую ладонь, — и у Дениса перехватило дыхание. Он слегка наклонился вперед, стараясь прикрыть неожиданно поднявшийся в брюках пенис. Всю свою жизнь потом он будет вспоминать об этой минуте, как о мгновении настоящей любви, на ощупь выискивая в каждом тайнике своего существа цепкий жар того прикосновения.

Всякий раз, когда подобные картины захватывали его настолько, что шея и руки покрывались потом, он запирался в туалете и отчаянно мастурбировал, сидя на унитазе. Наслаждение, кругами исходившее от пениса, длилось всего мгновение. Чувство вины, напротив, обрушивалось на него, словно ушат грязной воды. Оно проникало под кожу, оседало где-то внутри, и тогда все в нем начинало медленно гнить — так протечки постепенно подтачивают стены старых домов.

На уроке биологии, в лаборатории, находившейся в полуподвале, Денис смотрел, как Маттиа режет кусок мяса, собираясь отделить белые прожилки от красных. Ему хотелось ласково коснуться его рук. Хотелось понять, не растает ли, подобно сливочному маслу, захватившее все его существо желание от одного только прикосновения к товарищу, в которого влюблен.

Они сидели рядом, опираясь локтями о стол. Шеренга конических колб, реторт и прозрачных пробирок отделяла их от остальной части класса. Преломляя свет, она искажала все, что находилось по ту сторону.

Маттиа сосредоточился на работе и вот уже четверть часа не отрывался от нее. Он не любил биологию, но выполнял задание с тем же усердием, с каким занимался всеми другими дисциплинами. Органическая материя, столь легко разрушаемая и такая несовершенная, представлялась ему непостижимой. Животный запах, исходивший от куска сырого мяса, не вызывал у него ничего, кроме легкого раздражения. С помощью пинцета он извлек из него тонкую белую прожилку и положил на предметное стекло микроскопа; посмотрев в окуляр, поправил фокус; записал в тетрадь наблюдения и зарисовал увеличенную картинку — его действия были уверенными и точными.

Денис глубоко вздохнул, потом, словно перед прыжком в воду, собрался с духом и заговорил.

— Матти, у тебя есть какой-нибудь секрет? — спросил он.

Маттиа, казалось, не слышал Дениса, только нож, которым он резал другой кусок мяса, выпал у него из рук и тихо звякнул на металлической столешнице. Он не спеша подобрал его.

Денис подождал. Маттиа сидел недвижно и держал нож над самым куском.

— Мне ты можешь доверить свой секрет, — продолжал Денис. Теперь, когда первый шаг был уже сделан, он не намерен был отступать. Лицо его пылало от волнения. — Знаешь, у меня тоже есть секрет, — добавил он.

Маттиа точным ударом рассек мясо пополам, словно хотел расправиться с чем-то уже мертвым.

— У меня нет никаких секретов, — тихо произнес он.

— Если расскажешь о своем, открою тебе мой, — настаивал Денис.

Он придвинулся вместе со стулом к Маттиа, и тот явно напрягся, хотя лицо его ничего не выражало, он по-прежнему смотрел на кусок мяса.

— Нужно заканчивать опыт, — сказал Маттиа ровным голосом. — Иначе не заполним таблицу.

— Мне наплевать на таблицу, — возразил Денис. — Скажи, что ты сделал со своим руками?

Маттиа сосчитал до трех. В воздухе витал запах этилового спирта, мельчайшие молекулы его попадали в ноздри. Маттиа чувствовал, как приятно они щекочут слизистую, проникая даже в глаза.

— Ты в самом деле хочешь знать, что я сделал с руками? — спросил он, поворачиваясь к Денису, но глядя не на него, а на баночки с формалином за его спиной — на десятки баночек с зародышами и конечностями разных животных.

Денис кивнул, задрожав от волнения.

— Тогда смотри, — ответил Маттиа.

Он зажал нож в кулаке и всадил его между указательным и средним пальцами, а потом прорезал всю ладонь до самого запястья.

7

В четверг Виола поджидала Аличе у школы. Когда та, опустив голову, уже собиралась пройти во двор, она окликнула ее.

Аличе вздрогнула, сразу же вспомнив о карамели. От приступа тошноты закружилась голова. Если эта четверка бралась за кого-то, то уж точно не оставляла больше в покое.

— Математичка собирается меня сегодня спросить, — сказала Виола. — А я ничего не знаю и не хочу идти в школу.

Аличе смотрела на нее, не понимая. Виола вроде бы не проявляла никакой враждебности, но девочка все же опасалась ее и хотела поскорее уйти.

— Пойдем прогуляемся, — предложила Виола. — Вдвоем. Ну да — мы с тобой.

Аличе в испуге оглянулась.

— Идем, скорее, — поторопила Виола. — Нельзя, чтобы нас видели здесь, у школы.

— Но... — хотела возразить Аличе.

Виола потянула ее за рукав, и Аличе, прихрамывая, поспешила за ней к автобусной остановке.

Они сели рядом, Аличе прижалась к окну, желая оставить Виоле побольше места. Ее не покидало ощущение, что вот-вот произойдет что-то ужасное.

Виола, напротив, сияла. Она извлекла из сумочки помаду и накрасила губы. Потом спросила:

— Хочешь?

Аличе покачала головой. Школа исчезала у них за спиной.

— Отец убьет меня, — прошептала она. У нее дрожали ноги.

Виола вздохнула:

— Да брось! Покажи дневник.

Рассмотрев подпись отца Аличе, она сказала:

— Простая... могу расписаться за него. — Открыв свой дневник, она показала подписи, которые подделывала всякий раз, когда пропускала школу. — Тем более завтра на первом уроке у нас Фоллини, а она слепая, ничего не заметит.

Виола заговорила о школе, о том, что ей нет никакого дела до математики, потому что дальше она будет изучать право. Аличе с трудом слушала ее. Она думала о том, что произошло накануне в раздевалке, и не могла понять, чем вызвана такая неожиданная откровенность.

Они вышли на площади и отправились гулять под портиками. Виола затащила ее в магазин готовой одежды со сверкающими витринами, куда Аличе никогда и ногой не ступала. Она держалась с ней, как с закадычной подругой. Настояв на примерке платьев, сама выбирала их для Аличе. Спросила, какой у нее размер, и Аличе со стыдом призналась — тридцать восьмой*.

---

* Соответствует российскому сорок шестому.

Продавщицы с подозрением посматривали на них, но Виола не обращала внимания. Они вместе примеряли одежду в одной кабинке, и Аличе незаметно сравнивала фигуры — свою и Виолы.

Разумеется, они ничего не купили.

Потом девочки зашли в бар, и Виола заказала два кофе, даже не спросив Аличе, что она хочет.

Ошеломленная, Аличе плохо понимала, что происходит. Постепенно она забыла и про отца, и про школу, испытав вдруг какое-то новое для нее ощущение счастья. Еще бы — сидеть в баре с самой Виолой Баи, и все это время, похоже, принадлежит только им двоим!

Виола выкурила две сигареты и настояла, чтобы попробовала и Аличе. Она смеялась, показывая свои идеальные зубы, всякий раз, когда новая подруга по неопытности начинала кашлять после затяжки. А потом устроила ей небольшой допрос о парнях, которых у Аличе сроду не было, и о поцелуях, которыми ее никто не награждал. Аличе отвечала, опустив глаза.

— И ты хочешь, чтобы я поверила, будто у тебя никогда не было парня? Никогда, никогда, никогда?

Аличе кивнула.

— Быть не может. Вот трагедия! — преувеличила Виола. — Непременно нужно что-то сделать. Не хочешь же ты умереть девственницей!

На другой день во время большой перемены они отправились по школе искать для Аличе парня. От Джады и других девочек Виола отделалась просто:

— У нас дела.

Те оторопели, увидев, как она выходит из класса, ведя за руку свою новую подругу.

Виола уже все продумала. Это произойдет на ее дне рождения, в субботу. Нужно только найти подходящего парня. Прохаживаясь по коридору, она указывала Аличе то на одного, то на другого и отпускала комментарии:

— Взгляни-ка на его задницу. Впечатляет? Уж он-то точно знает свое дело!

Аличе нервничала, хотя и заставляла себя улыбаться. С пугающей отчетливостью она вдруг представила, как какой-то парень лезет к ней под майку. И что он там обнаружит? Дряблую кожу и складки жира?

Теперь они стояли у окна на втором этаже и смотрели во двор на мальчишек, гонявших большой желтый и, похоже, сдутый мяч.

— А Триверо? — спросила Виола.

— Кто это?

— Как, ты не знаешь? Из десятого «А». Он занимался академической греблей вместе с моей сестрой. О нем говорят много интересного.

— И что же?

Виола жестом изобразила некую длину и расхохоталась, довольная тем, какое обескураживающее впечатление произвел ее намек. Аличе залилась краской и в то же время обрадовалась волнующему ощущению, что ее одиночеству, кажется, подходит конец.

Они спустились на первый этаж и прошли мимо автоматов с бутербродами и напитками, возле которых толпились школяры, позвякивая мелочью в карманах джинсов.

— Короче, тебе нужно решиться, — сказала Виола.

Аличе в растерянности осмотрелась.

— Вон тот, мне кажется, очень славный, — ответила она, указывая на двоих в стороне у окна. Они стояли рядом, но не разговаривали и не смотрели друг на друга.

— Который? — спросила Виола. — С перевязанной рукой или другой?

— С перевязанной рукой.

Блестящие глаза Виолы распахнулись, став как два океана.

— Ты с ума сошла, — сказала она. — Знаешь, что он сотворил?

Аличе покачала головой.

— Он всадил себе нож в руку, нарочно. Здесь, в школе.

Аличе пожала плечами

— Мне кажется, это интересно.

— Интересно? Да он психопат! Свяжись с таким — и окажешься расчлененной в каком-нибудь морозильнике.

Аличе улыбнулась, продолжая смотреть на парня с перевязанной рукой. Он стоял, опустив голову, и было в нем что-то такое, отчего ей захотелось подойти к нему, приподнять эту голову за подбородок и сказать: «Посмотри на меня. Я пришла».

— Ты уверена? — спросила Виола.

— Да, — ответила Аличе.

Виола пожала плечами.

— Тогда идем.

Она взяла подругу за руку и потянула к ребятам, стоявшим у окна.

8

Маттиа смотрел в окно. Солнечный день обещал весну в начале марта. Сильный ветер, очистивший за ночь небосклон, казалось, гнал прочь и время, подстегивая его. Пересчитывая крыши, видневшиеся вдали, Маттиа старался понять, насколько удалены они от горизонта. Денис стоял рядом и незаметно наблюдал за ним, пытаясь угадать его мысли. Они не говорили о том, что произошло в лаборатории. Они вообще мало разговаривали, но все время проводили вместе; каждый сосредоточенно думал о своей проблеме, но даже этим они поддерживали друг друга без лишних слов.

— Чао! — услышал Маттиа приветствие, произнесенное едва ли над ухом.

Увидев в окне отражение двух девушек, стоявших у него за спиной и державшихся за руки, он обернулся. Денис вопросительно посмотрел на него. Девушки, казалось, чего-то ждали.

— Чао, — тихо ответил Маттиа и опустил голову, желая уклониться от колючего взгляда одной из них.

— Я — Виола, а это Аличе, — продолжала как раз эта девушка. — Мы из седьмого «Б».

Маттиа кивнул. Денис открыл от удивления рот. Оба молчали.

— Ну? — продолжала Виола. — А вы не представитесь?

Маттиа тихо, словно припоминая, назвал свое имя.

Неторопливо протянул незабинтованную руку, и Виола крепко пожала ее.

Другая девушка лишь едва коснулась его ладони и улыбнулась, глядя куда-то в сторону.

Денис представился столь же неловко.

— Хотим пригласить вас на мой день рождения, он будет через две недели, — сказала Виола.

Денис попытался заглянуть в глаза Маттиа, а тот, глядя на робкую улыбку Аличе, подумал, что губы у нее такие бледные и тонкие, будто их прорезали острым скальпелем.

— Почему? — спросил он.

Виола покосилась на него и выразительно взглянула на Аличе, как бы подтверждая: «Ну что я тебе говорила — он же сумасшедший!»

— Что значит «почему»? Это же ясно — потому что мы так хотим.

— Нет, спасибо, — ответил Маттиа. — Я не могу прийти.

Денис облегченно вздохнул и поспешил добавить:

— Я тем более.

Виола не стала с ним спорить и обратилась к парню с перевязанной рукой.

— Значит, нет? Интересно, чем же ты так занят в субботу вечером? — с вызовом поинтересовалась она. — Будешь сидеть за компом со своим дружком? Или надумал еще раз порезать себе вены?

Выпалив это, Виола слегка испугалась. Аличе сжала ей руку, давая понять, что нужно остановиться.

Маттиа подумал, что забыл количество крыш и до звонка не успеет пересчитать их заново.

— Я не люблю праздники, — объяснил он.

Виола постаралась рассмеяться, но смех получился какой-то короткий и писклявый: «Хи-хи-хи...»

— Ну и странный же ты тип, — нашлась она. — Праздники все любят. — Осмелев, она даже повертела пальцем у виска. Аличе отпустила ее ладонь и невольно прижала руки к животу.

— Я не люблю праздники, — строго повторил Маттиа.

Виола с вызовом посмотрела на него, но он невозмутимо выдержал ее взгляд.

Аличе отступила.

Виола хотела было ответить, но тут прозвенел звонок. Маттиа повернулся и решительно зашагал к лестнице, как бы говоря, что для него дискуссия окончена. Денис, как привязанный, поплелся за ним.

9

За все время, что Соледад Гальенас служила горничной в семье делла Рокка, она допустила лишь одну оплошность. Это произошло четыре года назад, дождливым вечером, когда хозяева ужинали у друзей.

В шкафу у Соледад висела только траурная одежда, и нижнее белье тоже было черное. Она столько раз вспоминала о смерти мужа в результате несчастного случая на работе, что иногда и сама начинала верить в случившееся. Она представляла, как он стоит на лесах, в двадцати метрах над землей, с сигаретой в зубах, как выравнивает цементный раствор для нового ряда кирпичей. Как вдруг спотыкается об оставленный кем-то инструмент или, может, о моток веревки — той самой, которой должен был обвязать себя, но которую презрительно отбросил в сторону, потому что страховка — это для слабаков. Она видела, как он зашатался на деревянном настиле и полетел вниз, не издав ни единого звука. Далее кадр расширялся — черный, машущий руками силуэт человека на фоне светлого неба. Завершалось ее искусственное воспоминание панорамой сверху: распластавшееся на пыльной стройплощадке тело мужа — бездыханное, расплющенное, глаза пока еще открыты, и темное пятно крови, выползающее из-под спины.

Зрелище это вызывало приятное пощипывание где-то между носом и горлом и если немного затягивалось, то ей удавалось выжать несколько слезинок, но уже из жалости к самой себе.

А на самом деле ее муж просто ушел. Ушел однажды утром — наверное, для того, чтобы начать новую жизнь с той, которую она и не видела никогда. Больше Соледад о муже не слышала. А приехав в Италию, придумала историю о том, как стала вдовой, — надо же что-то рассказать о своем прошлом, ведь о *настоящем прошлом* сказать было нечего.

Траур и мысль о том, что люди могут заметить в ее глазах следы трагедии, безутешного горя, придавали ей уверенность. Она с достоинством носила этот траур и до того вечера никогда не предавала память *покойного мужа*.

По субботам она ходила на шестичасовую мессу, чтобы вернуться к ужину. Эрнесто уже несколько недель ухаживал за ней. После службы он поджидал ее на ступенях у входа в церковь и церемонно предлагал проводить домой. Соледад в своей черной одежде поначалу не решалась принять предложение, но потом все же согласилась.

Он рассказывал ей о том времени, когда работал на почте, и о том, как трудно в его годы коротать в одиночестве долгие вечера, сводить счеты с призраками, которых накопилось предостаточно. Эрнесто был старше Соледад, и жену у него отнял настоящий, а не придуманный рак поджелудочной железы.

В тот вечер они шли под руку, держась почти вплотную друг к другу. Эрнесто предложил ей зонт и намочил голову и пальто, желая получше укрыть ее. Он сыпал комплиментами по поводу ее итальянского языка, который от недели к неделе становился все лучше. Соледад смеялась, притворяясь, будто смущена.

А получилось это из-за какой-то легкой заминки или замешательства — вместо обычного поцелуя в щеку они поцеловали друг друга в губы, у дома делла Рокка, у самых дверей. Эрнесто извинился, а потом снова наклонился к ее губам, и Соледад ощутила, как вся пыль, скопившаяся в ее сердце за многие годы, взметнулась вихрем и затмила ей весь свет.

Она сама пригласила его в дом. Пусть Эрнесто посидит тихонько пару часов в ее комнате, пока она приготовит поесть для Аличе и отправит ее спать. Что же касается четы делла Рокка, то они вскоре уйдут и вернутся поздно.

Эрнесто благодарил кого-то там на небесах, что некоторые вещи случаются и в его годы.

Они крадучись вошли в дом. Соледад за руку, как подростка, провела любовника в свою комнату и, приложив палец к губам, велела сидеть тихо. Потом наспех приготовила ужин. Видя, как медленно Аличе ест, она заметила:

— Мне кажется, ты выглядишь усталой, лучше бы тебе пойти спать.

Аличе возразила, что хочет посмотреть телевизор, и Соледад уступила, лишь бы поскорее избавиться от нее, только попросила подняться наверх. Аличе пошла на второй этаж.

Соледад вернулась к своему гостю, и они долго целовались, сидя рядом и не зная, куда деть свои нерасторопные, отвыкшие от объятий руки. Потом Эрнесто набрался мужества и привлек ее к себе. Пока он возился с этими чертовыми застежками на ее лифчике, тихо извиняясь, что так неловок, она чувствовала себя молодой, прекрасной и лишенной предрассудков. Как и положено, она закрыла глаза, а когда открыла, увидела Аличе, стоявшую в дверях.

Аличе склонила голову набок и смотрела без удивления, как смотрят на посетителей животные в зоопарке.

— Черт возьми, — вырвалось у Соледад. — Что ты тут делаешь? — Она отшатнулась от Эрнесто и прикрыла руками грудь.

— Мне не уснуть, — объяснила Аличе.

По какому-то удивительному совпадению Соледад вдруг вспомнила об этой сцене, когда, повернувшись, увидела Аличе в дверях кабинета, где вытирала пыль на книжных полках. Тяжелая это была работа. Один за другим она вынимала из шкафа увесистые тома юридической энциклопедии в темно-зеленом переплете с позолоченным обрезом и, держа их в левой руке, которая уже начала ныть, правой протирала полки красного дерева, стараясь дотянуться до самых дальних уголков, поскольку адвокат однажды высказал недовольство тем, что пыль стерта только снаружи.

Аличе уже несколько лет не входила в кабинет отца. На пороге ее останавливал невидимый барьер враждебности. Она была уверена — стоит только поставить ногу на гипнотически правильный рисунок паркета, пол треснет под ее тяжестью, и она провалится в черный гроб.

Кабинет был пропитан отцовским запахом. Его источали пожелтевшие бумаги, ровными стопками лежавшие на столе, книги и даже плотные кремовые шторы.

Еще в детстве, когда Аличе посылали сообщить отцу, что ужин готов, она входила сюда на цыпочках. Прежде чем обратиться к отцу, она всегда немного медлила, против воли восхищаясь им: водрузив на нос очки в серебряной оправе, он важно сидел за столом и изучал документы. Заметив дочь, синьор делла Рокка не спеша поднимал голову и морщил лоб, словно удивляясь, а что она тут делает, потом кивал и изображал улыбку.

— Сейчас приду, — говорил он.

Аличе и теперь слышала в кабинете эхо этих слов, словно навсегда застрявших здесь да и в ее голове тоже.

— Привет, мой ангел, — произнесла Соледад.

Она по-прежнему звала ее так, хотя эта стремительно худеющая девушка, стоявшая сейчас перед ней, нисколько не походила на ту сонную девочку, которую она одевала по утрам и отводила в школу.

— Привет, — отозвалась Аличе.

Соледад посмотрела на нее, ожидая, что она скажет, но Аличе отвела взгляд. Соледад снова занялась полками.

— Соль... — наконец заговорила Аличе.

— Да?

— Хочу попросить тебя кое о чем.

Соледад положила книги на письменный стол и подошла к Аличе.

— О чем, ангел мой?

— Мне нужна твоя помощь.

— Помощь? Конечно, а в чем дело?

Аличе намотала на палец резинку от трусов.

— В субботу мне нужно идти на праздник. К моей подруге Виоле.

— Вот как! Это хорошо! — улыбнулась Соледад.

— Хочу принести ей что-нибудь сладкое. И хочу сама приготовить. Поможешь?

— Ну конечно, сокровище мое. А что ты хочешь?

— Не знаю. Какой-нибудь торт... тирамису. Или то пирожное, которое ты делаешь, с корицей.

— По рецепту моей мамы, — гордо заметила Соледад. — Я научу тебя.

Аличе заискивающе посмотрела на нее.

— Значит, в субботу пойдем за покупками? Хотя это и выходной день у тебя?

— Ну конечно, сокровище, — сказала Соледад.

Из-за просительного тона, с каким говорила Аличе, она вдруг снова почувствовала себя нужной и узнала девочку, которую растила.

— А ты могла бы сходить со мной еще кое-куда? — осторожно продолжала Аличе.

— Куда?

Аличе помедлила, а потом выпалила:

— Сделать татуировку.

— О, мой ангел... — вздохнула Соледад слегка разочарованно. — Твой отец против, ты же знаешь.

— Мы не скажем ему. И он никогда не увидит, — настаивала Аличе.

Соледад покачала головой.

— Ну же, Соледад, прошу тебя, — продолжала Аличе. — Если я пойду одна, мне не сделают. Необходимо согласие родителей.

— Ну а я-то что могу?

— А ты притворишься моей мамой. Нужно ведь только подписать бумагу, даже говорить ничего не придется.

— Нет, это невозможно, любовь моя, твой отец меня уволит.

Аличе вдруг сделалась очень серьезной и посмотрела Соледад прямо в глаза.

— Это будет наш секрет, Соль. — Она помолчала. — Ведь у нас с тобой уже есть один секрет, не так ли?

Соледад в растерянности взглянула на нее. И поначалу не поняла.

— А я умею хранить секреты, — многозначительно продолжила Аличе. Она ощущала себя сильной и безжалостной, как Виола. — Иначе тебя уже давно уволили бы.

Соледад почувствовала, как у нее перехватило дыхание.

— Но... — произнесла она.

— Так согласна? — потребовала ответа Аличе.

Соледад опустила глаза.

— Хорошо, — тихо произнесла она, потом отвернулась от Аличе и поправила книги на полке. Глаза ее наполнились слезами.

10

Маттиа старался делать все совершенно бесшумно. Он понимал, что шум в этом мире постоянно возрастает, и не хотел способствовать его увеличению. Он давно уже взял за правило тщательно следить за каждым своим движением — при ходьбе ставил ногу сначала на носок, а потом на пятку, опираясь на внешнюю сторону ступни, чтобы поменьше соприкасаться с землей. Эту технику он довел до совершенства еще несколько лет назад, когда вставал по ночам и неслышно бродил по дому в поисках чего-нибудь острого. Кожа на его руках невероятно иссыхала, и единственный способ, который позволял убедиться, что руки еще принадлежат ему, заключался в том, чтобы полоснуть по ним лезвием.

И в конце концов такая вот странная, осторожная походка сохранилась у него навсегда.

Случалось, родители совершенно неожиданно обнаруживали его стоящим перед ними, — он возникал из пустоты, как голограмма, спроецированная на пол, и молча смотрел на них исподлобья. Однажды мать даже уронила тарелку от испуга. Маттиа наклонился подобрать осколки и с трудом удержался, чтобы не воспользоваться их острыми краями. Аделе в растерянности поблагодарила его и, когда он ушел, опустилась на пол; еще с четверть часа она не могла прийти в себя от потрясения.

Маттиа повернул ключ в замке входной двери. Он знал, что если надавить на ручку, зажав замочную скважину ладонью, металлический щелчок затвора будет почти не слышен. А если рука забинтована, то еще лучше. Тенью проскользнув в прихожую, он вставил ключ с внутренней стороны и повторил операцию, словно грабитель в собственном доме.

Отец вернулся домой раньше обычного. Услышав его громкий голос, Маттиа остановился, размышляя, войти ли ему в гостиную, своим появлением прервав разговор родителей, или подождать на улице, пока в комнате погаснет свет.

— ...потому что нахожу это несправедливым, — с укором произнес Пьетро.

— Да, — возразила Аделе, — ты предпочитаешь делать вид, будто ничего не происходит, притворяешься, будто нет ничего странного.

— А что тут странного?

Они замолчали. Маттиа отчетливо представил себе, как мать качает головой и кривит рот, словно говоря: «Что толку спорить с тобой».

— Странного? — сердито переспросила она. — Я не...

В прихожую из гостиной проникала полоска света. Осмотрев ее контуры на полу, на стене и на потолке, Маттиа убедился, что она образует трапецию, — еще одна зрительная иллюзия, создаваемая перспективой. Мать нередко обрывала речь на полуслове, будто забывала конец фразы, пока произносила начало. Эти паузы казались Маттиа воздушными пузырьками, витавшими вокруг нее. Всякий раз он представлял, как они лопаются, стоит ткнуть пальцем.

— Странно, что он всадил себе нож в руку на глазах у своих товарищей... Странно, что мы решили, будто все прошло... Мы опять ошиблись... — продолжала Аделе.

Маттиа остался совершенно спокоен, когда понял, что говорят о нем, ощутив лишь некоторое чувство вины из-за того, что подслушивает разговор.

— Это не основание для того, чтобы разговаривать с учителями без него, — сказал отец, но уже не так твердо. — Он достаточно взрослый и имеет полное право присутствовать при этом.

— Черт возьми, Пьетро, — вскипела мать. Она давно уже не называла его по имени. — Не в этом же дело, ты можешь это понять наконец? И перестань обращаться с ним так, будто он... — Она снова недоговорила. Молчание витало в воздухе подобно статическому электричеству. По спине Маттиа пробежала легкая судорога.

— Будто он... нормальный, — выдохнула Аделе.

Голос у нее слегка дрожал, и Маттиа подумал, уж не плачет ли она? Впрочем, после того случая она часто плакала. Без всякого повода. Оттого, что мясо, которое она готовила, выходило слишком жестким, или потому, что в растениях на балконе завелись вредные насекомые. Какой бы ни была причина, огорчалась она всегда одинаково. Как будто не умела проявлять чувства по-другому.

— Учителя говорят, что у него нет друзей. Общается он только с товарищем по парте, все время проводит с ним. Вообще-то ребята в его возрасте куда-то ходят по вечерам, ухаживают за девушками...

— Ты думаешь, он... — прервала Аделе мужа.

— Ну...

Маттиа стал соображать, как можно было бы завершить эту фразу, но ничего не придумал.

— Нет, я так не считаю, — решительно сказала мать. — Может, я и предпочла бы, чтобы было так... Иногда мне кажется, будто что-то от Микелы перешло в него.

Отец глубоко и шумно вздохнул.

— Ты обещала, что мы больше не будем говорить об этом, — заметил он с некоторым раздражением.

Маттиа подумал о Микеле, ушедшей в никуда. Мысль о ней заняла лишь долю секунды, после чего его внимание переключилось на тусклое и искаженное отражение родителей на гнутой полированной поверхности подставки для зонтов.

Он принялся царапать ключами левый локоть, чувствуя, как один за другим щелкают по суставу зубцы ключа.

— Знаешь, что меня больше всего ужасает, — сказала Аделе. — Эти его отличные отметки. Только отличные, неизменно лучшие. Они пугают...

Маттиа услышал, как мать всхлипнула. Сначала раз, потом еще, а затем, похоже, уткнулась во что-то носом. Он представил, как отец обнимает ее, стоя посреди комнаты.

— Ему пятнадцать лет, — сказал отец. — Это коварный возраст.

Мать не ответила, всхлипывания становились все громче и сильнее, но потом постепенно стихли, и снова наступила тишина. Тогда он вошел в гостиную и, слегка сощурившись от яркого света, остановился в двух шагах от родителей. Они стояли обнявшись и с удивлением смотрели на него, как подростки, которых застали в самый неподходящий момент. На изумленных лицах читался вопрос: «Как давно ты уже здесь?»

Маттиа смотрел на какую-то точку между ними.

— У меня есть друзья, — сказал он просто. — В субботу иду на день рождения. — Затем вышел в коридор и исчез в своей комнате.

11

Татуировщик с подозрением посмотрел на Аличе и перевел взгляд на женщину со слишком темной кожей и испуганными глазами, которую девочка представила как свою мать. Он ни на секунду не поверил ей, но это его не касалось. Он уже привык к подобным фокусам и капризным подросткам. К нему идут все моложе и моложе, а этой вот нет еще и семнадцати, подумал он. Но не отказываться же от работы из-за какого-то там принципа.

Он указал женщине на стул, и она молча опустилась на него. Сидела прямо, сжимая в руках сумочку, так, будто вот-вот должна встать и уйти. Смотрела куда угодно, только не на иглу.

Девчонка не издала ни единого стона. Он спрашивал ее, больно ли, это был необходимый вопрос, но она, стиснув зубы, отвечала «нет».

Под конец он посоветовал ей не снимать бинт по крайней мере три дня и промывать рану утром и вечером в течение недели. Подарил баночку с вазелином и положил деньги в карман.

Дома, уединившись в ванной, Аличе приподняла крепивший бинт пластырь. Татуировке было всего несколько часов, а она рассматривала ее уже в десятый раз. С каждым разом волнение утихало, подобно луже, испаряющейся на ярком солнце. Теперь она размышляла лишь о том, как долго кожа вокруг рисунка будет оставаться красной. И в конце концов забеспокоилась — а вдруг она не приобретет нормальный цвет? На какой-то момент ее даже охватила паника. Но она отогнала прочь эти глупые мысли. Она устала от того, что каждый ее поступок неизменно оказывается непоправимым, бесповоротным. Про себя она называла это *грузом последствий* и была уверена, что во всем виноват ее отец, который столько лет вдалбливал ей в голову ненужные вещи.

Ей так хотелось жить без всяких предрассудков, как живут все ее сверстницы, со смутным ощущением собственного бессмертия. Она бы многое отдала, чтобы обрести легкость и беспечность, свойственные пятнадцати годам, но, пытаясь уловить эту беспечность, она вдруг обнаруживала, что ее время стремительно ускользает. В такие минуты ее мысли начинали бежать все быстрее и быстрее, а груз последствий становился просто невыносимым, подталкивая к капитуляции перед спонтанно принятым решением.

В последний момент она передумала. Парню, который уже включил эту свою гудящую машинку и поднес иглу к ее животу, она сказала именно так:

— Я передумала.

Не удивившись, он спросил:

— То есть мы ничего не будем делать?

— Нет, — ответила Аличе, немного помолчав, — будем. Только не розу, а виолу — фиалку.

Татуировщик недовольно посмотрел на нее. Потом признался, что плохо представляет, как выглядит фиалка.

— Похожа на маргаритку, — объяснила Аличе. — Три лепестка наверху и два внизу. И получится фиалка.

Татуировщик сказал «о'кей» и принялся за работу.

Аличе коснулась пальцем синего цветка возле пупка и задумалась, а поймет ли Виола, что это сделано ради нее, ради их дружбы? После некоторых сомнений она решила, что покажет ей татуировку только в понедельник. Хотелось, чтобы Виола увидела яркую, уже без струпьев фиалку на чистой белой коже. Она даже пожалела, что не догадалась пойти в салон раньше, — тогда все было бы готово уже к сегодняшнему вечеру. Но парню, которого Виола пригласила на день рождения, она покажет цветок.

Два дня назад Маттиа возник вдруг перед ними с унылым, как всегда, видом.

— Мы с Денисом, — сказал он, — придем на праздник.

Виола не успела и рот открыть, чтобы съязвить по этому поводу, как его понурая спина уже маячила в конце коридора.

Аличе не была уверена, что хочет поцеловать его, но теперь, когда все уже решено, она не собиралась выглядеть полной идиоткой в глазах Виолы.

Она точно определила место для края трусиков, чтобы виден был цветок, но не шрам чуть ниже него. Натянув джинсы, майку и накинув просторную фланелевую рубашку, которая закрывала все — и тату, и шрам, и костлявые бедра, она вышла из ванной и отправилась на кухню к Соледад посмотреть, как та готовит свое особое пирожное с корицей.

12

Денис глубоко вдыхал воздух, желая побольше заполнить легкие запахом, витавшим в машине Пьетро Балоссино. Запах, казалось, исходил не от людей, хотя в салоне слегка отдавало потом, а от огнестойкой обшивки сидений. И еще веяло сыростью, видимо, довольно давно скопившейся где-то под ковриками. Денису нравилась смесь этих ароматов.

Он провел бы в этой машине всю ночь, глядя, как фары встречных машин на мгновение выхватывают из темноты рубашку его товарища.

Маттиа сидел впереди рядом с отцом. Наблюдая за ними в зеркальце, Денис отметил, что их лица ничего не выражают; отец и сын словно договорились молчать, пока едут, и даже случайно не встречаться взглядами. Он также заметил, что у них одинаковая манера обращаться с вещами. Синьор Балоссино, казалось, едва прикасался к рулю. Маттиа осторожно поглаживал углы пакета с подарком, который его мать купила для Виолы.

— Так значит, вы учитесь в одном классе? — с трудом выжал из себя синьор Балоссино.

— Да, — ответил Денис осевшим голосом, какой бывает после долгого молчания. — Мы сидим за одной партой.

Синьор Балоссино кивнул и со спокойной совестью вернулся к своим мыслям.

Его сын, похоже, даже не слышал этих коротких реплик. Не отрывая взгляда от окна, он пытался понять, от чего зависит восприятие прерывистой линии дорожной разметки как сплошной: только ли от замедленной реакции его глаза или же тут действует какой-то другой, более сложный механизм?

Пьетро Балоссино остановился примерно в метре от высокой ограды виллы Баи. Дорога здесь шла немного под уклон, и ему пришлось поставить автомобиль на ручной тормоз.

— Неплохо живет ваша подруга. — Желая посмотреть, что там повыше ограды, он подался корпусом вперед.

Ни Денис, ни Маттиа не сознались, что знают только имя девушки — и ничего о ней самой.

— Значит, я приеду за вами в двенадцать, хорошо?

— В одиннадцать, — поспешил возразить Маттиа. — Лучше в одиннадцать.

— В одиннадцать? Но сейчас уже девять. Неужели всего два часа пробудете там?

— В одиннадцать, — твердо повторил Маттиа.

Пьетро Балоссино опустил голову и согласился:

— О'кей.

Маттиа вышел из машины, Денис нехотя последовал его примеру.

Он опасался, что на вечеринке Маттиа приобретет новых друзей — модных веселых ребят, которые уведут его навсегда. Тогда ему, Денису, больше не придется сесть в эту машину...

Он вежливо попрощался с отцом Маттиа и, желая выглядеть взрослым, протянул ему руку. Синьору Балоссино пришлось неуклюже поворачиваться, чтобы ответить на рукопожатие, не снимая ремня безопасности.

Мальчишки постояли у калитки, пока машина отъезжала, и только потом решились позвонить.

Аличе сидела в углу на белом диване, держала в руках стакан со спрайтом и искоса посматривала на пышные бедра Сары Турлетти, обтянутые темными колготками. Расплющенные на диване, они казались еще крупнее, чем были на самом деле. Аличе подумала о том, что в сравнении с Сарой она занимает мало места. Теперь она свободно влезала в тридцать шестой, но и это не предел. Желание похудеть до такой степени, чтобы стать невидимой, вызвало у нее приятное ощущение в желудке.

Когда Маттиа и Денис вошли в комнату, Аличе резко выпрямилась и в испуге стала искать взглядом Виолу. Попутно она заметила, что на руке у Маттиа не было повязки, и попыталась рассмотреть, остался ли шрам на запястье. При этом она невольно потрогала свой шрам, который умела нащупать и сквозь одежду. Шрам походил на дождевого червя, лежавшего на коже.

Вновь пришедшие держались, словно загнанные животные, хотя никто из примерно тридцати человек, собравшихся в комнате, не обратил на них ни малейшего внимания. Никто, кроме Аличе.

Денис как в зеркале повторял все движения Маттиа, поворачивая голову туда же, куда и он.

Виола увлеченно рассказывала подругам свою очередную историю. Матиа даже не задумался, видел ли этих девушек в школе. Он подошел к ним и остановился за спиной виновницы торжества, держа подарок на уровне груди.

Обнаружив, что подруги смотрят не ей в рот, а куда-то позади нее, Виола обернулась.

— А, явились... — бросила она равнодушно.

— На, держи, — произнес Маттиа, протягивая ей подарок. — С днем рождения.

Он хотел уже отойти, но тут Виола оживленно воскликнула:

— Али, Али, иди сюда! Пришел твой друг!

Денису показалось, что вместо слюны он проглотил горсть иголок.

Одна из девчонок что-то шепнула на ухо соседке.

Аличе поднялась с дивана.

Делая четыре шага в сторону компании, окружавшей Виолу, она постаралась скрыть свою хромоту. При этом она не сомневалась, что всех интересует только ее неловкая походка.

Аличе улыбнулась Денису и сразу перевела взгляд на Маттиа. Склонив голову, она тихо произнесла:

— Привет.

— Привет... — Брови Маттиа слегка дрогнули, отчего в глазах Виолы он предстал еще более ненормальным.

Повисшую паузу, которая показалась слишком долгой, прервала именинница.

— А я узнала, где моя сестра держит таблетки! — радостно сообщила она.

— Вау! — оживились девчонки.

— Хотите попробовать? — спросила Виола. При этом она с усмешкой взглянула на Маттиа, не сомневаясь, что он без понятия, о чем идет речь. — Идемте со мной! — позвала она подруг. — Ты тоже, Али. — Схватив Аличе за руку, она повлекла ее за собой.

Когда Денис остался наедине с Маттиа, сердце его снова забилось ровно. Они подошли к столу с напитками.

— Смотри, тут виски, — изумленно и даже испуганно заметил Денис. — И водка тоже...

Маттиа не ответил. Он взял из пирамиды пластиковый стаканчик, поставил на стол и до самого края наполнил кока-колой, стараясь уловить тот момент, когда поверхностное натяжение жидкости не позволит ей перелиться через край. Денис, смущенно оглянувшись по сторонам, налил себе виски. Тем самым он надеялся произвести впечатление на друга, но тот, похоже, даже не заметил этого.

В соседней комнате, за стеной, девчонки, усадив Аличе на кровать, стали объяснять, как ей следует себя вести.

— Ты только не бери в рот. Даже если будет просить, поняла? — посоветовала Джада Саварино. — Первый раз, самое большее, можешь поработать руками.

Аличе нервно рассмеялась. Она не поняла, всерьез ли говорит Джада.

— Давай так. Сейчас ты вернешься туда и заведешь с ним разговор, — вмешалась Виола, у которой был заготовлен четкий план. — Потом под каким-нибудь предлогом приведешь его в мою комнату, о'кей?

— А под каким предлогом?

— Ну, я не знаю... Да под каким угодно. Придумай что-нибудь. Скажи, что тебе надоела громкая музыка, что хочешь немного побыть в тишине...

— А его приятель? Он же как приклеенный ходит за ним, — возразила Аличе.

— Приятеля мы берем на себя, — ответила Виола, безжалостно улыбаясь.

Закончив инструктаж, она забралась на постель сестры, сминая туфлями светло-зеленое покрывало. Аличе подумала об отце: тот даже по ковру запрещал ей ходить в обуви. О боже, что бы он сказал, увидев такое... Впрочем, она поспешила отогнать от себя эту мысль.

Виола между тем дотянулась до шкафчика над кроватью, наугад пошарила в нем и вытащила коробочку, обтянутую красной тканью с позолотой.

— Держи-ка, — сказала она и вложила в ладонь Аличе маленькую ярко-голубую квадратную таблетку с закругленными углами и тисненым изображением бабочки.

Аличе на мгновение вспомнила ту отвратительную карамель, которую согласилась проглотить в раздевалке, и ее горло сжал спазм.

— Что это? — спросила она.
— Бери, бери. Веселее будешь, — подмигнула Виола.
«Веселее?» — задумалась Аличе. Девчонки смотрели на нее с любопытством. Она решила, что это еще одно испытание и положила таблетку в рот.

— Ну, все в порядке — ты готова, — заключила явно довольная Виола. — Пошли!

Девчонки гуськом потянулись из комнаты. Джада и Джулия коварно улыбались. Федерика Маццольди канючила:

— Дай мне тоже, прошу тебя.
— Дождешься своей очереди, — грубо оборвала Виола подругу.

Аличе вышла из комнаты последней. За спиной у всех она выплюнула таблетку на ладонь, опустила в карман и погасила свет.

13

Виола, Джада, Федерика и Джулия окружили Дениса, словно четыре хищницы.

— Пойдешь с нами? — спросила Виола.

— Зачем?

— Зачем, это мы тебе потом объясним, — усмехнулась Виола.

Денис насторожился и поискал глазами Маттиа, надеясь на его помощь. Но тот сосредоточенно наблюдал, как поверхностное натяжение удерживает жидкость в пластиковом стаканчике. Музыка гремела так, что поверхность кока-колы непрерывно дрожала. Маттиа со странным волнением ожидал того момента, когда жидкость прольется.

— Нет уж, я предпочитаю остаться тут, — сказал Денис.

— Мамма миа, ну и зануда же ты, — рассердилась Виола. — Идем с нами, без всяких разговоров! — Она потянула его за руку.

Денис было воспротивился, но с другой стороны его подхватила Джада, и он сдался. Пока его вели в кухню, он в отчаянии обернулся к другу, но тот по-прежнему изучал свою колу.

Маттиа заметил появление Аличе, только когда она оперлась рукой о стол. Поверхностное натяжение лопнуло, и жидкость пролилась, опоясав стакан темным кольцом. Невольно подняв глаза, Маттиа встретился с девушкой взглядом.

— Как дела? — спросила она.

Маттиа кивнул:

— Хорошо.

— Тебе нравится вечеринка?

— Мм... Мм...

— А у меня от громкой музыки болит голова.

Аличе подождала, скажет ли Маттиа еще что-нибудь. Ей показалось, что он перестал дышать, а взгляд — кроткий, страдальческий. Как и при первой встрече, ей захотелось обнять его голову и сказать, что все будет хорошо.

— Проводи меня в другую комнату, — наконец решилась она.

Маттиа быстро кивнул, словно только и ждал этих слов.

— О'кей.

Аличе шла по коридору впереди, Маттиа следовал за ней. Он заметил, что правая нога у нее, как и положено, легко сгибается в колене, а левая, наоборот, не хочет сгибаться, и, чтобы передвинуть ее, девушке приходится слегка наклоняться в сторону; на какую-то долю секунды Аличе, теряя равновесие, припадала на бок, и только потом левая нога тяжело, как костыль, перемещалась вперед.

Маттиа сосредоточился на этом странном ритме и, сам того не заметив, стал повторять ее походку.

В комнате Виолы Аличе, удивившись собственной смелости, закрыла дверь. Маттиа стоял на ковре, она рядом.

Почему же он молчит, удивилась про себя девушка. В какой-то момент ей захотелось бросить эту затею, открыть дверь, уйти и облегченно вздохнуть. Но что же она потом расскажет Виоле?

— Здесь лучше, правда? — спросила она.

— Да, — кивнул Маттиа.

Он стоял, безвольно свесив руки, и указательным пальцем теребил край заусеницы на большом пальце — ощущение не из приятных: все равно что колоть себя иголкой, но оно помогало забыть о неловкости.

Аличе опустилась на кровать Виолы, на самый краешек, даже матрас под ней нисколько не прогнулся. Взгляд у нее был растерянный.

— Сядешь? — спросила она наконец Маттиа.

Он повиновался и присел на некотором расстоянии от нее.

В соседней комнате гремела музыка, от этого казалось, будто здесь тяжело и надсадно дышат стены. Аличе посмотрела на сжатые кулаки Маттиа.

— Поправилась рука? — спросила она.

— Почти, — ответил он.

— А что случилось?

— Порезался. В биологической лаборатории. Случайно.

— Можно посмотреть?

Маттиа сжал кулаки еще сильнее. Потом медленно раскрыл левую руку. Темный шрам ровной линией пересекал ладонь по диагонали. Но Аличе бросилось в глаза даже не это. Ладонь пересекало множество других шрамов, короче и светлее, почти белых. Они походили на голые ветви дерева на фоне неба.

— Знаешь, у меня тоже есть шрам, — сказала она.

Маттиа сжал кулак и опустил руки между колен, словно желая спрятать их. Аличе встала, приподняла кофточку и расстегнула джинсы. Маттиа охватила паника. Он уставился в пол, но все же увидел руки Аличе — они отворачивали края джинсов и обнажили закрепленный пластырем кусок марли и ниже, под ним, край светло-серых трусиков. Потом Аличе оттянула резинку, и у Маттиа перехватило дыхание.

— Смотри, — сказала она.

Длинный шрам тянулся до самого бедра. Он был выпуклый и широкий, шире, чем у Маттиа; на равном расстоянии его пересекали полоски швов, что делало шрам похожим на рисунок, какой дети наносят себе на лицо во время карнавала, желая превратиться в пиратов.

Маттиа не знал, что сказать. Аличе застегнула джинсы и заправила майку. Потом снова опустилась на кровать, чуть ближе к Маттиа.

Молчание было почти нестерпимым для обоих. В воздухе, казалось, повисло жгучее ожидание, приправленное мучительной неловкостью.

— Тебе нравится новая школа? — спросила Аличе, лишь бы что-то сказать.

— Да.

— Говорят, ты гений.

Маттиа втянул щеки и со всей силой стал давить на них зубами, пока не почувствовал металлический вкус крови, наполнившей рот.

— А тебе и вправду нравится учиться?

Маттиа кивнул.

— А почему?

— Это единственное, что я умею делать, — произнес он.

Ему хотелось сказать, что любит учиться, потому что может делать это один, потому что все, что изучаешь, уже мертвое, холодное и пережеванное. И еще ему хотелось сказать, что страницы всех школьных учебников одинаковой температуры, что они никому не наносят никакого вреда и ты тоже не можешь сделать им ничего плохого.

Но он промолчал.

— А я тебе нравлюсь? — вдруг выпалила Аличе. Голос ее прозвучал тоненько, а лицо залилось краской.

— Не знаю, — поспешно ответил Маттиа, глядя в пол.

— Почему?

— Не знаю, — повторил он. — Я не думал об этом.

— Тут и не нужно думать.

— Если я не думаю, ничего не понимаю.

— Ты мне нравишься, — сказала Аличе. — Немного. Мне так кажется.

Он кивнул и прищурился, старательно разглядывая геометрический рисунок ковра.

— Хочешь поцеловать меня? — спросила Аличе.

Она не устыдилась своих слов, но когда произносила их, желудок свело от страха, что услышит равнодушное «нет».

Несколько секунд Маттиа сидел не шелохнувшись. Потом медленно покачал головой, продолжая изучать орнамент на ковре.

Напряжение нарастало, Аличе обхватила руками талию, словно измеряя ее окружность.

— Неважно, — торопливо произнесла она и уже совсем другим тоном добавила: — Ты только не рассказывай об этом никому, пожалуйста.

«Вот идиотка, — подумала она. — Глупее первоклашки». Внезапно комната Виолы, где сидели они с Маттиа, показалась ей не только чужим, но и враждебным местом. От всех этих ярких красок на стенах, от письменного стола, заваленного косметикой, от балетных туфелек, болтающихся на створке шкафа словно ноги повешенного, от огромной фотографии Виолы у моря — лежит на песке, безумно красивая, — от касссет, нагроможденных как попало у магнитофона, от одежды, валявшейся на кресле, у нее закружилась голова.

— Вернемся туда, — сказала она.

Маттиа взглянул на нее, и Аличе показалось, будто он просит прощения. Она открыла дверь, впустив в комнату орущую музыку, и быстро, как могла, пошла по коридору, но вдруг представила лицо Виолы. Тогда она вернулась и, не спрашивая позволения, взяла Маттиа за одеревеневшую руку. Так, держась за руки, они и вошли в шумную гостиную дома Баи.

14

Девчонки затолкали Дениса в угол возле холодильника просто так, чтобы немного поддразнить. Они встали перед ним, образовав живой барьер из сияющих глаз и распущенных волос, из-за чего Денис не видел Маттиа.

— Ну что, поиграем? — спросила Виола. — Выбирай: либо отвечаешь на любой вопрос, либо выполняешь любое наше требование.

Денис уныло опустил голову, как бы говоря, что не желает играть в эту игру.

Виола выразительно закатила глаза, открыла холодильник, еще больше притиснув Дениса в угол, достала бутылку персиковой водки и сделала глоток прямо из горлышка.

— На, держи, — сказала она, передавая ему бутылку.

Денис чувствовал себя плохо, его слегка подташнивало, от выпитого виски во рту скопилась горечь, в гортани щипало, но в действиях Виолы было что-то такое, из-за чего он не смог противиться. Он безвольно взял бутылку и глотнул. Потом передал ее Джаде Саварино — та с жадностью сделала несколько глотков, словно пила не водку, а лимонад.

— Ну, и что же ты выбираешь? — повторила Виола. — Иначе мы сами решим.

— Мне не нравится эта игра, — промямлил Денис.

— Да уж, таких зануд, как вы с приятелем, еще поискать надо, — ответила Виола. — В таком случае решаю я. Будешь отвечать. О чем бы тебя спросить?.. — Она приложила указательный палец к подбородку и обвела взглядом потолок, будто размышляя. — А, придумала! — с ликованием возвестила она подруг. — Ты должен сказать, кто из нас нравится тебе больше всех.

Денис в растерянности пожал плечами.

— Ну-у...

— Как это «ну-у...». Неужели никто? Быть не может!

Денис подумал, что ему и в самом деле ни одна из этих девчонок не нравится и хочется только одного — чтобы они поскорее отпустили его к Маттиа. До одиннадцати оставалось всего ничего — не более часа, и это время он мечтал провести с другом. И еще он подумал, что если выберет кого-то, девчонки оставят его в покое.

— Вот она, — он указал на Джулию Миранди, которая показалась ему самой безобидной.

Джулия закрыла руками рот, как делают все девушки, когда узнают, что их выбрали королевой бала или первой красавицей. Виола скривила губы. Две ее подружки громко расхохотались.

— Хорошо, — сказала Виола. — Ну а теперь ты выполнишь наше требование.

— Нет, теперь хватит, — возразил Денис.

— Какой же ты скучный! Послушай, рядом с тобой четыре красивые девушки, а ты даже не хочешь поиграть с ними немного. Когда еще такой случай представится!

— Пусть играет кто-нибудь другой!

— Ну нет, мы тебя выбрали, и ты должен выполнить наше требование. А вы что скажете?

Девчонки оживленно закивали головами.

— Да, да, да! — дружно заголосили они.

Бутылка снова оказалась в руках Джады. Она пила из нее так, словно боялась, что сейчас отберут.

— Ну, слышал? — спросила Виола, кивая на подруг.

Денис тяжело вздохнул.

— Что я должен сделать? — покорно спросил он.

Виола улыбнулась и загадочно произнесла:

— Поскольку я хозяйка приличного дома, выберу для тебя приятное задание.

Девчонки оживились, им не терпелось узнать, какую новую пытку она придумала.

— Ты должен поцеловать Джулию.

Девушка покраснела.

Денис почувствовал, как остро кольнуло под ребрами.

— Ты что, с ума сошла? — возмущенно воскликнула Джулия, но в голосе ее звучало притворство.

Виола пожала плечами, в эту минуту она была похожа на капризного ребенка, с которым лучше не спорить.

Денис вжался в стену, упрямо мотая головой.

— Но ты же сам сказал, что она тебе нравится.

— А если я не стану целовать? — осмелел Денис.

Виола внезапно сделалась серьезной.

— Не станешь, тогда придется отвечать на следующий вопрос, — сказала она и посмотрела ему прямо в глаза. — Например, расскажешь нам о своем дружке.

«Неужели она догадалась?..» — подумал Денис. У него напряглась шея.

Не помня себя, он повернулся к Джулии Миранди, потянулся к ней, зажмурился и поцеловал. Руки он держал как оловянный солдатик, плотно прижав к телу. Коснувшись губ девушки, он хотел тут же отпрянуть, но Джулия удержала его голову за затылок и силой втиснула свой язык в зажатые губы.

Денис почувствовал во рту вкус чужой слюны, и ему стало противно. Целуясь впервые в жизни, он открыл глаза как раз в тот момент, когда в комнату входил Маттиа, держа за руку хромую девушку.

15

Другие сразу заметили то, что Аличе и Маттиа поняли лишь много лет спустя.

Они вошли в комнату, держась за руки.

Они не улыбались, взгляды их блуждали по сторонам, но выглядели они так, словно тела их, благодаря соприкосновению рук, слились воедино.

Каштановые волосы Аличе, обрамлявшие ее бледное лицо, и темные Маттиа, свисавшие на лоб, нисколько не контрастировали на фоне этой тонкой линии, объединившей их.

Некое общее пространство без какой-либо четкой границы, казалось, не нуждалось ни в каких дополнениях, даже воздух в нем был особым — неподвижным, застывшим...

Аличе шла впереди, и оттого, что вела за собой Маттиа, хромота ее была почти незаметна.

Маттиа послушно шел за ней, неслышно ступая по плиткам пола. Его шрамы были надежно спрятаны в ее руке.

Они остановились на пороге в кухню недалеко от девушек и Дениса. Попытались понять, что происходит, но при этом выглядели отстраненно, словно явились из какого-то далека, ведомого лишь им одним.

Денис решительно отодвинул Джулию — их губы, размыкаясь, издали чмокающий звук.

Он с отчаянием вглядывался в лицо Маттиа, пытаясь понять то, что тревожило его сейчас больше всего на свете.

Потом он подумал, что Маттиа и Аличе, вероятно, сказали друг другу нечто такое, чего он никогда не узнает, и кровь ударила ему в голову.

Выбегая из кухни, он нарочно задел друга плечом, чтобы сломать эту тонкую, ненавистную ему линию.

Маттиа на мгновение поймал его взгляд, и ему почему-то вспомнились глаза Микелы в тот вечер в парке: в глазах Дениса читался такой же страх. Он отпустил руку Аличе, и у него возникло ощущение, что его собственная рука заискрила, как обнаженный провод, будто все его нервы замкнулись в одной точке.

— Извини, — шепнул он Аличе и вышел из кухни, желая догнать Дениса.

Аличе подошла к Виоле, которая смотрела на нее в упор.

— Мы... — заговорила Аличе.

— Меня не интересует, — прервала ее Виола.

Глядя на эту парочку, она вспомнила о мальчишке, который не пожелал взять ее за руку на море. А ей так хотелось вернуться на пляж именно с ним... Она не просто завидовала, а была вне себя от злости, потому что счастье, которого так желала, только что сама подарила другой. И она чувствовала себя обворованной, как будто Аличе отняла у нее то, что по праву должно было принадлежать ей.

Аличе подошла к ней, желая шепнуть что-то на ухо, но Виола отстранилась.

— Чего тебе еще надо? — гневно произнесла она.

— Ничего, — отшатнулась Аличе, испугавшись.

В эту минуту Джада вдруг привалилась к столу, будто кто-то невидимый ударил ее кулаком под дых, согнулась пополам и схватилась за живот.

— Что с тобой? — спросила Виола.

— Тошнит... — застонала девочка.

— Фу, какая гадость... Иди в ванную! — приказала Виола. Но было уже поздно. Джада дернулась и изрыгнула на пол содержимое желудка — нечто красноватое, воняющее спиртом и походившее на фруктовый коктейль, который готовила Соледад.

Девушки в ужасе отступили. Аличе попыталась помочь Джаде, поддержала ее. В комнате противно запахло кислым.

— Идиотка, — рассердилась Виола, едва не плача. — Ну и дерьмовый же получается праздник!

Она вышла из кухни, с трудом сдерживая желание садануть по чему-нибудь изо всех сил. Аличе с тревогой посмотрела ей вслед и снова занялась Джадой, которая тихонько всхлипывала.

16

Другие гости группками сидели в гостиной. Почти все парни кивали головой в такт музыки, девушки отстраненно блуждали взглядом по комнате, некоторые были с рюмками в руках. Кое-кто танцевал под *A question of time*, культовую композицию «Depeche Mode».

«Как они могут держаться так на глазах у всех?» — подумал Маттиа, но потом решил, что это, наверное, самое естественное, что только может быть на свете, но именно он на это почему-то не способен.

Денис исчез. В поисках его Маттиа обошел весь дом: с опаской приоткрыл дверь в комнату Виолы, заглянул в комнату ее сестры и в родительскую спальню, поискал в обеих ванных и в одной из них обнаружил странную парочку: девчонка сидела на крышке унитаза, а парень перед ней на полу, скрестив ноги; оба грустно и вопросительно посмотрели на него, и Маттиа поспешил ретироваться. Наконец он вернулся в гостиную и вышел на балкон. Склон холма скрывался в полумраке, а внизу раскинулся город, помеченный, словно пунктиром, круглыми белыми точками, убегавшими вдаль, насколько хватало глаз. Перегнувшись через перила, Маттиа осмотрел сад, окружавший дом, но Дениса не увидел.

Задыхаясь от волнения, он решил еще раз пройти по комнатам.

В конце коридора он наткнулся на винтовую лестницу, которой прежде не заметил; лестница вела в мансарду. Он поднялся на несколько ступенек и остановился. Потом, чувствуя нарастающий холодок в груди, отправился на самый верх. В мансарде было темно, и все же свет, падающий снизу, позволил ему разглядеть силуэт друга.

Денис стоял посреди комнаты, Маттиа окликнул его. За все время их знакомства он называл его по имени раза три, не больше. В этом не было нужды, потому что Денис всегда был рядом, словно естественное продолжение его самого.

— Уходи отсюда, — сказал Денис.

Маттиа поискал выключатель на стене.

Комната выглядела огромной, вдоль стен тянулись книжные стеллажи. Из мебели — только совершенно пустой письменный стол, и ничего более. У Маттиа создалось впечатление, будто сюда очень давно никто не заходил.

— Уже почти одиннадцать. Нам нужно идти, — сказал он.

Денис не ответил. Он стоял к нему спиной, на середине большого ковра. Маттиа подошел ближе, обошел его кругом и понял, что тот плачет — Денис тяжело дышал, уставившись в пространство, полуоткрытые губы слегка дрожали.

И только тут Маттиа увидел на полу разбитую настольную лампу.

— Что это? — спросил он.

Дыхание Дениса сделалось хриплым.

— Что это... Что ты сделал?

— Я... — начал Денис и умолк.

— Что? Что?

Денис раскрыл левую руку и показал Маттиа кусок зеленого стекла, запотевшего от тепла ладони.

— Вот, хотел почувствовать то же, что и ты, — прошептал он.

Маттиа не понял и в растерянности отступил. Резкая боль обожгла желудок, перекинулась на руки и предплечья.

— Но... я не смог, — добавил Денис.

Он так и держал ладони кверху, словно ожидая чего-то.

Маттиа хотел спросить его: «Зачем?» — но промолчал. Снизу доносилась приглушенная музыка, пульсирующая басами. Денис хмыкнул.

— Уйдем отсюда, — предложил он.

Маттиа кивнул, но еще какое-то время они продолжали неподвижно стоять.

Наконец Денис повернулся и направился к лестнице. Маттиа последовал за ним. Миновав гостиную, они вышли на улицу, где свежий ночной воздух вернул их к жизни.

17

В воскресенье утром отец Джады Саварино позвонил отцу Виолы, перебудив всех в доме Баи. Состоялся долгий телефонный разговор.

Виола, еще в пижаме, прижалась ухом к двери в родительскую спальню, но так ничего и не расслышала. Ни единого слова. Когда же в спальне скрипнула кровать, она бегом вернулась в свою комнату и, нырнув под одеяло, притворилась спящей.

— Потом объяснимся, — сказал отец, тронув ее за плечо. — А пока запомни — никаких вечеринок в этом доме больше не будет, и сама ты никуда не пойдешь. Придется тебе забыть о вечеринках, и надолго.

За обедом мать потребовала объяснить, почему разбита настольная лампа в мансарде. Сестра, которая обычно защищала Виолу, на этот раз промолчала, поскольку уже заметила, что та посягнула на ее запасы.

Весь день Виола просидела в своей комнате, при этом ей было строго запрещено звонить по телефону.

Настроение было паршивым: у нее все не выходили из головы Аличе и Маттиа — как они держались за руки.

В понедельник утром, запершись в ванной, Аличе сняла марлю, закрывавшую татуировку, скомкала ее и бросила в унитаз вместе с раскрошенным печеньем, которое не съела за завтраком.

Рассматривая фиалку в зеркале, она подумала, что навсегда изменила свое тело, во второй уже раз, и даже вздрогнула от волнения. Ей пришло в голову, что при желании она может сделать со своим телом что угодно — изуродовать нестираемыми знаками, или даже уничтожить, или... Она так и не придумала варианта для этого последнего «или».

В то утро она собиралась показать татуировку Виоле и другим девчонкам в женском туалете, а заодно рассказать, как они с Маттиа долго целовались. Не было нужды придумывать что-либо еще. А если вдруг спросят о подробностях, она повторит их собственные фантазии, слышанные не однажды.

Придя в класс, она положила рюкзак на свое место и направилась к парте Виолы, вокруг которой уже собрались все остальные.

— А, вот она, пришла, — долетели до нее слова Джулии Миранди.

Аличе радостно поприветствовала подруг:

— Чао, девочки!

Но ей никто не ответил.

Она наклонилась к Виоле, чтобы поцеловать в обе щеки, как та сама ее научила, но Виола даже не шелохнулась.

Аличе недоуменно выпрямилась и увидела четыре пары сверлящих ее глаз.

— Вчера нам всем было очень плохо, — заговорила Виола.

— Да что ты? — с искренним беспокойством произнесла Аличе. — А что случилось?

— Ужасно болел живот, у всех четверых, — с вызовом добавила Джада.

Аличе вспомнила, как Джаду вырвало на пол, и подумала: «Еще бы, после того, сколько вы пили...»

— А у меня ничего не болело, — призналась она.

— Конечно, — усмехнулась Виола, обращаясь к девочкам. — Никто и не сомневается.

Джада и Федерика рассмеялись, Джулия опустила глаза.

— Как это понимать? — растерялась Аличе.

— Ты прекрасно знаешь, как понимать, — ответила Виола, впиваясь в нее колючими глазами.

— Нет, не знаю, — возразила Аличе.

— Ты отравила нас! — с гневом заявила Джада.

— Да вы что? Как это — отравила?

— Да ладно, девочки, это же не так, — робко заметила Джулия.

— Нет, так! Она отравила нас, — повторила Джада. — Кто знает, какой гадостью она напичкала эти свои сладкие трубочки? Ты ведь хотела, чтобы мы все заболели, разве не так? — снова обратилась она к Аличе. — Молодец! Тебе это удалось.

До Аличе не сразу дошел смысл сказанного. Она посмотрела на Джулию и прочитала в ее взгляде: «Уж извини, но я ничего не могу поделать», потом обернулась к Виоле, но та ответила ей равнодушным взглядом, а Джада схватилась за живот, словно у нее начались колики.

— Но я... Сладкие трубочки мы готовили вместе с Соледад. Мы вместе покупали продукты в супермаркете.

Девчонки молчали, глядя по сторонам. На их лицах было написано: «Когда же эта убийца уйдет?»

— Дело вовсе не в сладостях Соледад. Я тоже их ела, но со мной ничего не случилось, — солгала Аличе.

— Это не так, — набросилась на нее Федерика Маццольди, которая до сих пор молчала. — Ни одной трубочки ты не съела. Все знают, что...

И вдруг замолчала.

— Да перестаньте же, — попросила Джулия. Казалось, она сейчас расплачется.

Аличе тронула свой плоский живот. Сердце выпрыгивало у нее из груди.

— Что знают? — спокойно спросила она. — Договаривай.

Виола Баи, делая знак Федерике, медленно покачала головой. Аличе смотрела на свою бывшую подругу, ожидая услышать слова, висевшие в воздухе, словно прозрачная дымка, но так и не прозвучавшие. Она не шелохнулась даже, когда прозвенел звонок. Преподавательнице физики Тубальдо пришлось дважды окликнуть ее, чтобы она наконец села за свою парту.

18

Денис не пришел в школу. В субботу, когда его отвозили домой, они с Маттиа ни разу не взглянули друг на друга. Денис односложно отвечал на вопросы отца Маттиа и, выйдя из машины, не произнес даже дежурного «чао».

Маттиа опустил руку на пустое сиденье рядом с собой. Он пытался вспомнить слова Дениса в той темной комнате, но они улетучивались слишком быстро, чтобы он мог осознать их смысл.

Потом он решил, что не так уж и нужно понимать сказанное, хотелось только, чтобы Денис был рядом и отделял его от всего, что находилось за пределами парты.

Накануне родители усадили его на диван в гостиной и сами уселись напротив. Отец попросил рассказать о вечеринке. Маттиа сомкнул кулаки, но потом разжал их и положил руки на колени, чтобы родители видели: он спокоен. Пожав плечами, он тихим голосом ответил, что рассказывать не о чем. Мать в раздражении поднялась и исчезла в кухне. Отец, напротив, подошел к нему и слегка похлопал по плечу. Он словно знал, что сын нуждается в утешении.

Маттиа вспомнил, как в детстве в жаркие дни отец дул в лицо ему и Микеле по очереди, чтобы охладить немного.

С кожи легко испарялся пот, становилось легче...

Маттиа почувствовал мучительную тоску по той части мироздания, что утонула в реке вместе с Микелой.

Он подумал, что стало бы с его жизнью, если бы его одноклассники всё знали...

Если бы учителя всё знали...

Ему показалось, что беглые взгляды накрывают его, словно рыболовной сетью.

Он наугад открыл учебник истории и принялся заучивать длинный ряд дат, оказавшихся на странице. Этот перечень цифр, выстроенных без всякой логики, образовал в его сознании непрерывную полосу, следуя вдоль которой он постепенно удалился от мысли о Денисе, стоящем в полумраке мансарды, и о пустом месте рядом с собой.

19

На перемене Аличе крадучись вошла в медицинский кабинет на втором этаже — небольшая тесная комнатка, где стояла кушетка, а на стене висел зеркальный шкафчик со всем необходимым для первой помощи. Она была тут только однажды — в тот день, когда едва не потеряла сознание на уроке физкультуры (в предыдущие сорок часов она съела только два крекера и выпила низкокалорийный йогурт). Учитель физкультуры, одетый в зеленую спортивную форму, со свистком на шее, которым никогда не пользовался, сказал ей тогда:

— Подумай как следует о том, что делаешь и какими могут быть последствия.

Он ушел, оставив ее бездельничать в этой залитой неоновым светом комнатке, и она целый урок любовалась на белые стены.

Аличе достала из шкафчика крупный, со сливу, ватный шарик и флакончик со спиртом. Закрыв шкафчик, поискала глазами что-нибудь тяжелое. Увидела корзинку для мусора из твердого пластика неопределенного цвета — что-то между красным и коричневым. Помолилась Мадонне, чтобы никто не услышал шума, и днищем корзинки разбила зеркальце, которое вытащила из кармана. Потом, стараясь не порезаться, выбрала из осколков один — треугольной формы. В нем отразился ее правый глаз, и она на секунду преисполнилась гордости, что не заплакала, удержалась. Засунув осколок в большой карман своей просторной рубашки, она вернулась в класс.

Остаток утра она провела словно в каком-то дурмане. Ни разу не обернулась к Виоле и другим девочкам и ни единого слова не услышала из того, что учительница рассказывала на уроке про театр Эсхила.

После занятий, когда все выходили из класса, Джулия Миранди тронула ее за руку.

— Мне очень жаль, — шепнула она на ухо Аличе, поцеловала в щеку и поспешила догнать подруг в коридоре.

Аличе поджидала Маттиа в вестибюле у покрытой линолеумом лестницы, по которой школьники спешили к выходу. Она держалась за перила — холодный металл успокаивал.

Маттиа спускался вниз в окружении того полуметра свободного пространства, которое не смел занимать никто, кроме Дениса. На лоб и глаза крупными прядями свисали черные волосы. Он сосредоточенно смотрел себе под ноги и, казалось, мыслями находился далеко отсюда.

Аличе позвала его, но он не обернулся. Тогда она окликнула его громче, и Маттиа поднял голову.

— Чао, — в растерянности произнес он и хотел было двинуться дальше, но Аличе протиснулась сквозь толпу и нагнала его.

Когда она взяла Маттиа за руку, он вздрогнул.

— Ты должен пойти со мной, — потребовала она.

— Куда?

— Ты должен помочь мне в одном деле.

Маттиа с тревогой осмотрелся.

— Меня ждет отец, — сказал он.

— Отец подождет. Ты должен помочь мне, — заявила Аличе. — Сейчас.

Маттиа тяжело вздохнул, потом согласился, не понимая, правда, почему.

— Ну хорошо.

— Пойдем.

Как и на дне рождения у Виолы, Аличе тащила его за собой, но сейчас ладонь Маттиа легко соединилась с ее рукой.

Они быстро выбрались из толпы. Аличе шла так, словно убегала от кого-то. В пустом коридоре на втором этаже распахнутые двери пустых классов создавали ощущение заброшенности.

Аличе подвела его к женскому туалету. Маттиа в нерешительности помялся на пороге — хотел сказать, что не может тут находиться, — но все же последовал за ней.

Девочка завела его в кабинку и повернула замок. Они оказались так близко, что у Маттиа задрожали колени. Это был так называемый турецкий туалет: отверстие на уровне пола и две чуть приподнятые «подошвы» для ног. Сооружение отделялось от двери узенькой полоской плитки, на которой валялась туалетная бумага, липнувшая к подошвам.

В кабинке было так тесно, что Маттиа и Аличе едва умещались и стояли почти вплотную друг к другу.

«Сейчас она поцелует меня, — подумал Маттиа, — и тебе тоже придется ее поцеловать. Это просто, это все умеют».

Аличе расстегнула молнию блестящей куртки и начала раздеваться, как накануне в комнате у Виолы: вытянула из джинсов майку и приспустила брюки. Она не смотрела на Маттиа, она действовала так, словно находилась тут одна.

Вместо белой марли на ее коже красовался татуированный цветок. Маттиа хотел было что-то сказать, но промолчал и отвел глаза. Потом он почувствовал, как шевельнулся пенис, и постарался отвлечься. Читать надписи на стене не имело смысла — он не понимал их. Отметил только, что ни одна не шла параллельно облицовочным плиткам. Почти все находились под примерно одинаковым углом к полу, и он прикинул, что величина угла, вероятно, равна тридцати — сорока пяти градусам.

— Держи, — сказала Аличе и вложила ему в руку кусок острого, как кинжал, стекла — зеркального с одной стороны и черного с другой.

Маттиа не понял.

Аличе подняла его голову за подбородок — совсем так, как ей хотелось сделать, когда впервые увидела Маттиа.

— Ты должен убрать это. Я сама не могу, — сказала она.

Маттиа посмотрел на осколок и на руку Аличе, указывающую на татуировку на животе.

Он хотел возразить, но она опередила его:

— Я знаю, ты сумеешь. Я не хочу больше видеть это, никогда. Прошу тебя, Маттиа, сделай это для меня.

Он повертел стекло в руке и слегка содрогнулся.

— Но... — произнес он.

— Сделай это для меня, — прервала его Аличе и на мгновение прикрыла его губы рукой.

«Сделай это для меня», — повторил про себя Маттиа. Эти слова вонзились в его сознание и заставили опуститься перед девочкой на колени.

Пятками он упирался в дверцу за своей спиной и не знал, как приспособиться.

Сначала он неуверенно провел рукой по коже возле татуировки, словно хотел разгладить ее...

Он еще никогда не оказывался в такой близости от девушки и невольно вдохнул глубже, чтобы понять, как пахнет ее тело...

Решившись, он поднес осколок зеркала к коже...

Рука не дрогнула, когда он сделал небольшой, не больше ногтя, надрез.

Аличе невольно вскрикнула.

Маттиа тотчас отстранился и спрятал стекло за спину, словно отрицая, что это сделал он.

— Я не могу, — сказал он и поднял на Аличе глаза.

Она тихо плакала, лицо ее некрасиво сморщилось от страдания.

— А я не хочу больше видеть этого, — сквозь слезы произнесла она.

Маттиа понял, что от ее решительности не осталось и следа, и почувствовал облегчение. Он поднялся и подумал, что надо бы поскорее уйти отсюда.

Аличе вытерла каплю крови, стекавшую по животу, застегнула джинсы. Все это время Маттиа думал, что бы такое сказать ей в утешение.

— Привыкнешь. В конце концов и замечать не будешь, — наконец выдавил он.

— Как? Это же останется навсегда, так и будет все время у меня на глазах.

— Вот именно, — подтвердил Маттиа. — Поэтому и перестанешь замечать.

ДРУГАЯ КОМНАТА
(1995)

20

Маттиа был прав: время действовало на кожу как растворитель, стирая тончайший слой пигмента с татуировки, а заодно и их с Аличе воспоминания. Контуры, как и обстоятельства, все еще оставались темные, четко очерченные, но краски смешались и поблекли, превратившись в бесцветное пятно, не имеющее ни смысла, ни значения.

Годы учебы в лицее оставались открытой раной, которая им обоим казалась такой глубокой, что и представить невозможно. Они прожили это время, как бы постоянно сдерживая дыхание, он — отвергая мир, она — чувствуя, как мир отвергает ее, и обнаружили, что особой разницы тут и нет. У них родилась странная, какая-то несимметричная дружба: иногда они подолгу не виделись, не напоминали о себе, но при желании, особенно когда школьные стены стискивали до удушья, могли вернуться к своим свободным и чистым отношениям, чтобы прийти в себя и набраться сил.

Потом, со временем, отроческая рана затянулась. Края ее сближались благодаря еле заметному, но непрестанному движению. При каждой новой царапине короста отпадала, а свежая была темнее и толще. Но под ней зарождался гладкий и эластичный слой кожи, заменявший содранную. Из красного шрам делался белым и в конце концов сливался со всеми остальными.

Сейчас они лежали валетом на постели Аличе, неудобно поджав ноги, чтобы не касаться друг друга. Аличе подумала, что, повернувшись, могла бы упереться пальцем в спину Маттиа и притвориться, будто не замечает этого. Она не сомневалась, что он тотчас отодвинется, и решила избавить себя от маленького огорчения.

Никто из них не подумал включить музыку. Им вообще ничего не хотелось, кроме желания лежать тут, пережидая, пока сам собой не закончится этот длинный выходной день и пора будет заняться необходимыми делами — ужинать, спать и начинать новую неделю.

Из открытого окна лился желтый сентябрьский свет, нескончаемый уличный шум был настолько привычным, что они его не замечали.

Аличе поднялась и встала на кровати, отчего матрас у изголовья Маттиа едва колыхнулся. Уперев руки в бока, она взглянула на него с высоты. Свисавшие волосы скрывали строгое выражение ее лица.

— Не двигайся, — приказала она. — Не шевелись.

Спрыгнув с кровати на здоровую ногу, она протащила другую, словно какую-то ненужную вещь, которая случайно прицепилась к ней.

Маттиа прижал подбородок к груди, чтобы посмотреть, как Аличе ходит по комнате. Краем глаза он видел, что она открыла квадратную коробку на письменном столе, которую он прежде не замечал.

Аличе обернулась к нему: один глаз прищурен, другой спрятан за объективом какого-то старого фотоаппарата.

Маттиа хотел приподняться.

— Лежи! — приказала она. — Я же велела тебе не двигаться. — И щелкнула затвором.

Поляроид высунул белый тонкий язык, и Аличе помахала им, чтобы быстрее проявилось изображение.

— Где ты нашла эту штуку? — спросил Маттиа.

— В подвале. Это моего отца. Он купил его бог знает когда, но так никогда и не пользовался.

Маттиа сел в постели. Аличе уронила первый снимок на ковер и сделала еще один.

— Ладно, перестань, — попросил он. — Я всегда глупым выгляжу на фотографиях.

— Ты всегда выглядишь глупым. — И она опять нажала на кнопку. — А знаешь, я хочу стать фотографом. Решила вот.

— Фотографом? А университет?

Аличе пожала плечами.

— Это нужно только моему отцу, — ответила она, — пусть сам и учится.

— Хочешь бросить?

— Наверное.

— Но ведь ты не можешь, проснувшись однажды утром и решив вдруг заняться фотографией, перечеркнуть целый год учебы. Это никуда не годится, — заключил Маттиа.

— О, я и забыла, что ты точно такой же, как он, — с иронией заметила Аличе. — Вы оба всегда знаете, что нужно делать, а что нет. Ты уже в пять лет знал, что будешь заниматься математикой. Скучные вы. Старые и скучные.

Аличе повернулась к окну и, не выбирая ракурса, щелкнула затвором. Новый снимок полетел на ковер к другим. Она принялась топтать их, словно отжимая виноград в чане.

Маттиа хотел ответить ей, но ничего не придумал. Наклонившись, он умудрился вытянуть из-под ног Аличе первый снимок. На белом фоне проявились контуры его запрокинутых за голову рук. Он задумался, что за реакция происходит на этой блестящей поверхности, и решил по возвращении домой непременно заглянуть в энциклопедию.

— Знаешь, а я хочу показать тебе кое-что другое, — сказала Аличе.

Она бросила поляроид на постель, как ребенок, которому надоела игрушка, потому что появилась другая, более привлекательная, и вышла из комнаты. Ее не было минут десять. Маттиа принялся перечитывать названия на корешках книг, стоявших на полке над письменным столом. Потом соединил первые буквы всех названий, но никакого осмысленного слова не получилось. Хорошо бы отыскать какой-нибудь логический порядок в этом ряду... Например, расположить книги согласно цветам радуги — от красного к фиолетовому — или выстроить по нисходящей высоте.

От размышлений его отвлек голос Аличе — она пропела несколько тактов из «Свадебного марша» Мендельсона.

Маттиа повернулся и увидел ее на пороге в свадебном платье. Раскинув руки, она держалась за наличники, будто опасаясь упасть. Время не пощадило наряд, которому полагалось быть ослепительно белым, — платье пожелтело по краям, словно снедаемое какой-то болезнью. Годы, проведенные в коробке, не прошли даром. На несуществующей груди Аличе мятой тряпкой висел лиф. Декольте, хоть и неглубокое, все же сползло на плечи, отчего ее ключицы казались еще более острыми. Между ними обозначилась небольшая впадинка, похожая на дно высохшего озера. Маттиа представил, как можно было бы, закрыв глаза, провести кончиками пальцем по этим линиям. Поспешно отбросив эту мысль, он продолжил разглядывать подругу. Кружево на рукавах обтрепалось. Длинный шлейф тянулся по коридору, но Маттиа не видел его. На ногах у Аличе были ее красные шлепанцы, которые, выглядывая из-под широкой юбки, создавали неожиданный контраст.

— Ну? Мог бы и сказать что-нибудь, — заметила Аличе, не глядя на него, и пригладила кружево. На ощупь оно показалось ей дешевым, синтетическим.

— Чье это? — спросил Маттиа.
— А разве не мое?
— Да ладно.
— Ну как ты думаешь, чье оно может быть? Моей матери.

Маттиа кивнул и представил себе синьору делла Рокка в этом платье и с неизменным выражением лица, какое появлялась у нее, когда он, уходя домой, заглядывал в гостиную, где Фернанда смотрела телевизор, — с такой нежностью и глубоким сочувствием смотрят обычно на больных, которых навещают в больнице. Смешно, если учесть, что больной была она сама — Фернанда страдала от болезни, которая постепенно разрушала ее тело.

— Ну, чего стоишь как истукан. Фотографируй!

Маттиа повертел поляроид в руках, стараясь отыскать нужную кнопку. Аличе покачивалась в дверях из стороны в сторону, словно от порывов легкого ветерка, который ощущала только она. Когда Маттиа навел на нее фотоаппарат, она выпрямилась и придала лицу строгое, почти вызывающее выражение.

— Готово, — сказал он.
— А теперь вдвоем.

Он отрицательно мотнул головой.

— Да ладно, не будь таким вредным, как всегда. Кстати, хочу хоть раз в жизни увидеть тебя в нормальной одежде, а не в этом жеваном свитере, который ты не снимаешь уже месяц!

Он оглядел себя. Рукава вытянулись на локтях, а внизу выглядели так, будто их изъела моль. У него была привычка теребить их, чтобы занять руки и не ковырять впадину между указательным и средним пальцами.

— И кроме того, ты же не станешь портить мне свадьбу? — заметила Аличе.

Это была просто игра, он понимал. Аличе шутила, лишь бы обмануть время. Она и сама понимала это. Вот и теперь устроила небольшой спектакль, глупый, как и многие другие. И все же, когда зеркало на дверце шкафа отразило ее в белом платье рядом с Маттиа, от страха у нее перехватило дыхание.

— Здесь нет ничего подходящего, — поспешно заметила она. — Идем со мной.

Понимая, что возражать бесполезно, он двинулся за ней. Когда Аличе начинала командовать, у него возникала дрожь в коленях, но еще чаще охватывало желание уйти. В горячности, с какой она потакала своим детским причудам, было что-то невыносимое. Иногда он чувствовал себя так, как если бы она, привязав его к стулу, созвала бы с десяток людей, чтобы продемонстрировать его как свою собственность — нечто вроде милого и смешного домашнего животного. Но все же он молчал, проявляя свое недовольство лишь мимикой. Но и это ей быстро надоедало — тогда она прекращала свои затеи, высказывая ему с обидой, что он всегда заставляет ее чувствовать себя полной дурой.

Вслед за шлейфом Аличе Маттиа прошел в комнату ее родителей. Он никогда не заходил сюда прежде. Сквозь почти закрытые ставни свет падал на деревянный пол такими четкими параллельными линиями, что они казались нарисованными. Воздух здесь был спертый, гораздо тяжелее, чем в других комнатах. Супружеская кровать у стены выглядела намного выше, чем у его родителей, рядом с ней — одинаковые прикроватные тумбочки.

Аличе открыла шкаф и провела рукой по костюмам отца, висевшим в строгом порядке, каждый в целлофановом мешке. Сняв черный костюм, она бросила его на кровать.

— Надень вот этот!
— Ты с ума сошла? Твой отец заметит.
— Мой отец никогда ничего не замечает.

На какое-то мгновение она замерла, будто обдумывая только что сказанное. Казалось, она рассматривает что-то за шеренгой темных костюмов.

— Сейчас отыщу тебе рубашку и галстук, — наконец очнулась она.

Маттиа оставался в нерешительности.

— Ну! Шевелись! — поторопила Аличе. — Надеюсь, ты не стесняешься меня? Давай переодевайся! — Пустой, как всегда, желудок, свела судорога. Все-таки это было нечестно по отношению к нему — в ее словах таился тонкий шантаж.

Маттиа вздохнул, потом опустился на кровать и стал развязывать шнурки на ботинках.

Аличе стояла отвернувшись, делая вид, будто выбирает рубашку, хотя уже держала ее в руках. Услышав, как звякнула пряжка ремня, она сосчитала до трех и повернулась. Маттиа снимал джинсы. Под ними оказались серые широкие трусы, а не тесные и облегающие, как она ожидала.

При том, что она десятки раз видела его в шортах — ведь между шортами и трусами нет никакой особой разницы, — она все же ощутила под четырьмя слоями белого подвенечного платья легкую дрожь. Такую же дрожь ощутил и Маттиа. Он натянул книзу майку, желая прикрыться, и затем торопливо влез в красивые брюки. Мягкая ткань, соприкасаясь с волосами на ногах, заряжала их статическим электричеством, отчего волосы встали дыбом, как бывает у напуганных кошек.

Аличе подошла ближе и протянула ему рубашку. Он взял ее, не поднимая глаз. Его раздражал этот бессмысленный спектакль. Он стеснялся своих тощих рук, но еще больше — редкой растительности на груди и вокруг пупка. Аличе подумала, что он, как всегда, старается сделать так, чтобы всем было неловко. Потом решила: а ведь он-то наверняка считает, что все дело в ней, и почувствовала, как от волнения встал комок в горле. Конечно, это не так, но все же она отвернулась — ладно, не будет она смотреть на него, пока он снимает майку.

— Ну а теперь? — спросил он.

Она обернулась и замерла, увидев его в костюме своего отца. Пиджак был немного великоват, широк в плечах, но она не могла не отметить, что Маттиа в нем очень красив.

— Недостает галстука, — помолчав, сказала она.

Маттиа взял у нее из рук бордовый галстук и невольно провел большим пальцем по блестящей ткани.

Судорога, зародившаяся где-то в кисти, перешла на спину. Он почувствовал, как ладонь мгновенно сделалась сухой и шершавой, будто песок. Желая справиться с неприятными ощущениями, он подышал на руку, увлажняя ее дыханием. Не удержавшись, он все-таки укусил свой палец, и Аличе заметила это.

— Я не умею завязывать галстук, — тихо признался он.

— Да ты просто недотепа какой-то!

Аличе как раз умела делать это. И ей не терпелось показать свое умение. Отец научил, еще в детстве. Утром он оставлял галстук у нее на кровати, а перед тем как уйти на службу, заходил к ней и спрашивал: «Готов мой галстук?» Аличе спешила ему навстречу с уже завязанным узлом. Отец наклонял голову, заложив руки за спину, словно перед королевой. Она надевала ему галстук на шею, и он лишь слегка поправлял его, затягивая узел.

— Прекрасно! — неизменно заключал он.

Но однажды утром, уже после того случая в горах, он нашел свой галстук на кровати нетронутым. С тех пор он завязывал его сам. Из их жизни исчез еще один небольшой ритуал, как и многие другие раньше.

Аличе уверенно двигала своими худющими пальцами. Маттиа следил за ее движениями, и они казались ему очень сложными. Спустя минуту он позволил надеть галстук себе на шею.

— Вау, да ты выглядишь респектабельно! Хочешь посмотреться в зеркало?

— Нет, — замотал головой Маттиа.

Ему хотелось только одного — уйти отсюда поскорее, причем в своей собственной одежде.

— Это нужно запечатлеть, — сказала Аличе, хлопнув в ладоши.

Маттиа снова прошел вслед за ней в ее комнату, и она взяла фотоаппарат.

— Тут нет автоспуска, — огорчилась Аличе. — Ладно, придется действовать наугад.

Она притянула Маттиа к себе за талию. Он весь напрягся, и в этот момент она щелкнула затвором. Снимок с шипением выполз из щели, Аличе схватила его и упала на кровать совсем как новобрачная, утомленная долгим празднеством. Снимком она обмахивалась как веером.

Маттиа стоял не двигаясь. Его охватило приятное чувство, будто он прячется в чужой одежде. Неожиданно свет в комнате резко изменился. Из желтого сделался голубым, ровным — последний краешек солнца исчез за стоящим напротив зданием.

— Теперь я могу переодеться?

Маттиа сказал это специально, чтобы Аличе стало ясно — он уже достаточно потакал ее игре.

Но Аличе, казалось, не слышала его. Она о чем-то глубоко задумалась, слега вскинув брови.

— Осталось последнее, — сказала она и поднялась с кровати.

— Что же?

— Ты должен взять меня на руки. И отнести туда. — Она кивнула в сторону коридора. — А потом ты свободен.

Маттиа покачал головой. Подошел к ней и протянул руки, как к ребенку.

— Смелее, мой герой! — голос ее звучал насмешливо.

Маттиа совсем пал духом. Он неуклюже наклонился, намереваясь поднять ее. Еще никогда в жизни он никого не носил на руках. Одной рукой он взял ее под колени, а другой за спину и, когда приподнял, удивился — до чего же она легкая.

Он нес Аличе по коридору, совсем близко ощущая ее дыхание. Сзади шуршал шлейф, и вдруг раздался сухой и долгий треск рвущейся ткани. Маттиа остановился как вкопанный.

— Черт возьми, — произнес он и опустил Аличе на пол. Как оказалось, юбка зацепилась за дверную петлю. Прореха получилась длинная и походила на распахнутый в злобной гримасе рот. Оба стояли и растерянно смотрели на нее.

Маттиа ожидал, что Аличе огорчится или начнет его ругать. Он понимал, что должен извиниться, но, с другой стороны, она же сама настояла на такой глупости. Сама!

Но Аличе равнодушно посмотрела на прореху.

— А, плевать, — сказала она легко. — Все равно оно больше никому не нужно.

В ВОДЕ И ВНЕ ЕЕ
(1998)

21

Простые числа делятся только на единицу и на самих себя. Они занимают свое место в бесконечном ряду натуральных чисел, находясь, как и прочие, между двумя соседними, но никогда не стоят рядом. Маттиа находил их чудесными, хотя и подозрительными. Иногда он думал, что в математический ряд они попали по ошибке и выглядят в нем, как жемчужины в ожерелье. А порой, напротив, полагал, что им было бы приятно ничем не отличаться от других, быть как все, самыми обыкновенными числами, но по какой-то причине они не способны на это. Такое соображение приходило ему в голову главным образом по вечерам в том хаотичном чередовании образов, которые предшествуют засыпанию, когда разум слишком слаб, чтобы обманывать самого себя.

В первый же год занятий в университете Маттиа прослушал курс лекций, из которого узнал, что среди простых чисел есть совсем особенные. Математики называют их парными, или числами-близнецами. Это пары простых чисел, которые стоят рядом, то есть почти рядом, потому что между ними всегда оказывается натуральное число, которое мешает им по-настоящему соприкоснуться.

Это 11 и 13, 17 и 19, 41 и 43. Если хватит терпения считать дальше, то выясняется, что такие пары встречаются все реже и реже. Простые числа оказываются все более отдаленными друг от друга, в полной, так сказать, изоляции в этом беззвучном и ритмичном пространстве, состоящем только из цифр, и тогда невольно возникает тревожная мысль, что все предыдущие пары — явление чисто случайное и истинная их судьба — всегда оставаться в одиночестве. А потом, когда вы уже готовы отступить, когда уже нет охоты считать дальше, вдруг натыкаетесь на еще пару чисел-близнецов, крепко жмущихся друг к другу. Среди математиков живет общее убеждение, что, если двигаться дальше, непременно найдутся следующие числа-близнецы, хотя никто не может сказать заранее, где именно они обнаружатся.

Маттиа думал, что они с Аличе — два вот таких простых числа, пара чисел-близнецов, одиноких и потерянных, близких, но недостаточно, чтобы по-настоящему соприкоснуться друг с другом. Он никогда не говорил ей об этом. А если и представлял, что говорит, то руки его мгновенно иссыхали, утрачивая всякую влажность настолько, что он целых десять минут не мог ни к чему прикоснуться.

Однажды зимой он вернулся вечером к себе, проведя несколько часов у Аличе, и все это время она только и делала, что беспрестанно переключала каналы телевидения. Маттиа не воспринимал ни звук, ни картинку. Правая нога Аличе, лежавшая на журнальном столике, наполовину заслоняла ему экран, словно змеиная голова. Аличе нажимала на кнопки пульта в каком-то гипнотическом ритме, и от этого повторяющегося движения желудок заныл, и Маттиа заставил себя как можно дольше не отрывать взгляд от экрана, чтобы ничто не изменилось в кадре.

Дома он вырвал несколько чистых листов из тетради, аккуратно выровнял стопку, постучав сначала по верхнему обрезу, а потом по боковому, выбрал лучшую из всех, что имелись на письменном столе, ручку, чтобы легко скользила по бумаге, а не царапала ее, снял колпачок и надел его на другой конец, чтобы не потерять. Ему не понадобилось отсчитывать клеточки, чтобы найти середину. Точно в центре листа он написал:

2760889966649

Потом закрыл ручку колпачком и положил рядом.

— Два триллиона семьсот шестьдесят миллиардов восемьсот восемьдесят девять миллионов девятьсот шестьдесят шесть тысяч шестьсот сорок девять, — прочитал он вслух.

И негромко повторил еще раз, словно для того, чтобы освоить эту скороговорку. Решил, что это будет его число. Он не сомневался, что никто на свете за всю историю человечества никогда не задумывался над этим числом. Возможно, до сих пор никто никогда ни разу не написал его на бумаге и уж тем более не произносил вслух.

Немного подумав, он пропустил две строки и написал:

2760889966651

А вот это ее число, подумал он. В его сознании цифры потемнели, как ноги Аличе на фоне голубоватых отсветов экрана.

Они могли бы быть двумя первыми близнецами, подумал Маттиа. Если так, то...

Он вдруг остановился на этой мысли и принялся искать делители на оба числа. С тройкой просто: достаточно сложить все цифры числа и посмотреть, кратна ли их сумма трем.

С пятеркой еще проще: достаточно посмотреть, делится ли на пять последняя цифра. Возможно, существовало какое-то правило и для семерки, но Маттиа уже не помнил его и потому принялся делить столбиком. Одиннадцать, тринадцать и так далее, все более сложные вычисления. Когда он делил на тридцать девять, сон впервые свалил его, и он выронил ручку. На сорока семи он остановился.

Желудок, который все ныл, когда Маттиа был у Аличе, притих, боль растаяла, подобно запахам в воздухе, и он уже не ощущал ее. В комнате находились только он и несколько разрозненных листов бумаги, испещренных бесполезными делениями.

Часы показывали три часа пятнадцать минут утра.

Маттиа взял в руки первый лист с двумя цифрами, написанными в центре, и почувствовал себя дураком. Он сложил его пополам, потом еще раз пополам и пригладил так, что края его стали настолько острыми, что могли войти, подобно лезвию, под ноготь безымянного пальца на левой руке — того, на котором католики носят обручальное кольцо.

За четыре года занятий в университете математика привела его в самые закрытые уголки человеческого мышления. Маттиа тщательно переписывал доказательства всех теорем, какие только встречал во время занятий. Даже летними днями он не открывал ставни и работал при электрическом свете. Убирал с письменного стола все, что могло отвлечь, чтобы чувствовать себя действительно наедине с листом бумаги. Работал он без передышки. А если вдруг слишком долго задерживался на чем-то одном или затруднялся с ответом, который следовало поставить после знака равенства, то сбрасывал лист на пол и начинал все заново. Исписав символами, буквами и числами множество страниц, он помечал в конце: c.v.d.* И ему казалось, будто он привел в порядок крохотный кусочек мира. Тогда он откидывался на спинку стула и сплетал пальцы, но не сжимал ладони.

Потом он постепенно как бы отдалялся от страницы. Числа и символы, которые еще мгновение назад стремительно набрасывала на бумагу его рука, теперь виделись как бы издали, словно заблокированные где-то, куда ему отказано в доступе. В полумраке комнаты его голова вновь заполнялась мрачными и шумными мыслями, и тогда он открывал наугад какую-нибудь книгу и начинал заниматься.

Сложный анализ, проективная геометрия и тензорное исчисление не смогли отвлечь его от первоначальной страсти к числам. Маттиа нравились вычисления начиная с единицы — и далее по все более сложным прогрессиям, которые он нередко изобретал тут же. Он шел на поводу у чисел, и ему казалось, будто знает их все до одного. Поэтому, когда пришло время выбрать тему дипломной работы, он без всяких сомнений отправился к профессору Никколи, заведующему кафедрой дискретной математики, которому не сдавал ни одного экзамена и которого знал только по имени.

Кабинет Франческо Никколи находился на четвертом этаже здания, построенного в девятнадцатом веке. Там располагался математический факультет. Небольшая комната, чистая, без всяких запахов, где господствовал белый цвет — стены, шкафы и пластмассовый стол с громоздким компьютером на нем. Маттиа так осторожно постучал в дверь, что Никколи не понял, к нему ли это или в соседний кабинет.

---

* Принятая в математике аббревиатура, означающая «что и следовало доказать».

На всякий случай, чтобы не оказаться невежливым, он ответил:

— Войдите.

Маттиа вошел.

— Здравствуйте, — произнес он.

— Здравствуйте, — ответил Никколи.

Взгляд Маттиа задержался на снимке, висевшем за спиной профессора. На нем Никколи был намного моложе и без бороды, в одной руке он держал серебряную пластину, а другой отвечал на пожатие какого-то важного господина. Маттиа сощурился, но не смог прочитать надпись на пластине.

— Так в чем дело? — спросил Никколи, глядя исподлобья.

— Я хотел бы написать дипломную работу о гипотезе Римана*, — сказал Маттиа, глядя на правое плечо профессора, где было столько перхоти, что оно походило на небольшое звездное небо.

Никколи хмыкнул, изобразив нечто вроде насмешливой улыбки.

---

* Гипотеза Римана была сформулирована немецким математиком Георгом Фридрихом Бернхардом Риманом (1826—1866), изучавшим так называемые парные числа-близнецы (простые числа), разность между которыми всегда равна двум, например 11 и 13, 29 и 31, 59 и 61. В 1859 г. Риман высказал предположение, что распределение простых чисел связано со свойствами так называемой дзета-функции, в которой первостепенное значение в контексте теории простых чисел имеет распределение нулей. В 2000 г. бостонский Институт математики опубликовал перечень фундаментальных математических проблем, унаследованных от двух предыдущих веков. За решение каждой из этих задач обещана премия в миллион долларов. К настоящему времени имеются сведения, что ряд независимых друг от друга математиков сумели доказать гипотезу Римана, однако процедуру рецензирования доказательства пока не прошли.

— Простите, а кто вы такой? — спросил он, не скрывая иронии, и, откинувшись назад, заложил руки за голову, словно собираясь немного развлечься.

— Меня зовут Маттиа Балоссино. Я сдал экзамены и хотел бы защитить диплом в течение года.

— Зачетка с собой?

Маттиа утвердительно кивнул, сбросил с плеча рюкзак, присел и порылся в нем. Никколи хотел взять зачетку и протянул руку, но Маттиа предпочел положить ее на край стола.

Вот уже несколько месяцев профессору приходилось подальше отодвигать от себя предметы, чтобы сфокусировать зрение. И теперь он быстро просмотрел перечень оценок — одни только высшие баллы. Ни единого сбоя, ни одного промаха или провала, даже на зачетах, как бывает иной раз у студентов из-за какой-нибудь неудачной любовной истории. Захлопнув зачетку, он более внимательно посмотрел на Маттиа. Одет безлико и держится как человек, который совсем не умеет владеть своим телом... Возможно, еще один тип из тех, кто неплохо учится, потому что в жизни круглый дурак. Выйдя из университета, такие люди обычно оказываются совершенно ни к чему не пригодны, подумал профессор.

— А вам не кажется, что это мне полагается предложить вам тему для работы? — медленно заговорил он.

Маттиа пожал плечами. Его черные глаза ритмично двигались вправо и влево, потому что в этот момент он очерчивал взглядом контуры стола.

— Меня интересуют простые числа. Хочу поработать над гипотезой Римана, — сказал он.

Никколи вздохнул, потом поднялся и прошел к белому шкафу, порылся в нем и достал несколько отпечатанных на машинке, сколотых скрепкой листов.

— Ладно, ладно, — сказал он, протягивая Маттиа листы. — Можете вернуться, когда произведете вычисления, о которых говорится в этой статье. Всё.

Маттиа взял листы и, не взглянув на заголовок, сунул в открытый смятый рюкзак, лежавший у его ног, пробормотал «спасибо» и вышел из кабинета, прикрыв за собой дверь.

Никколи вернулся за стол и подумал, что за ужином непременно расскажет жене об этом наглеце.

22

Отец Аличе отнесся к затее с фотографированием как к капризу скучающего ребенка. И все же на двадцать третий день рождения он подарил дочери фотокамеру «Canon», к которой прилагались штатив и сумка. Аличе поблагодарила его улыбкой, больше похожей на порыв ледяного ветра. Отец оплатил также полугодовой курс фотографии при мэрии, и Аличе не пропустила ни одного занятия. Соглашение было ясное, хотя и молчаливое: университет остается на первом месте.

Но потом наступил момент, когда болезнь Фернанды резко осложнилась, будто пересекла границу, отделяющую свет от тени, породив тем самым для всех троих новые трудности и обязанности, которые неизбежно вели к апатии и взаимному равнодушию. Аличе больше ни разу не появилась в университете, и отец делал вид, что не замечает этого. Укор совести, который он впервые ощутил очень давно, не позволял ему решительно объясниться с дочерью, вообще не позволял разговаривать с нею. Иногда он думал, стоит только прийти к ней однажды вечером в комнату и сказать... Но что?

Его жена уходила из жизни, подобно мокрому пятну, просыхающему на майке, и с каждым днем ослаблялась та нить, которая до сих пор еще связывала его с дочерью; теперь эта нить оборвалась, предоставив Аличе самой решать и делать то, что она считала нужным.

В фотографировании Аличе больше нравился процесс, чем результат. Ей нравилось открывать фотоаппарат и вытягивать из новой кассеты немного пленки — ровно столько, чтобы закрепить на приемной катушке, ей нравилось думать о том, что эта чистая пленка вскоре отразит пока еще неведомые ей моменты, ей нравилось отснять несколько кадров просто так, без всякой цели, ей нравилось искать кадр, отодвигаясь то назад, то вперед, выстраивая крупный план или общий.

Всякий раз, когда она слышала щелчок затвора и тихий шорох прокручиваемой пленки, в памяти всплывало, как в детстве она ловила саранчу в саду возле дома в горах, стараясь захлопнуть ее в ладошки. Ей казалось, что при съемке происходит то же самое, только теперь она ловит не саранчу, а время и пришпиливает его на целлулоидную пленку — в тот краткий миг, когда оно совершает скачок к следующему мгновению.

На курсах ее научили, что ремень от камеры следует дважды наматывать на кисть. Тогда, если кто-то вздумает выхватить ее, придется отрывать вместе с рукой. В коридоре больницы «Мария Аузилиатриче»*, куда поместили ее мать, Аличе ничем подобным не рисковала, но уже привыкла носить свой «Canon» именно так.

Она шла вдоль двухцветной стены коридора, иногда задевая ее плечом, чтобы ни с кем не столкнуться. Началось время обеденного посещения больных, и в коридоры хлынула толпа посетителей. Двери в палатах были распахнуты. В каж-

---

* Мария Помогающая.

дом отделении стоял свой особый запах. В онкологии пахло дезинфицирующими средствами.

Палата ее матери была предпоследней, Аличе вошла туда. Мать спала, но ее сон был неестественным. Аппараты, к которым подключили Фернанду, не издавали ни малейшего шума. Света в комнате было мало, стоял неприятный сумрак. На подоконнике ваза с красными цветами: их принесла накануне Соледад.

Аличе опустила камеру на край кровати, где простыня лежала ровно, не очерчивая контуры тела. Она приходила сюда каждый день, но приходила без всякого смысла. Все, что требовалось, делали медсестры. Ее же роль, как ей казалось, заключалась в том, чтобы разговаривать с матерью. Многие так и ведут себя, как будто больные в состоянии слушать и слышать, вникать в слова, как будто способны понимать, кто рядом с ними, и отвечать хотя бы мысленно, словно болезнь открывает какой-то иной канал связи между людьми.

Аличе в это не верила и чувствовала себя в палате весьма одиноко. Обычно она сидела, отсчитывая минуты, и ровно через полчаса уходила. Встречая врача, спрашивала, какие новости, а новости неизменно были одни и те же. Приподнятые брови и немногие слова означали только одно: опасаемся осложнений. В то утро, однако, она захватила с собой расческу. Достала ее из сумки и аккуратно, не касаясь лица, причесала волосы матери, во всяком случае как смогла.

Фернанда лежала недвижная и податливая, как кукла. Ее руки были вытянуты поверх одеяла. Еще одна капля солевого раствора спустилась по прозрачной трубке и исчезла в тонких венах.

Аличе встала у изножья, оперев камеру на алюминиевую спинку кровати, закрыла левый глаз, а правым смотрела в окуляр. Она никогда прежде не снимала свою мать. Щелкнув затвором, она наклонилась немного вперед, не меняя кадра.

Легкий шелест едва не испугал ее, и в тот же момент комната заполнилась светом.

— Так лучше? — спросил мужской голос у нее за спиной.

Аличе обернулась. У окна стоял врач, поднявший штору. Он был молод.

— Да, спасибо, — сказала Аличе, немного оробев.

Врач, засунув руки в карманы белого халата, стоял, глядя на нее, как бы ожидая, что она продолжит снимать. Аличе наклонилась к камере, чтобы щелкнуть еще раз, почти наугад, едва ли не для того, чтобы соответствовать его ожиданиям. «Думает, наверное, что я сумасшедшая», — решила она.

Однако врач спокойно подошел к кровати и просмотрел медицинскую карту, висевшую на спинке. Читая, он сильно щурился. Потом повернул колесико капельницы большим пальцем. Капли побежали быстрее, и он явно остался доволен. Аличе подумала, что в его движениях есть что-то вселяющее уверенность.

Окончив свои манипуляции, врач встал рядом с Аличе и положил руки на спинку кровати. «У медсестер пунктик, — подумал он, — хотят, чтобы повсюду было темно. А ведь здесь и так не отличить день от ночи».

— Ты ее дочь? — спросил он и улыбнулся.

— Да.

Не выражая никакого сочувствия, он кивнул.

— Меня зовут Ровелли, — сказал он и после некоторой паузы, будто подумав немного, прежде чем произнести, добавил: — Фабио.

Аличе протянула ему руку и представилась. Некоторое время оба молча смотрели на спавшую Фернанду.

Потом он слегка похлопал по спинке кровати, которая ответила глухим отзвуком, и направился к выходу.

У дверей он обернулся:

— Не говори никому, что это я постарался, — и подмигнул, указав на поднятые шторы.

Отбыв положенное время, Аличе спустилась в вестибюль и вышла на улицу через автоматически раздвигающиеся стеклянные двери. Во дворе больницы находился киоск, и она попросила у пожилого, сильно вспотевшего человека, работавшего в нем, бутылку газированной воды. Ей хотелось есть, но она настолько привыкла управлять этим своим желанием, что почти полностью отключала его. Газированный напиток — один из таких приемов. Достаточно наполнить им желудок, и этого хватало по крайней мере на то, чтобы преодолеть критический момент обеда.

Она поискала кошелек в небольшой сумке, висевшей через плечо, и немного замешкалась, путаясь с ремнями фотоаппарата, висевшего на руке.

— Я заплачу, — сказал кто-то у нее за спиной.

Фабио, врач, с которым она познакомилась всего полчаса назад, протянул продавцу купюру, а потом так улыбнулся Аличе, что у нее не хватило духу возразить. Вместо белого халата на нем была голубая рубашка с короткими рукавами, и его окутывал сильный запах духов или одеколона, который раньше она не заметила.

— И еще коку, — добавил он, обращаясь к продавцу.

— Спасибо, — поблагодарила Аличе.

Она попробовала открыть бутылку, но крышка скользила и не поворачивалась.

— Можно? — произнес Фабио. Он взял бутылку и легко открыл ее двумя пальцами — большим и указательным. Аличе подумала, что в этом нет ничего особенного, она тоже могла бы так, не будь руки слишком потными. И все же нашла такой жест очень милым, словно это был небольшой подвиг, совершенный ради нее.

Фабио протянул ей воду, и она снова поблагодарила его. Они отпили, каждый из своей бутылки, незаметно поглядывая друг на друга, — казалось, они не могли сообразить, что же еще такое сказать. У Фабио были короткие, очень курчавые волосы. В лучах солнца их каштановый цвет отливал едва ли не рыжим. Аличе подумала, что Фабио знает об этой игре света и вообще прекрасно отдает себе отчет о том, что собой представляет, а заодно и обо всем окружающем.

Они вместе, будто условившись, отошли от киоска. Аличе не знала, как расстаться. Она чувствовала себя как бы в долгу перед ним — и потому, что он купил ей воду, и потому, что помог открыть бутылку. И по правде говоря, она даже не была уверена, что так уж хочет расстаться с ним.

Фабио это понял.

— Я могу проводить тебя туда, куда ты идешь? — бесцеремонно спросил он.

Аличе покраснела:

— К машине...

— Значит, к машине.

Она не ответила ни «да» ни «нет», но улыбнулась, глядя в сторону. Фабио сделал вежливый жест, означавший «прошу вперед».

Они перешли на другую сторону проспекта и свернули на небольшую улочку, где тротуар не был защищен от солнца деревьями.

Фабио, глядя на тень Аличе, заметил, что она хромает. Правое плечо, оттянутое фотоаппаратом, как бы уравновешивало наклон влево, который Аличе приходилось делать из-за прямой, как палка, ноги. Пугающая худоба девушки отражалась в ее продолговатой тени — настолько, что тень казалась одномерной: некий темный силуэт, делившийся на две одинаковые конечности.

— Ушибла ногу? — спросил он.
— Что? — испугалась Аличе.
— Я спрашиваю, ты ушибла ногу? — повторил он. — Вижу, хромаешь.

Аличе почувствовала, как вдруг свело и здоровую ногу. Пытаясь выровнять походку, она стала сильнее сгибать искалеченную, пока не стало совсем больно. Невольно она подумала о том, какой же это страшный глагол — «хромать».

— Несчастный случай, — сказала она. А потом, как бы извиняясь, добавила: — Давно.
— На машине?
— Нет, на лыжах.
— Обожаю лыжи, — с энтузиазмом откликнулся Фабио, уверенный, что нашел тему для разговора.
— Я ненавижу их, — сухо ответила Аличе.
— Жаль.
— Да, жаль.

Дальше они шли молча. Молодой врач, казалось, был олицетворением спокойствия, надежной и ясной уверенности. Улыбка играла у него на губах, даже когда он оставался серьезным. Фабио держался легко и непринужденно, словно ему каждый день доводилось знакомиться с девушкой в больничной палате, а потом мило болтать с ней, провожая к машине. Аличе, напротив, чувствовала себя так, будто вся вдруг одеревенела — сухожилия напряглись, суставы скрипели, мышцы затвердели.

Она указала на синюю малолитражку, словно говоря: «Вот эта» — и Фабио развел руками. Мимо с шумом пронеслась машина.

— Так значит, ты фотограф? — спросил он, просто, чтобы выиграть время.

— Да, — ответила Аличе и сразу пожалела об этом. Если подумать, пока что она была просто девушкой, которая недоучилась в университете и бродит по улицам, снимая что придется. Вряд ли этого достаточно, чтобы называться фотографом, но... где вообще та точная грань между быть кем-то и не быть.

— Более или менее, — закусив губу, добавила она.

— Можно посмотреть? — спросил Фабио, указывая на камеру.

— Конечно.

Аличе размотала ремень и протянула ему свой «Canon». Он повертел камеру в руках, снял колпачок с объектива и заглянул в видоискатель, нацелив его сначала прямо, а потом выше — в небо.

— Вау, — произнес он. — Похоже, профессиональная.

Аличе покраснела, и Фабио вернул ей аппарат.

— Сними что-нибудь, если хочешь, — предложила она.

— Нет, нет, что ты! Я не умею. Сними сама.

— Что?

Фабио огляделся. С сомнением посмотрел по сторонам, пожал плечами и сказал:

— Меня.

— А зачем мне снимать тебя? — спросила Аличе не без некоторого лукавства.

— Затем, что тогда тебе придется снова встретиться со мной, хотя бы для того, чтобы показать снимок.

Аличе немного поколебалась. Она впервые внимательно посмотрела в глаза Фабио и... не выдержала его взгляда. Голубые глаза, ясные, чистые, как небо над ним... Она почувствовала себя потерянной, будто оказалась вдруг обнаженной в огромной пустой комнате.

Красив, подумала Аличе. Красив, как и должен быть красив мужчина.

23

Маттиа пришел в кабинет профессора Никколи спустя неделю после их первой встречи. Профессор узнал его по необычному стуку в дверь. Нельзя сказать, чтобы он обрадовался его появлению. Более того, он собирался выплеснуть все свое раздражение, как только молодой человек скажет что-нибудь вроде: «Тут есть вещи, которых я не понимаю» или: «Не могли бы вы объяснить мне кое-что». Придется разговаривать с ним очень твердо, подумал Никколи, иначе от него не избавиться.

Попросив разрешения войти, Маттиа положил на край стола сколотые скрепкой листы, которые профессор дал ему для работы. Никколи взял их и нечаянно выронил лежавшую снизу другую пачку листов — пронумерованных и исписанных красивым почерком. Как оказалось, это были вычисления, сделанные по материалам статьи, в строгом порядке, со ссылками на текст. Он бегло просмотрел их и сразу понял — всё выполнено правильно. Как ни странно, это его скорее огорчило, потому что готовое выплеснуться раздражение пришлось сдержать, как сдерживают чихание в неподходящий момент. Еще и еще раз просматривая работу, он долго кивал головой и безуспешно пытался подавить вспышку зависти к этому студенту, который выглядел таким неприспособленным к жизни, но зато оказался талантливым математиком, каким он сам себя в действительности никогда не сознавал.

Очень хорошо, решил он наконец, отнюдь не собираясь, однако, расточать комплименты. И подчеркнуто равнодушно заметил:

— Тут в конце статьи есть одна задача, которая касается гипотезы Римана...

— Я решил ее, — сказал Маттиа. — Думаю, что решил.

Никколи посмотрел на него с недоверием, а потом и с откровенной усмешкой:

— Неужели?

— Посмотрите в самом конце.

Профессор послюнявил палец и пролистал все страницы, пока не добрался до последней. Решение он прочитал быстро и сначала не разобрался в нем, но и возразить, однако, не сумел. Потом прочитал снова, медленнее, и на этот раз решение показалось ему ясным, даже смелым, хотя и отличалось кое-где педантичностью дилетанта. Читая, он стал машинально потирать нижнюю губу, признаться, он даже забыл про Маттиа, который стоял как пригвожденный, глядя себе под ноги и повторяя про себя как мантру: «Хоть бы все оказалось правильно, хоть бы все оказалось правильно...» — как будто от заключения профессора зависела вся его дальнейшая жизнь. Знать бы ему, что именно так все и сложится...

Франческо Никколи положил исписанные листы на стол, не спеша откинулся на спинку стула и заложил руки за голову, приняв свою любимую позу.

— Ну, я сказал бы, что у вас все в порядке, — произнес он.

Защита диплома была назначена на конец мая, и Маттиа попросил родителей не присутствовать при этом.

— Как же так, почему? — только и сумела удивиться мать.

Он покачал головой, глядя в окно. За окном было темно, и потому стекло отражало всех троих, сидящих за квадратным столом. Маттиа увидел, как отец тронул мать за руку и знаком попросил прекратить разговор. Мать замолчала. Потом она встала, прикрыв рукой рот, и принялась мыть посуду, хотя они еще не закончили ужинать.

День защиты наступил, как и все прочие дни. Маттиа проснулся раньше, чем зазвонил будильник. Однако призраки, не дававшие ему покоя всю ночь, — листы, испещренные цифрами и знаками, удалились не сразу.

В гостиной никого не было, он обнаружил там только красивый новый костюм, синий, а рядом — прекрасно отглаженную светло-розовую рубашку. На ней лежала записка: «Нашему доктору математических наук»*, ниже шла подпись: «Мама, папа», но почерк был папин. Маттиа оделся, даже не взглянув в зеркало, и вышел из дому.

Он излагал свои тезисы, глядя членам комиссии прямо в глаза, уделяя одинаковое время каждому, говорил ровно и спокойно. Профессор Никколи, сидевший среди других в первом ряду, хмуро кивал и замечал все растущее изумление на лицах коллег.

Когда настал решающий момент, Маттиа встал в ряд с другими выпускниками. Главная аудитория университета была заполнена публикой. Маттиа уловил на себе любопытные

---

* В Италии звание доктора наук присваивается выпускнику вуза уже с получением диплома.

взгляды, и у него мурашки побежали по спине. Он попытался отвлечься — вычислил объем помещения, исходя из высоты статуи президента, но мурашки поднялись еще выше — к шее и оттуда, разделившись на два потока, — к вискам. Как будто тысячи крохотных насекомых заползают ему в уши, роют ходы в его мозгу, и все это приходилось терпеть...

Председатель комиссии, вручая дипломы, с каждым разом говорил все более длинно и витиевато, так что в конце концов у Маттиа начало шуметь в голове, из-за чего он едва не пропустил свое имя в нужный момент. Пока он шел к столу, что-то твердое, словно кусочек льда, застряло у него в горле. Он машинально пожал руку председателю и, ощутив, что она нестерпимо сухая, невольно поискал металлическую пряжку от брючного ремня, чтобы прикоснуться к ней, но в новых брюках не было ремня. Краем глаза он заметил, что вся публика в зале поднялась, прошумев, словно морской прилив. Никколи подошел к нему и, дважды похлопав по плечу, произнес поздравления.

Аплодисменты еще не успели умолкнуть, как Маттиа оказался в коридоре. Он поспешил к выходу, забыв от волнения, что сначала следует наступить на носок, а потом на пятку. «Я сделал это, я сделал это», — тихо повторял он про себя. Но чем ближе подходил к двери, ведущей на улицу, тем сильнее ощущал спазм в желудке.

На пороге его оглушили слепящее солнце, духота и шум машин. Он отшатнулся, словно опасаясь упасть со ступенек. Неподалеку стояли несколько человек, Маттиа сосчитал — их было шестнадцать, и только один в очках. Многие держали букеты, явно ожидая виновников события. На какое-то мгновение Маттиа захотелось, чтобы и его кто-нибудь ждал. Он физически ощутил, как необходима ему сейчас чья-то поддержка, потому что ноги уже не выдерживали тяжести, скопившейся в голове. Он поискал глазами родителей, поискал Аличе и Дениса, но увидел только незнакомых людей, которые нетерпеливо посматривали на часы, обменивались какими-то бумагами, курили, громко разговаривали, смеялись и никого вокруг не замечали.

Он перевел взгляд на свернутый в трубочку диплом, который держал в руках. Там красивым курсивом было выведено, что он, Маттиа Балоссино, — доктор математических наук, или, иными словами, взрослый человек, профессионал, готовый войти в новую для него жизнь. Путь, по которому он шел с закрытыми глазами и заткнутыми ушами с первого класса до защиты университетского диплома, завершен. От сознания этого у Маттиа перехватило дыхание. «И что же теперь?» — спросил он себя.

К нему обратилась невысокая, раскрасневшаяся от жары синьора:

— Разрешите, пожалуйста, пройти...

Маттиа посторонился, пропуская ее, и следом за ней вернулся в здание. Постояв в нерешительности, он поднялся на второй этаж, прошел в библиотеку и сел на свое обычное место у окна. Свернутый в рулон диплом он положил на соседний пустующий стул. Ему стало трудно дышать — легкие отказывались впускать воздух. Такое случалось с ним уже трижды, но еще никогда не длилось так долго.

Ты должен помнить, что нужно сделать в таком случае, сказал он себе. *Этого нельзя забывать, нельзя...*

Сначала он попытался глубоко вздохнуть и едва не потерял сознание...

Потом он широко открыл рот и снова вдохнул — на этот раз с такой силой, что заныли мышцы в груди...

Легкие наполнились воздухом; Маттиа показалось, будто он видит, как круглые молекулы кислорода устремились по артериям и проникли в его сердце.

Трудно сказать, сколько времени он просидел в каком-то странном оцепенении, ни о чем не думая, не замечая входящих и выходящих студентов.

Неожиданно у него перед глазами возникло какое-то яркое пятно. Маттиа вздрогнул. Красную розу в целлофане кто-то швырнул на стол с такой силой, что показалось, будто прозвучала пощечина. Потом он увидел ногу и узнал руку Аличе — с выступающими косточками, чуть красноватыми в сравнении с пальцами, и с закругленными, коротко постриженными ногтями.

— Ну и дерьмо же ты!

Маттиа смотрел на нее, как смотрят на привидение. Ему казалось, он приближается к ней из какого-то далекого, непонятного места, которое уже и не помнит. На лице Аличе отражалась невиданно глубокая печаль.

— Почему не сказал? — продолжала она. — Ты должен был предупредить меня. Должен был!

Аличе опустилась на стул напротив Маттиа, но смотрела не на него, а в окно, на улицу.

— Откуда... — заговорил Маттиа.

— От твоих родителей. От них я узнала. — Она резко повернулась и взглянула ему прямо в лицо. Голубые глаза ее пылали гневом. — Тебе кажется, это нормально?

Маттиа поколебался. Потом отрицательно мотнул головой, и легкая расплывчатая тень шевельнулась вместе с ним на мятой поверхности целлофана.

— Я так ждала этого события. Столько раз представляла себе... А ты...

Аличе замолчала, потому что остальные слова просто замерли у нее на губах. Слушая ее, Маттиа продолжал размышлять о том, как же так случилось, что этот момент вдруг настал. Заодно он попытался вспомнить, где же все-таки был еще несколько секунд назад, но не смог.

— Ты ни слова не сказал, — закончила Аличе. — Ни слова, как всегда.

Маттиа почувствовал, как голова его уходит в плечи, в мозгу опять закопошились насекомые.

— Не нужно было, — прошептал он. — Я не хотел, чтобы...

— Заткнись, — грубо оборвала она его.

С других столов на них зашикали, и в тишине следующих секунд особенно ярко прозвучал этот легкий свистящий звук: «Тс-с-с-с».

— Ты бледен, — сказала Аличе и с подозрением взглянула на Маттиа. — Слушай, с тобой все в порядке?

— Не знаю. Немного кружится голова.

Аличе поднялась и вместе с ворохом тревожных мыслей откинула волосы со лба. Потом наклонилась к Маттиа и, не сказав больше ни слова, легко поцеловала его в щеку, отчего все насекомые в один миг исчезли.

— Ты, несомненно, был самым лучшим, — шепнула она ему на ухо. — Я же знаю!

Маттиа почувствовал, как ее волосы щекотливо коснулись его шеи. Крохотное пространство между ними заполнилось ее теплом. Внезапно он обнаружил, что хочет привлечь ее к себе, но руки так и не шевельнулись, словно уснули.

Аличе выпрямилась, взяла со стула диплом, развернула его и, улыбаясь, стала читать.

— Вау, — произнесла она наконец, и в ее голосе звучало восхищение. — По-моему, это нужно отпраздновать. Ну, ученый муж, вставай, — приказала она и протянула Маттиа руку.

Он позволил увести себя из библиотеки с тем же покорным доверием, с каким несколько лет назад дал завести себя в женский туалет в школе. Со временем руки у них сделались разными по величине. Теперь его ладонь обнимала пальцы Аличе легко, подобно шершавым створкам раковины.

— Куда пойдем? — спросил он.

— Покатаемся. Такое солнце сегодня. И тебе его явно не хватает.

Они вышли из здания, и на этот раз Маттиа не испугался солнечного света, скопления машин и людей, стоявших у входа.

В машине они открыли окна. Аличе вела ее, держа руль обеими руками и распевая *Pictures of you*, старую песню британской группы *The Cure*. Слов она не понимала, только подражала их звучанию.

Маттиа ощутил, как его тело постепенно расслабляется, принимая форму сиденья.

Ему казалось, машина оставляет позади себя какой-то темный липкий слой, состоящий из его прошлого и всех его забот...

Он чувствовал себя все более легким, словно банка, из которой высыпают содержимое...

Еще немного, и он воспарит в воздухе.

Но открыв глаза, он обнаружил, что они едут по дороге, ведущей к его дому. Он подумал, что, наверное, ему хотят устроить праздник, и взмолился про себя, чтобы этого не произошло.

— Послушай, а куда мы едем? — спросил он.

— Ну... Не беспокойся, — ответила Аличе. — Если когда-нибудь ты повезешь меня на прогулку, то я оставлю за тобой право выбора.

Впервые Маттиа устыдился, что в свои двадцать два года еще не имеет водительских прав. У него была такая возможность — получить права, но он отказался, потому что хотел как можно дальше держаться от всего, что составляет обычную, повседневную жизнь, когда жуют попкорн в кинозале, сидят на спинке скамейки, пренебрегают родительским «комендантским часом», футболят смятые алюминиевые банки или обнажаются перед девушкой. Он подумал, что если бы вел себя, как все, то был бы другим человеком. И решил как можно скорее получить права. Он сделает это для нее, чтобы ездить с ней на прогулку. Он боялся признаться себе в этом, но рядом с Аличе ему казалось, что очень даже стоило бы уметь делать все те нормальные вещи, какие делают все нормальные люди.

Подъезжая к дому Маттиа, Аличе свернула в сторону, проехала по главной улице и остановилась недалеко от парка.

— Вот сюда, — сказала она, отстегнула ремень безопасности и вышла из машины. Маттиа остался на месте, глядя на деревья.

— Ну? Выходи!
— Нет, — ответил он.
— Да ладно, не валяй дурака.

Маттиа покачал головой.

— Поедем куда-нибудь в другое место, — попросил он.

Аличе огляделась.

— А в чем дело? — удивилась она. — Пройдемся немного, только и всего.

Она подошла к дверце со стороны Маттиа.

Маттиа сидел выпрямившись, словно кто-то приставил ему нож к спине, и смотрел на деревья в парке, таившие его страшный секрет. С тех пор он никогда больше не бывал здесь. Последний раз приезжал вместе с полицией. Его руки тогда еще были по локоть забинтованы. Он показал полицейским, где сидела Микела. Они хотели видеть это место и сделали снимки сначала издалека, потом вблизи.

Когда они возвращались под вечер домой, он видел из машины, как экскаваторы погружали свои длинные щупальца в реку и извлекали оттуда темную, вязкую жижу, которая тяжело шлепалась на землю.

Маттиа заметил, что мать каждый раз сдерживала дыхание, пока эта жижа не растекалась. В ней, в этой жиже, могла оказаться Микела, но ее так и не нашли. Так никогда и не нашли.

— Идем отсюда. Пожалуйста, — повторил Маттиа. Он не просил. Скорее, выглядел сосредоточенным и расстроенным.

Аличе села в машину.

— Иногда я просто не понимаю...

— Я оставил там свою сестру-двойняшку, — прервал он ее ровным, почти беззвучным голосом. Поднял руку, указывая пальцем на деревья в парке, да так и не опустил, словно забыл о ней.

— Двойняшка? Что ты такое говоришь... У тебя нет никакой сестры-двойняшки...

Маттиа покачал головой, продолжая смотреть на деревья.

— Она была моей точной копией. Мы полные близнецы, — сказал он.

Потом, не дожидаясь расспросов Аличе, он рассказал ей все, как было. Выложил всю историю. Словно плотину прорвало. Червяк, праздник, конструктор «Лего», река, разбитое стекло, больничная палата, судья Барардино, обращение по телевидению — все рассказал, как никогда еще и никому. Говорил, не глядя на нее, не волнуясь. Потом замолчал, правой рукой пошарил под сиденьем, но не нашел там ничего острого. Успокоился. И снова почувствовал себя где-то очень далеко, вне собственного тела.

Аличе ласково коснулась рукой его подбородка и повернула к себе. Маттиа различил только тень, приблизившуюся к нему. Он инстинктивно закрыл глаза и ощутил на своих губах теплые губы девушки, ее или, может быть, свои собственные слезы на щеках и, наконец, ее руки — такие легкие, державшие его голову, ловившие все его мысли и удерживавшие их в том пространстве, какого уже между ними не оставалось.

24

В последний месяц они часто виделись, и хотя никогда заранее не договаривались о свидании, тем не менее это не происходило случайно. Навестив мать, Аличе обычно бродила какое-то время у отделения, где работал Фабио, а тот, в свою очередь, непременно оказывался поблизости. Они прогуливались по двору, придерживаясь почти всегда одного и того же маршрута, выбранного с общего молчаливого согласия. Территорию, где развивались их отношения, определяла больничная ограда, как бы вычленявшая некое особое место, где не было нужды искать название тому таинственному и чистому, что возникало между ними.

Фабио, похоже, до тонкостей знал методику ухаживания, он умел не торопить события и взвешивал свои слова, словно соблюдая какой-то протокол. Вне сомнений, он догадывался о глубоких переживаниях Аличе, но держался в стороне, будто бы за бортом. События в мире, какими бы глобальными ни были, нисколько его не касались. Казалось, все внешнее отскакивало от него, наткнувшись на его уравновешенность и рассудочность. А может, он просто предпочитал игнорировать их или притворяться, будто бы ничего особенного не происходит. Если же на его пути вдруг оказывалось какое-то препятствие, действительно мешавшее двигаться дальше, он играючи обходил его, ни на секунду не замедляя своего движения, и тут же забывал о нем. Он никогда ни в чем не сомневался, почти никогда.

Зато он знал, как достичь цели, поэтому внимательно следил за настроением Аличе, относясь к нему с уважением, несколько даже педантично. Если Аличе молчала в ответ на его «Как дела?» — он никогда не повторял вопрос дважды. Он мог поинтересоваться ее снимками, или говорил о состоянии ее матери, или заполнял паузы рассказами о том, как провел день, или пересказывал анекдоты, услышанные от коллег.

Аличе нравилась эта его уверенность, и постепенно она все более и более полагалась на нее — как отдавалась волне, когда в детстве расслабленно покачивалась на спине в море.

Взаимопроникновение их вселенных происходило медленно и незримо. Они были как две звезды, орбиты которых все больше сближались, — рано или поздно им было суждено соединиться в какой-то точке пространства и времени.

Матери Аличе перестали давать лекарства. Кивком головы ее муж обозначил согласие, чтобы Фернанда наконец безболезненно уснула под тяжелым покрывалом морфия. Аличе ждала только, чтобы все наконец закончилось, и не испытывала из-за этого никаких угрызений совести. Ее мать и так уже стала для нее воспоминанием, превратилась в комочек пыльцы в какой-то части ее сознания, где будет пребывать до конца жизни вместе с немногими другими беззвучными образами.

Фабио не собирался говорить с ней об этом, он вообще был не из тех, кто способен на импульсивные жесты, но в тот день Аличе была явно не в себе — похоже, она сильно волновалась, это выдавали ее сплетенные пальцы и беспокойный взгляд, избегавший встречи с его глазами. Пожалуй, впервые с тех пор, как они познакомились, он поспешил и оказался неосторожен.

— В этот уик-энд мои родители поедут на море, — вдруг заговорил он.

Аличе будто не слышала, во всяком случае пропустила его слова мимо ушей. Вот уже несколько дней как ее голова превратилась в какое-то осиное гнездо. Маттиа не звонил ей со дня защиты диплома и еще целую неделю до этого. И все же ясно, что теперь он должен позвонить.

— Я подумал, что в субботу ты могла бы прийти поужинать ко мне, — предложил Фабио.

Его самоуверенность при этом на какое-то мгновение пошатнулась, но он тотчас отбросил все сомнения. Засунув руки в карманы халата, он приготовился с одинаковой легкостью встретить любой ответ. Фабио умел подготовить себе укрытие еще прежде, чем в нем появлялась необходимость.

Улыбка Аличе оказалась слегка подпорчена страдальческим выражением.

— Не знаю, — тихо произнесла она. — Наверное, не...

— Ты права, — прервал ее Фабио. — Я не должен был предлагать тебе этого. Извини.

Они молча завершили свое путешествие по больничному двору, и, когда снова подошли к отделению, где работал Фабио, он мысленно сказал самому себе: «О'кей».

Они постояли, нечаянно переглянулись и сразу опустили глаза.

Фабио рассмеялся:

— Мы с тобой никогда не знаем, как попрощаться.

— Это верно, — улыбнулась Аличе, накрутила на палец прядку своих волос и слегка потянула ее.

Фабио решительно шагнул к ней, и галька скрипнула под его тяжестью. С дружеским нахальством он поцеловал Аличе в щеку и отступил.

— Ну, хотя бы подумай об этом. — На лице его сияла открытая, широкая улыбка. Потом он повернулся и уверенной, твердой походкой направился к входу.

Сейчас обернется, подумала Аличе, когда Фабио прошел в стеклянную дверь.

Но он свернул за угол и исчез в коридоре.

25

Письмо было адресовано доктору Балоссино. Конверт выглядел тонким и невесомым, и никак нельзя было ожидать, что в нем заключено все будущее Маттиа. Мать не говорила ему о письме до самого ужина — возможно, из-за неловкости, потому что вскрыла без разрешения. Она сделала это нечаянно, не взглянув на имя адресата. Ведь Маттиа никогда не получал никаких писем.

— Вот, пришло письмо, — сказала она, передавая ему конверт над тарелками.

Маттиа вопросительно взглянул на отца, который как-то неопределенно кивнул в ответ.

Прежде чем взять конверт, он отер бумажной салфеткой верхнюю губу, хотя она и так была чистой. Глядя на круглый логотип отправителя, напечатанный синей краской рядом с его адресом, он никак не мог представить, что это может быть за письмо. Лист был сложен втрое, он развернул его и принялся читать, слегка ошеломленный тем, что письмо адресовано именно ему, доктору наук Маттиа Балоссино.

Родители громче обычного звякали приборами, отец то и дело покашливал.

Прочитав письмо, Маттиа повторил свои действия в обратном порядке: сложил втрое лист и поместил в конверт. Потом опустил конверт на стул Микелы, взял вилку и на какое-то мгновение словно выпал из реальности. Обнаружив на тарелке нарезанный кружками кабачок, он удивился, не понимая, откуда тот взялся.

— Мне кажется, это неплохое предложение, — заметила мать.

— Да.

— Думаешь поехать туда?

Спрашивая об этом, Аделе Балоссино почувствовала, как вспыхнули щеки. Она поняла, что нисколько не боится потерять его. Напротив, она всей душой желала, чтобы Маттиа согласился на предложение и исчез из этого дома, с этого места напротив нее, где сидел каждый вечер за ужином, опустив свою темноволосую голову в тарелку, с этим неизменным трагизмом на лице, который невольно передавался окружающим.

— Не знаю, — ответил Маттиа кабачку.

— Это хороший шанс...

— Да.

Повисшее за столом молчание нарушил Пьетро. Он стал рассуждать о трудолюбии североевропейских народов, о чистоте у них на улицах, приписывая все заслуги суровому климату и недостатку солнечного света в течение более чем полугода, что конечно же не позволяло им расслабляться. Он никогда не бывал ни в одной такой стране, но, судя по разговорам, какие слышал, все именно так и обстоит.

Когда под конец ужина Маттиа принялся собирать тарелки, ставя их друг на друга, как делал каждый вечер, отец положил руку ему на плечо и тихо сказал:

— Ладно, иди. Я сам уберу.

Маттиа взял со стула конверт и ушел в свою комнату.

Там он сел на кровать и стал вертеть письмо в руках. Сложил конверт вдвое — туда и обратно, отчего твердая бумага хрустнула. Потом внимательно рассмотрел логотип рядом с адресом. Какой-то хищник, возможно орел, с распростертыми крыльями и головой, повернутой в сторону, и острым клювом. На концах крыльев и на лапах — кольца с текстом, кажущиеся почти овальными.

Еще в одном круге, побольше, размещалось название университета, который предлагал место Маттиа. Готический шрифт, все эти k и h в названии и о с косой чертой по диагонали, что в математике означат пустоту, вызвали представление о высоком темном здании с коридорами, заполненными эхом, и высокими потолками. Очевидно, здание стоит на лужайке с коротко постриженной травой и напоминает собор на краю земли.

В этом незнакомом месте находилось его будущее как математика, чистое пространство, где еще ничего не было испорчено. Зато тут была Аличе, только она, и... болото вокруг.

С ним опять случилось то же, что в день защиты диплома, — он едва не задохнулся, как будто где-то в груди образовалась пробка. Сидя на кровати, он судорожно ловил воздух ртом, как будто тот внезапно превратился в жидкость.

Дни стали заметно длиннее, сумерки теперь окрашивались голубым и становились изнурительными. Маттиа подождал, пока угаснет последний луч солнца. Но мысленно он уже шел по этим гулким коридорам, которых еще не видел, время от времени натыкаясь на Аличе, — она смотрела, ничего не говоря, и не улыбалась ему.

«Мне следует только решить, — подумал он, — ехать туда или нет. Единица или ноль, как в двоичной системе исчисления...» Но чем больше он старался упростить задачу, тем больше ему казалось, что он запутывается. Он чувствовал себя насекомым, застрявшим в клейкой паутине, — чем больше стараешься высвободиться, тем крепче держит нить.

В дверь постучали, и звук этот донесся до Маттиа, словно со дна колодца.

— Да, — ответил он.

Дверь медленно приоткрылась, и в комнату заглянул отец.

— Можно войти? — спросил он.

— Ммм..

— Почему сидишь в темноте?

Не ожидая ответа, Пьетро щелкнул выключателем. Стоваттная лампочка взорвалась в расширенных зрачках Маттиа, заставив его зажмуриться от приятной боли.

Отец опустился рядом с ним на кровать. Они одинаково закидывали ногу на ногу — левая пятка оказывалась ровно над правой, но никто из них никогда не замечал этого.

— Как называется эта штука, которую ты изучал? — спросил Пьетро, немного помолчав.

— Какая штука?

— Ну, твой диплом. Никак не могу запомнить.

— Гипотеза Римана.

— Ах да, гипотеза Римана.

Маттиа поцарапал большим пальцем под ногтем мизинца, но кожа там сделалась такой твердой и мозолистой, что он ничего не почувствовал.

— Хотелось бы мне иметь такую голову, как у тебя, — продолжал Пьетро. — Но в математике я никогда ничего не понимал. Это не для меня. Для некоторых вещей нужны особые мозги.

Маттиа подумал, что нет ни малейшей радости иметь такую голову, как у него, и что он охотно отвинтил бы ее и заменил другой — хоть коробкой от печенья, лишь бы пустой и легкой. Он мог бы ответить, что сознавать себя каким-то особенным — это значит оказаться в худшей из клеток, какую только человек может создать для себя, но решил промолчать. Он вспомнил, как однажды учительница посадила его на середине класса и собрала вокруг всех учеников — посмотреть на него, как на редкое животное. Все эти годы он, в сущности, так и оставался на том стуле...

— Это мама прислала тебя? — спросил он отца.

Пьетро напрягся, поджал губы и кивнул.

— Твое будущее — это сейчас самое важное, — смущенно произнес он. — Понятно, что мама думает о тебе. Если решишь поехать, мы поддержим тебя. Денег у нас немного, но хватит, если понадобятся.

Они опять надолго замолчали. Маттиа думал об Аличе и о деньгах, которые когда-то украл у Микелы.

— Папа... — заговорил он наконец.

— Да?

— Уйди, пожалуйста. Мне нужно позвонить...

Пьетро тяжело, но в то же время с облегчением вздохнул.

— Конечно, — согласился он.

Прежде чем уйти, он хотел приласкать Маттиа, но у курчавой бороды сына рука невольно остановилась, и он лишь мягко коснулся его головы. От подобных жестов они, в сущности, давно уже отвыкли.

26

Любовь Дениса к Маттиа сгорела сама собой, подобно зажженной свече, забытой в пустой комнате, но сильнейшая страсть осталась неудовлетворенной. Когда ему исполнилось девятнадцать, на последней странице местной газеты он натолкнулся на рекламу гей-клуба. Вырвав клочок из газетной полосы, он месяца два носил его в бумажнике, время от времени доставая и перечитывая адрес, который давно выучил наизусть.

Сверстники из его окружения ухаживали за девушками и уже настолько привыкли заниматься сексом, что даже перестали без конца говорить о нем. Денис чувствовал, что единственное его спасение — этот клочок газетной бумаги, слегка потертый его пальцами.

Однажды дождливым вечером он побрел туда, причем без особой решимости. Просто надел на себя первое, что попалось в шкафу, и вышел из дому, крикнув родителям в другую комнату:

— Я ушел в кино.

Кружа по кварталу, он раза два или три прошелся мимо заведения. Потом нашел в себе силы войти, заложив руки в карманы и по-свойски кивнув вышибале. За стойкой он заказал светлое пиво и стал потягивать его, уставившись в бутылки на противоположной стене. На самом деле он замер в ожидании.

Вскоре к нему приблизился какой-то тип, и Денис решил, что немедленно встанет и уйдет, даже не взглянув на него. Но... остался.

Тип принялся что-то говорить о себе, а может, о каком-то фильме, который Денис не видел. Он кричал ему в самое ухо, но Денис все равно не слышал.

— Идем в туалет, — донесся до него собственный голос как бы со стороны.

От удивления тип умолк, а потом заулыбался, показывая плохие зубы. Денис подумал, что он ужасен, что брови у него словно приклеенные и вообще он стар, слишком стар. Но все это не имело никакого значения.

В уборной тип вытащил у него майку из брюк и собрался поцеловать, но Денис оттолкнул его, наклонился и расстегнул ему брюки.

Тип удивился:

— Черт возьми, куда ты так спешишь? — но больше не возражал.

Денис закрыл глаза и постарался поскорее кончить.

Минет не получился, и он чувствовал себя неопытным юнцом. Тогда он принялся действовать руками — обеими, настойчиво.

Кончив прямо в брюки, он почти выбежал из туалета, не дожидаясь, пока незнакомец оденется. Чувство вины — то же, что и всегда, — ожидало за дверью и обрушилось на него, словно ушат холодной воды.

Выйдя из заведения, он полчаса бродил в поисках фонтана, чтобы избавиться от этого запаха.

Потом он еще не раз возвращался туда, в этот клуб. Общался там с разными людьми, но никогда никому не называл своего имени. И больше ни с кем не встречался.

Он молча слушал рассказы о других парнях, таких же, как он, и постепенно пришел к выводу, что все истории одинаковы, что существует некий общий путь, по которому они шли и который предполагал полное, с головой, погружение на самое дно и только потом — возможность вернуться наверх, к нормальной жизни.

У каждого из этих людей любовь угасла в сердце сама по себе, как и его любовь к Маттиа. Каждый пережил страх, и до сих пор многие опасались этого чувства. Но тут, в клубе, где их могли выслушать и понять, они чувствовали себя более или менее спокойно, словно были защищены самой «средой обитания», как называли между собой это место.

Разговаривая с ними, Денис все чаще думал, когда же придет его день, когда и он опустится на самое дно, чтобы вздохнуть наконец свободно.

Однажды вечером кто-то рассказал ему о лумини. В «среде обитания» так называли улочку по ту сторону главного кладбища, сквозь высокую ограду которого пробивались слабые, трепещущие огоньки свечей на надгробиях. Туда шли на ощупь. Там можно было избавиться от желания, как от тяжелого груза, никого не видя и не обнаруживая себя, а всего лишь отдавая свое тело во власть мрака.

Именно там, в лумини, Денис опустился до самого дна, ударился о него лицом, грудью и коленями, словно прыгнул с разбега в мелководье.

После того случая он никогда больше не возвращался в заведение и еще упрямее, чем прежде, замкнулся в собственном отрицании.

Уже на третьем курсе университета он поехал учиться в Испанию. Там, вдали от цепких глаз домашних и друзей, вдали от знакомых улиц, он и встретил свою любовь. Его звали Валерио — тоже итальянец и тоже до смерти перепуганный парень.

Месяцы, проведенные вместе в небольшой квартирке в нескольких кварталах от Рамблас, промчались быстро и унесли с собой бесполезное бремя страданий. Они походили на первый ясный вечер после многодневного ливня, навевавшего тоску.

Вернувшись в Италию, они потеряли друг друга из виду, но Денис не переживал. С новой верой, которая уже никогда не покинет его, он пустился в другие приключения, которые целиком захватили его, поджидая одно за другим за ближайшим поворотом.

Из старых знакомых у него не осталось никого, сохранилась только дружба с Маттиа. Они редко общались, в основном по телефону, и могли при этом молчать долгие минуты, погрузившись в свои мысли и слушая ритмичное дыхание друг друга.

Когда раздался звонок, Денис чистил зубы. У себя дома он всегда отвечал после двух гудков — ровно столько времени требовалось, чтобы подойти к ближайшему телефону, в каком бы месте квартиры он ни находился.

— Денис, это тебя! — крикнула мать.

Денис не спешил. Прополоскав как следует рот, вытерся полотенцем и еще раз взглянул на резцы. Последнее время ему казалось, что они стали выдвигаться вперед — их определенно теснили зубы мудрости.

— Алло?
— Чао.

Маттиа никогда не называл себя. Он знал, что друг всегда узнает его голос, а называть свое имя не любил.

— Ну, как дела, доктор наук? — весело откликнулся Денис.

Он не обиделся на Маттиа за ту историю с защитой диплома. Он научился уважать пропасть, какой тот окружил себя. В школе он попробовал перепрыгнуть ее и рухнул вниз. Теперь он довольствовался тем, что сидел, свесив ноги, на краю пропасти. Голос Маттиа больше ничего не пробуждал в нем, но Денис никогда не забывал друга и не забудет, поскольку Маттиа оставался единственным маяком для сравнения со всем тем, что пришло к нему потом.

— Я помешал тебе? — спросил Маттиа.

— Нет, это я, наверное, побеспокоил тебя? — посмеялся Денис.

— Но это же я тебе звоню.

— Вот именно, так что говори. Судя по голосу, есть о чем.

Маттиа помолчал. Денис прав, есть, есть о чем поговорить, и уже готово слететь с языка.

— Ну же? — настаивал Денис. — Что случилось?

Маттиа тяжело выдохнул в трубку, и Денис понял, что друг задыхается от волнения. Он взял ручку, лежавшую у телефона, и принялся бездумно вертеть ее между пальцами. Потом выронил и, наклонившись, поднял.

Маттиа все молчал.

— Ну что, вопросы тебе задать наводящие или как? — спросил Денис. — Давай буду...

— Мне предложили работу за границей, — выпалил Маттиа. — В университете. В очень хорошем университете.

— Вау, — спокойно ответил Денис, нисколько не удивившись. — Неплохо. Поедешь?

— Не знаю? А нужно?

Денис изобразил смех.

— Ты спрашиваешь меня, бросившего университет? Я поехал бы не раздумывая. Изменить обстановку всегда полезно. — Он хотел было добавить: «К тому же что тебя держит тут?» — но промолчал.

— Дело в том, что недавно случилась одна вещь, — нерешительно заговорил Маттиа. — В тот день, когда была защита диплома.

— Ммм...

— Там была Аличе и...

— Ну и?

Маттиа помолчал.

— Короче, мы поцеловались, — произнес он наконец.

Денис крепко сжал трубку и сам удивился этому. Он давно уже не ревновал Маттиа — не имело никакого смысла, но в эту минуту прошлое будто вернулось, и в горле возник комок. Он отчетливо представил, как Маттиа и Аличе входят, держась за руки, в кухню у Виолы, и почувствовал язык Джулии Миранди, втиснутый в его рот, словно кляп из полотенца.

— Аллилуйя, — заметил он, стараясь выглядеть довольным. — Значит, поцеловались.

— Да.

Они замолчали, при этом каждому хотелось повесить трубку.

— И ты, выходит, не знаешь, что делать, — с трудом произнес Денис.

— Да.

— Но вы с ней, как бы это сказать...

— Не знаю. Я больше не видел ее.

— А...

Денис провел пальцем по завиткам телефонного провода. На другом его конце Маттиа сделал то же самое, и, как всегда в таком случае, ему представилась спираль ДНК, в которой недоставало близнеца.

— Но цифры есть всюду, — сказал Денис. — И везде одни и те же, не так ли?

— Да.

— Аличе, однако, только тут.

— Да.

— Тогда ты все уже решил.

Денис услышал, как дыхание друга сделалось легче и спокойнее.

— Спасибо, — сказал Маттиа.

— За что же?

Маттиа повесил трубку. Денис постоял еще некоторое время, слушая тишину. Что-то сломалось в нем, словно угасла последняя искорка, тлевшая под пеплом.

«Я правильно ответил», — подумал он.

Потом раздались короткие гудки. Денис положил трубку, вернулся в ванную и снова стал изучать эти проклятые резцы.

27

— Что с тобой, ангел мой? — спросила Соледад, склонившись к Аличе и желая заглянуть ей в глаза.

С тех пор как Фернанду поместили в больницу, она обедала вместе с Аличе и ее отцом. Им двоим было невыносимо сидеть напротив друг друга. Адвокат делла Рокка больше не переодевался, вернувшись с работы. Ужинал он в пиджаке и галстуке, слегка ослабив его, как если бы заглянул домой на минутку. Разложив на столе газету, он только иногда отрывался от нее, надеясь убедиться, что его дочь ест хоть что-нибудь.

Неизменной частью обеда стало молчание, но оно огорчало только Соледад, которая часто вспоминала шумные застолья в доме матери, когда была ребенком и еще не представляла, что ее ожидает в будущем.

Аличе даже не взглянула на котлету и салат в своей тарелке. Отпивая крохотными глотками воду, она смотрела в стакан, поднесенный к губам, с тем же вниманием, с каким пьют лекарство.

— Ничего, — улыбнулась она Соледад. — Я не очень голодна.

Адвокат делла Рокка перевернул страницу газеты и раздраженно примял ее, прежде чем опустить на стол. Бросив взгляд на нетронутую еду в тарелке дочери, он ничего не сказал и принялся читать что-то прямо с середины статьи, не улавливая смысла.

— Соль, — заговорила Аличе.

— Да?

— Как твой муж завоевал тебя? Первый раз, я имею в виду. Что он сделал?

Соледад на мгновение перестала жевать. Потом продолжила, но медленнее. Первое, что ей вспомнилось, — вовсе не тот день, когда она познакомилась со своим мужем, а то позднее утро, когда, проснувшись, она бродила босиком по дому, разыскивая его. С годами все воспоминания о браке свелись к этим нескольким мгновениям, словно время, прожитое с мужем, было только подготовкой к финалу.

В то самое утро она взглянула на грязные тарелки, оставленные с вечера, на подушки, разбросанные как попало на диване... — все было точно так же, как накануне, даже звуки те же. Но какая-то еле заметная разница ошеломила ее, буквально пригвоздив на середине комнаты. Она с озадачивающей ясностью поняла, что муж ушел.

Соледад вздохнула, изображая свою обычную скорбь.

— Он возил меня с работы домой на велосипеде. Каждый день приезжал за мной на велосипеде, — сказала она. — А потом подарил туфли.

— Вот как?

— Туфли. Белые, на высоком каблуке. — Соледад улыбнулась и показала на пальцах высоту каблука. — Очень красивые, — добавила она.

Отец Аличе шумно вздохнул и поерзал, давая понять, что все это невыносимо. Аличе представила мужа Соледад выходящим из магазина с обувной коробкой под мышкой. Она знала его по фотографии, которая висела у Соль над изголовьем кровати; между гвоздем и рамочкой торчала засохшая веточка оливы.

На мгновение это позабавило ее, но мысли тотчас вернулись к Маттиа и больше не отпускали. Прошла целая неделя, а он все не звонил.

Поеду к нему, решила она и сунула в рот вилку с салатом, как бы показывая отцу: видишь, я поела.

Из-за стола она поднялась, еще жуя:

— Мне нужно идти...

Отец в растерянности вскинул брови:

— А можно узнать, куда ты собралась в такое время?

— В город, — с вызовом ответила Аличе. Потом добавила уже мягче: — К подруге.

Отец покачал головой, как бы говоря: поступай как знаешь. Аличе вдруг стало жаль его, остававшегося таким одиноким с этой своей газетой. Захотелось обнять, рассказать ему все и спросить, что же делать, но уже через секунду сама эта мысль заставила ее содрогнуться. Она повернулась и решительно направилась в ванную.

Отец положил газету на стол и потер уставшие глаза. Соледад еще несколько секунд думала о туфлях с высоким каблуком, а потом, отправив воспоминание восвояси, поднялась, чтобы убрать посуду со стола.

По дороге к дому Маттиа Аличе включила музыку на полную громкость, но, если бы кто-то спросил, что она слушала, она не смогла бы ответить. Она кипела гневом и не сомневалась, что сейчас все испортит, но у нее не было выбора. Этим вечером, вставая из-за стола, она перешла ту невидимую границу, за которой все происходит само собой. Так случилось с ней в детстве, в горах, когда она лишь на какие-то миллиметры сместила центр тяжести вперед, но этого оказалось достаточно, чтобы упасть лицом в снег.

В доме у Маттиа она была лишь однажды и лишь в гостиной. Маттиа исчез в своей комнате, чтобы переодеться, и она, страшно смущаясь, немного поговорила с его матерью. Синьора смотрела на нее с дивана несколько растерянно, если не сказать озабоченно, как будто у Аличе вот-вот вспыхнут волосы или произойдет еще что-нибудь подобное; она даже забыла предложить ей присесть.

Аличе нажала кнопку «Балоссино — Корволи» и рядом с фамилиями загорелся, словно последнее предупреждение, красный диод.

Раздался легкий треск и прозвучал испуганный голос матери Маттиа:

— Кто там?

— Синьора, это Аличе. Простите, что я так поздно, но... Маттиа дома?

На другом конце задумались. Из-за неприятного ощущения, что ее рассматривают, Аличе сместила волосы на правый бок.

Раздался легкий щелчок, и дверь открылась. Прежде чем войти, Аличе в знак благодарности улыбнулась в камеру.

В пустом вестибюле ее шаги звучали громко, в унисон с биением сердца. Больная нога совсем перестала повиноваться и стала как деревянная.

Дверь в квартиру была приоткрыта, но за ней Аличе никто не ждал. Она толкнула створку и спросила:

— Можно?

Маттиа, появившийся в прихожей, замер.

— Чао, — сказал он.

— Чао...

Несколько минут они стояли и смотрели друг на друга, как будто вообще не были знакомы. Маттиа, в домашних тапочках, изо всех сил старался надавить большим пальцем ноги на соседний.

— Извини, что я...

— Ты оттуда? — прервал ее Маттиа как-то странно, словно автомат.

Аличе обернулась, намереваясь закрыть дверь, но не удержала потной рукой круглую медную ручку. Дверь гулко хлопнула, дверная коробка содрогнулась, Маттиа передернула мучительная судорога.

«Что она тут делает?» — подумал он отстраненно, как будто Аличе, о которой он несколько минут назад говорил с Денисом, была другой девушкой, а не этой, явившейся к нему в дом без предупреждения. От нелепой мысли хотелось поскорее избавиться, но неприятное ощущение досады все же осталось.

Аличе прошла вслед за Маттиа в гостиную. Родители ожидали ее стоя, как встречают высоких гостей, но в этом не было никакого радушия.

— Здравствуйте, — поздоровалась она, съежившись.

— Чао, Аличе, — ответила Аделе, но не тронулась с места.

Пьетро, напротив, подошел к ней и ласково провел рукой по волосам; для Аличе это было неожиданно.

— Все хорошеешь, — заметил он. — Как мама?

Аделе, стоявшая позади него с натянутой улыбкой, закусила губу, пожалев, что сама не задала этот вопрос.

Аличе покраснела.

— По-прежнему, — ответила она, стараясь не выдать волнения. — Держится.

— Передай привет от нас, — кивнул Пьетро.

Потом все замолчали, не зная, что бы еще сказать, Маттиа в гостиной уже не было.

Пьетро, казалось, изучал что-то позади Аличе, сама она старалась держаться так, чтобы не припадать на больную ногу. Внезапно она подумала, что ее мать никогда не познакомится с родителями Маттиа, и немного пожалела об этом, но еще больше ее огорчила мысль, что кроме нее никто этого не понял.

— Ты ведь к Маттиа пришла, а мы тут держим тебя, — сказал наконец Пьетро.

Аличе кивнула и прошла мимо него, опустив голову, Аделе она адресовала испуганную улыбку.

Маттиа ожидал ее в своей комнате.

— Закрыть? — спросила она, войдя и указывая на дверь. Вся ее смелость куда-то испарилась.

Он ответил что-то невнятное. Потом сел на кровать, сложив руки на коленях.

Аличе осмотрелась. Комната была небольшая, идеально прибранная, все вещи разложены продуманно и аккуратно, как в витрине магазина, казалось, к ним никто никогда не прикасался. Здесь не было ничего лишнего — ни снимков на стене, ни любимых игрушек, сохранившихся с детства, — ничего, что создавало бы теплую домашнюю атмосферу.

По спине Аличе пробежал холодок, она явно не вписывалась сюда.

— У тебя красивая комната, — все же сказала она, хотя на самом деле так не думала.

— Спасибо, — ответил Маттиа.

Над ними навис целый ворох всего, что они должны были сказать друг другу, но оба старались не замечать этого и смотрели в пол.

Соскользнув вдоль шкафа, Аличе опустилась на пол, здоровое колено она подтянула к подбородку.

— Ну и как себя чувствуют специалисты после получения диплома? — Труднее всего было выдавить улыбку.

Маттиа пожал плечами.

— Точно так же, как и раньше.

— Но ты все-таки недоволен, да?

— Похоже.

Аличе дружески хмыкнула и подумала, что эта неловкость, которая обоим неприятна, какая-то бессмысленная, но все же весьма ощутимая и неустранимая.

— В последнее время в твоей жизни произошло немало событий, — заметила она.

— Да.

Аличе поразмыслила: сказать теперь или позже? Потом она заговорила, хотя от волнения у нее пересохло во рту.

— И что-то хорошее тоже, не так ли?

Маттиа поджал ноги. «Ну вот, приехали», — подумал он и вслух произнес:

— Вообще-то да...

Он прекрасно знал, что должен сделать: должен подняться и сесть рядом с ней, должен улыбаться, смотреть ей в глаза и целовать ее... Все это дело техники, примитивный ряд векторов, которые позволят приблизить и совместить их губы... Ему не хотелось этого, но... следует соблюдать некую последовательность, как при решении математических уравнений.

Он думал было подняться, но матрас удерживал его, словно огромное болото. И тогда Аличе опять взяла инициативу на себя.

— Могу я сесть вон туда? — спросила она.

Он кивнул, хотя в этом не было нужды, и немного подвинулся.

Аличе поднялась, помогая себе руками. На кровати рядом с Маттиа лежал сложенный втрое лист бумаги. Аличе хотела отодвинуть его и, взяв в руки, заметила, что бумага написана по-английски.

— Что это? — спросила она.

— Получил сегодня. Письмо из университета.

Аличе прочитала название города, напечатанное полужирным шрифтом в углу слева, и буквы поплыли у нее перед глазами.

— Что пишут?

— Предлагают оклад.

Аличе почувствовала, как закружилась голова. Ее охватила паника, она сильно побледнела.

— Вау, — выдавила она. — И надолго?

— На четыре года.

Она сглотнула. Она все еще стояла рядом с кроватью. И наконец еле слышно спросила:

— Поедешь?

— Еще не знаю, — ответил Маттиа, почти извиняясь. — А ты что думаешь?

Аличе не ответила. Держа письмо в руках, она уставилась в пространство.

— Так как, по-твоему? — повторил Маттиа, словно она и в самом деле могла не расслышать его вопроса.

— А что — по-моему?

Голос Аличе прозвучал так резко, что Маттиа едва не подскочил от неожиданности. В эту минуту она почему-то подумала о своей матери, лежащей в больнице и напичканной лекарствами. Она тупо взглянула на письмо. Ей захотелось разорвать его, но она положила листок на кровать — туда, куда хотела сесть.

— Это было бы важно для моей карьеры, — сказал Маттиа.

Аличе кивнула с серьезным видом, выставив вперед подбородок, словно во рту у нее был шарик для игры в гольф.

— Хорошо. И чего же ты ждешь? Поспеши. Тем более тут нет ничего, что интересовало бы тебя, мне кажется, — произнесла она сквозь зубы.

Маттиа почувствовал, как вздулись вены на шее. Сейчас он, наверное, расплачется. С того дня в парке ему постоянно хотелось плакать, в горле стоял комок, и никак не удавалось проглотить его. Он никогда не плакал раньше, но после признания Аличе, там, в машине, слезные протоки, которые долго были закупорены, словно открылись, и теперь все, что скопилось в них, стало пробиваться наружу.

— Но если бы я уехал... — заговорил он дрожащим голосом. — Ты меня... — Он замолчал.

— Я? — Аличе посмотрела на него с высоты, как на какое-то пятно на покрывале. — Знаешь, я несколько иначе представляла себе ближайшие четыре года, — сказала она. — Мне двадцать три, и у меня умирает мать. Я... — Она покачала головой. — Но тебе ведь все это безразлично. Так что думай лучше о своей карьере.

Она впервые сослалась на болезнь матери, чтобы задеть кого-то, и не пожалела об этом. В эту минуту она ненавидела Маттиа.

Маттиа ничего не ответил, только стал вспоминать инструкцию, что нужно делать, когда начинаешь задыхаться.

— Так или иначе, не беспокойся, — продолжала Аличе. — Тем более я нашла человека, которому все это небезразлично. И... я пришла, чтобы сказать тебе об этом. — Она помолчала, не задумываясь больше ни о чем. Все опять происходило само собой, она снова катилась по крутому склону, забыв воткнуть в снег палки, чтобы затормозить. — Его зовут Фабио, он врач. Я не хотела, чтобы ты... В общем, вот так.

Она говорила как актриса, каким-то чужим голосом. Слова царапали язык, словно песок. При этом она внимательно смотрела на Маттиа, надеясь уловить хоть малейший признак сожаления, чтобы ухватиться за него, как за соломинку. Но его глаза были слишком темными, чтобы разглядеть в них вспыхнувшую искорку. Она была уверена, что для него ничто не имеет значения, и в желудке у нее что-то перевернулось, словно в пластиковом мешке.

— Я ухожу, — тихо произнесла она, чувствуя себя опустошенной.

Маттиа кивнул и посмотрел в закрытое окно, чтобы удалить Аличе из поля зрения. Это имя — Фабио, — свалившееся, словно с неба, щепкой вонзилось ему в голову, и теперь хотелось только одного, чтобы Аличе ушла.

Он обратил внимание, что вечер тихий, а ветер, должно быть, теплый. Матовый тополиный пух в свете фонарей походил на каких-то крупных насекомых без лапок.

Аличе открыла дверь, и Маттиа поднялся.

Он проводил ее к выходу, отставая на два шага.

Она рассеянно порылась в сумке, лишь бы потянуть время, потом проговорила «о'кей» и вышла.

Прежде чем закрылась дверь лифта, они успели обменяться «чао», которое ничего не означало.

28

Родители Маттиа смотрели телевизор. Аделе поджала ноги, прикрыв их ночной рубашкой. Пьетро сидел, положив ноги на низкий столик перед диваном, пульт управления был у него на бедре.

— До свидания, — сказали они Аличе, но она не ответила. Казалось, она даже не заметила их.

Маттиа остановился у дивана, у них за спиной.

— Я решил принять предложение.

Аделе всплеснула руками, схватилась за щеки и в растерянности взглянула на мужа. Пьетро слегка повернулся и посмотрел на сына, как смотрят на взрослого человека.

— Хорошо, — сказал он.

Маттиа ушел в свою комнату, взял с кровати письмо и сел за письменный стол. В какой-то краткий миг он понадеялся, что эластичная ткань Вселенной у него под ногами порвется, и он полетит в бездну. Но этого не произошло. Нащупав выключатель, он зажег настольную лампу. Выбрал самый длинный из четырех карандашей, ровно лежавших в опасной близости от края стола. Достал из ящика перочинный нож и принялся оттачивать карандаш над корзинкой для бумаг. Потом сдул тонкую пыль, оставшуюся на его кончике. Чистый лист уже лежал перед ним. Он опустил на него левую руку ладонью вверх и раскрыл пальцы. Провел по ней острым графитом. Помедлил немного, собираясь воткнуть карандаш в пересечение крупных сосудов у основания среднего пальца. Потом глубоко вздохнул и написал на листе: «To *the kind attention of the Dean...*»*

---

* Благодарю за внимание, оказанное мне деканом... (англ.)

29

Фабио ожидал ее в дверях. Свет горел всюду — на лестничной площадке, в прихожей, в гостиной. Принимая из ее рук пластиковый пакет с упаковкой мороженого, он обнял ее пальцы своей ладонью и поцеловал в щеку, словно это было вполне естественно в такой ситуации. Он сказал, что платье необычайно идет ей, потому что и в самом деле так думал, а потом, вернувшись к плите на кухне, уже не сводил с Аличе глаз.

Магнитофон выдавал незнакомую Аличе музыку. Скорее, она звучала не для того, чтобы ее слушали, а только как дополнение к заранее продуманному сценарию, не случайно. Стол был накрыт на двоих, горели две свечи, вино уже было открыто, лезвия ножей повернуты к тарелке, что означало — гость желанный, как объяснила в детстве мама Аличе, белая скатерть безупречна, салфетки сложены треугольником, а их кончики стыкуются идеально.

Аличе села за стол и сосчитала тарелки, стоящие перед ней одна на другой, чтобы понять, сколько будет перемен.

Прежде чем выйти из дому, она долго сидела в ванной и смотрела на полотенца, которые Соледад меняла каждую пятницу. В шкафчике над мраморным умывальником она разыскала коробку с косметикой матери и, воспользовавшись ее содержимым, сделала себе макияж. Собираясь накрасить губы, она понюхала помаду, но запах ей ничего не напомнил.

Потом она примерила, одно за другим, четыре платья, хотя давно уже решила, какое выберет: то, что надевала на конфирмацию сына Ронкони. Отец нашел тогда, что оно менее всего подходило к случаю, потому что спина в нем оголена ниже талии да и руки обнажены.

Еще босиком, в голубом платье, декольте которого сияло на светлой коже, словно радостная улыбка, Аличе спустилась на кухню к Соледад и вопросительно подняла брови, желая узнать, что она думает обо всем этом.

— Ты просто великолепна, — ответила Соль и поцеловала ее в лоб, заставив Аличе встревожиться, не испортился ли макияж.

Фабио действовал на кухне весьма и весьма ловко и в то же время с преувеличенной осторожностью, как человек, знающий, что за ним наблюдают. Аличе потягивала вино, заботливо налитое в ее бокал, и алкоголь вызвал в ее желудке, пустовавшем по меньшей мере уже часов двадцать, маленькую бурю. Тепло расходилось по венам, медленно поднималось к голове и, подобно ночному приливу, смывало мысли о Маттиа.

Все это время Аличе посматривала на Фабио. Четкая линия каштановых волос на затылке, довольно широкий таз и неплохо накачанные мускулы, выступающие под рубашкой... Невольно она подумала, как, должно быть, спокойно, когда тебя держат такие руки. Если, конечно, нет никакого другого выбора...

Она приняла его приглашение, потому что рассказала Маттиа о его существовании, потому что теперь уже не сомневалась: никогда уже не будет в ее жизни ничего более похожего на любовь, чем то, что она могла найти здесь...

Фабио открыл холодильник и отрезал от бруска сливочного масла кусок, который, по мнению Аличе, весил примерно восемьдесят или девяносто граммов. Бросив его на сковороду, чтобы закончить с рисом, он погасил конфорку и пару минут помешивал рис деревянной ложкой.

— Ну вот, все готово, — сказал он, вытер руки полотенцем, висевшим на спинке стула, и повернулся к столу со сковородкой в руке.

Аличе с испугом посмотрела на ее содержимое.

— Мне немного, — предупредила она, пальцами показывая сколько; ей было трудно представить, что она сможет проглотить эту суперкалорийную смесь.

— Не любишь?

— Я бы так не сказала, — солгала Аличе. — Просто у меня аллергия на грибы. Но попробую.

Фабио, похоже, искренне огорчился, даже побледнел немного, застыв со сковородкой в руках.

— Черт возьми, мне очень жаль. Я не знал...

— Не страшно, в самом деле, — улыбнулась ему Аличе.

— Хочешь, я...

Аличе дотронулась до его руки. Глядя на ее тонкие пальцы, Фабио просиял, как ребенок, увидевший подарок.

— Я правда попробую, — сказала она, указывая глазами на содержимое сковородки.

— Ни в коем случае, — решительно замотал головой Фабио. — А если тебе потом станет плохо?

Он унес сковородку, и Аличе слабо улыбнулась. Примерно полчаса они болтали о том о сем, сидя перед пустыми тарелками, Фабио пришлось откупорить еще одну бутылку белого вина.

Аличе испытывала неприятное чувство, будто с каждыми глотком теряет частичку себя. Она физически ощущала хрупкую невесомость своего тела в сравнении с массивной фигурой Фабио, который сидел напротив, закатав рукава и оперев локти на стол. Мысль о Маттиа, ставшая постоянной в последние недели, витала в воздухе, как неверная нота, затерявшаяся в общем звучании оркестра.

— Ну хорошо, давай утешимся вторым блюдом, — предложил Фабио.

Аличе почувствовала, что пропала. Она надеялась, что на ризотто все и закончится. Но Фабио достал из духовки лоток, в котором лежали помидоры, баклажаны и желтые перцы, фаршированные чем-то похожим на мясной фарш с панировочными сухарями. Овощи казались огромными, такие ни за что не улягутся в ее желудке.

— Выбирай! — предложил Фабио.

Аличе закусила губу, потом неуверенно указала на помидор, и Фабио, действуя вилкой и ножом как пинцетом, перенес его на тарелку.

— Еще что?

— Достаточно, — ответила Аличе.

— Не может быть! Ты же ничего не ела. При том что столько пила!

Аличе посмотрела на Фабио снизу вверх и на долю секунды возненавидела его, как ненавидела своего отца и свою мать, Соль и всех, кто когда-либо заглядывал в ее тарелку.

— Вот это, — переборов себя, сказала она и указала на баклажан.

Фабио обрадовался. Поухаживав за Аличе, он положил на свою тарелку всех овощей по штуке и принялся за них, с удовлетворением поглядывая на Аличе.

Аличе попробовала начинку, едва подцепив ее кончиком вилки. Кроме мяса в ней были яйца, творог и пармезан; она быстро сосчитала, что одного дня полного голодания совершенно недостаточно, чтобы компенсировать все это.

— Нравится? — спросил Фабио, улыбаясь с полным ртом.

— Очень вкусно, — ответила она, собралась с духом и откусила кусочек баклажана.

Подавляя тошноту, Аличе молча отправляла в рот кусочек за кусочком. Фабио что-то говорил и подливал ей вина, она кивала, но при каждом движении все сильнее ощущала, как баклажан бушует у нее в желудке.

Фабио съел почти уже все, а у нее на тарелке оставался еще помидор, красный и толстый, наполненный этой тошнотворной мешаниной. Если нарезать его и спрятать в салфетку... Но Фабио непременно заметит, ведь рядом нет ничего подходящего, чем можно было бы прикрыться, кроме свечей, уже наполовину сгоревших.

Когда закончилась вторая бутылка вина, Фабио с трудом поднялся из-за стола, чтобы достать третью. При этом он обхватил голову обеими руками и громко простонал:

— Остановись, прошу тебя, остановись.

Выглядело это уморительно, и Аличе рассмеялась.

В холодильнике вина не оказалось.

— Знаешь, родители все прикончили, придется спуститься в подвал, — сказал Фабио. Он беспричинно рассмеялся, и Аличе тоже смеялась, хотя от смеха и болело в животе.

— Смотри никуда не уходи! — приказал он, приставив палец к ее лбу.

— О'кей, — ответила Аличе, и ей сразу же пришла в голову хорошая мысль.

Как только Фабио ушел, она брезгливо взяла маслянистый помидор двумя пальцами и понесла его в туалетную комнату, стараясь держать подальше от носа, поскольку ее начинало тошнить от одного только запаха. В туалете она заперлась и подняла крышку унитаза. Потом рассмотрела помидор. Крупный... Очень... Наверное, следовало бы разрезать... Но ведь мягкий!

«А, плевать», — подумала она и бросила помидор в унитаз.

Помидор издал «плюх!» и, едва не обрызгав ее красивое небесно-голубое платье, удобно расположился в сливе, на самом дне.

Аличе нажала спуск, и вода спасительным дождем обрушилась вниз, но не втянулась, как обычно, в трубу, а с грозным урчанием начала заполнять унитаз. Аличе в испуге отпрянула, так, что больная нога подвернулась. Вода все прибывала и прибывала, а потом вдруг остановилась, заполнив унитаз до краев. Аличе с опаской заглянула в него. На дне, ровно там, где и прежде, как ни в чем не бывало лежал помидор.

Черт... Аличе смотрела на него, наверное, целую минуту, охваченная паникой и в то же время странным любопытством. Ее привел в себя щелчок замка входной двери. Тогда она схватила щетку и с отвращением сунула ее в воду, но помидор не желал никуда двигаться.

— Что же мне делать? — прошептала она.

Почти машинально она снова спустила воду, и теперь вода, перелившись через край, стала растекаться тонким слоем по полу и подбираться к ее нарядным туфлям. Аличе попыталась приподнять рычаг спуска, чтобы остановить поток, но ничего не получилось. Если бы она не сдвинула коврик, лежавший возле раковины, вода потекла бы к двери и оттуда в коридор.

Через несколько секунд потоп прекратился. Но помидор никуда не делся — лежал себе, целый и невредимый, на том же месте. Озеро на полу замерло. Аличе вспомнила, как однажды Маттиа объяснил ей, что существует определенная точка, при которой вода перестает растекаться. Это происходит, когда поверхностное натяжение становится таким сильным, что удерживает жидкость подобно невидимой пленке.

Аличе с ужасом смотрела на сотворенное ею. Не зная, что делать, она опустила крышку унитаза, села на нее, закрыла лицо руками и заплакала. Она плакала из-за Маттиа, из-за своей матери, из-за своего отца, из-за всей этой воды, но больше всего из-за самой себя. Она тихонько произнесла имя Маттиа, словно призывая его на помощь, но оно замерло у нее на губах.

Фабио постучал к ней, но она не шелохнулась.

— Али, у тебя все в порядке?

Аличе видела его силуэт за матовым стеклом двери. Желая скрыть слезы, она потянула носом, но тихонько, чтобы не было слышно, и уже погромче покашляла.

— Да, да, — ответила она. — Минутку, сейчас приду.

В растерянности она осмотрелась, словно и в самом деле не понимала, как оказалась в этой туалетной комнате. Вода все еще капала, просачиваясь из-под крышки, и Аличе на мгновение понадеялась утонуть в этом тонком слое влаги.

НАВЕДЕНИЕ НА РЕЗКОСТЬ (2003)

30

Она пришла в фотоателье Марчелло Кроцца в десять часов утра, но прежде, набираясь решимости, трижды объехала квартал.

— Хочу освоить профессию. Не возьмете ли меня в ученики? — спросила она.

Кроцца, сидевший за проявочной машиной, кивнул в знак согласия. Потом обернулся и, посмотрев ей прямо в глаза, заметил:

— Но поначалу платить не смогу.

Он не решился посоветовать ей: «Знаешь, брось эту затею!» — потому что точно так же много лет назад поступил сам, и воспоминание о том волнующем моменте составляло, собственно, все, что осталось у него от любви к фотографии. Несмотря на все разочарования, он никому не отказал бы в таком волнении.

Он поручил ей печать любительских фотографий. Чаще всего это были снимки, которые делают на отдыхе. Семья из трех-четырех человек на море или в городе, где много памятников искусства. В обнимку на площади Сан-Марко или у Эйфелевой башни, с обрезанными ногами и всегда в одной и той же позе. Фотографии, сделанные автоматической камерой, передержанные или без фокуса. Аличе давно перестала рассматривать их: проявляла и вкладывала все вместе в бумажный конверт с желто-красным логотипом «Кодак».

Кроме того, она принимала катушки с пленкой на 24 или 36 кадров в пластиковых баночках, писала имя клиента на квитанции, сообщала ему, что снимки будут готовы завтра, пробивала чек и говорила «спасибо» и «до свидания».

Иногда в субботу приходилось снимать бракосочетания. Кроцца заезжал за ней без четверти девять, всегда в будничной одежде, без галстука, ведь он же фотограф, а не гость.

В церкви следовало ставить два софита, и однажды Аличе уронила один из них — он разбился на ступенях алтаря. Она с испугом посмотрела на Кроцца. Тот поморщился, словно осколок попал ему в ногу, но спокойно сказал:

— Ладно, убери его оттуда.

Кроцца полюбил Аличе, хотя и не знал почему. Скорее, причин было несколько. Во-первых, у него не было своих детей, во-вторых, с тех пор, как она появилась в лаборатории, он мог в одиннадцать утра отправиться в бар и проверить номера лото, а когда возвращался, она улыбалась и спрашивала: «Ну так что, мы разбогатели?» Стажерка хромала, и у нее не было матери, как у него не было жены, и это тоже немного сближало их. Но главное — он ни на минуту не сомневался: ей все это скоро надоест, и железную штору по вечерам он опять будет опускать один, чтобы вернуться домой, где никого нет.

Однако спустя полтора года Аличе все еще работала у него. Теперь, имея ключи, она раньше приходила по утрам, и Кроцца заставал ее у дверей, когда она подметала тротуар вместе с синьорой из соседнего продуктового магазина, с которой он даже никогда не здоровался. Платил он ей по-черному — пятьсот евро в месяц, но если снимали бракосочетание, то вечером, остановив свою «лянчу» у дома делла Рокка, доставал из бардачка кошелек и протягивал еще пятьдесят.

— Увидимся в понедельник, — говорил он и уезжал.

Иногда Аличе показывала ему свои снимки, желая узнать его мнение, хотя оба теперь понимали, что он ничему не может научить ее. Они садились за стол, и Кроцца рассматривал фотографии, поворачивая их к свету, а потом давал кое-какие указания относительно выдержки или использования затвора. Он не возражал, чтобы она снимала, если хотела, его камерой, и про себя решил, что подарит ей свой «Nikon» в тот день, когда Аличе соберется покинуть его.

— В субботу выходим замуж, — сказал Кроцца. Он всегда так говорил, сообщая, что есть заказ.

Аличе в этот момент надевала джинсовую куртку. Через несколько минут за ней должен был приехать Фабио.

— О'кей, — сказала она, — а где?

— В церкви Гран Мадре. А потом еще прием на вилле, что на холме, где богачи живут, — с некоторым презрением заметил Кроцца. Потом, правда, пожалел об этом, потому что Аличе ведь тоже оттуда.

— М-да... А кто, не знаешь? — поинтересовалась она.

— Прислали приглашение. Я положил его туда, — ответил Кроцца, указывая на полку рядом с кассой.

Аличе нашла в сумочке резинку и скрепила волосы. Кроцца искоса взглянул на нее. Однажды он мастурбировал, думая о ней, — перед глазами стояло, как, опуская металлическую штору, девчонка нагнулась в полумраке лаборатории, — но потом ему стало так плохо, что он даже не ужинал.

На другой день он с утра отправил ее домой, бросив сквозь зубы:

— Сегодня отдыхай, никого не хочу видеть.

На полке лежала груда бумаг. Аличе порылась в них, скорее, из желания обмануться в своем предположении, чем из простого любопытства. Конверт с приглашением отыскался быстро. Она открыла его и сразу же увидела имя, напечатанное позолоченным курсивом со множеством завитушек.

«Ферруччо Карло Баи и Мария Луиза Турлетти-Баи объявляют о бракосочетании дочери Виолы...»

В глазах у нее потемнело, она даже не сразу смогла читать дальше. Во рту появился металлический привкус. Ей показалось, будто она заново пережила все, что испытала тогда в раздевалке, глотая проклятую карамельку.

— А что, если я одна проведу эту съемку? — рискнула она обратиться к Кроцца.

— Что? — спросил он, закрывая кассовый аппарат, который странно звякнул.

Глаза девушки загорелись, и Кроцца невольно улыбнулся — какие же они, оказывается, красивые.

— Я ведь уже научилась, правда? — спросила Аличе, и голос у нее дрогнул. — Могу и одна провести съемку. Ведь надо же когда-то начинать.

Кроцца взглянул на нее с подозрением. Ее глаза умоляли его согласиться, не спрашивая никаких объяснений.

— Не знаю...

— Прошу тебя, — прервала его Аличе.

Кроцца потрогал ухо и невольно отвел взгляд.

— Ну ладно... — Он сам не понял, почему говорит так тихо. — Но только смотри — без всякой там фигни!

— Обещаю, — кивнула Аличе и улыбнулась.

Потом она наклонилась вперед и поцеловала его в заросшую трехдневной щетиной щеку.

— Ладно, иди, иди, — сказал Кроцца, сопровождая слова энергичным жестом.

Аличе рассмеялась, и ее звонкий смех висел в воздухе, пока она не удалилась своей особой, прихрамывающей походкой.

В тот вечер Кроцца без всякой надобности задержался в лаборатории. Окинув взглядом комнату, он обнаружил, что некоторые вещи видит несколько иначе, чем много лет назад, когда они, казалось, сами напрашивались, чтобы их фотографировали.

Немного подумав, он бережно извлек аппарат из кофра, куда Аличе всегда помещала его, окончив работу и почистив линзы. Потом вставил объектив, повернул его по часовой стрелке до упора и направил на первый попавшийся предмет — на подставку для зонтов у входа. Вскоре круглый обод подставки, увеличенный в несколько раз, превратился в кратер погасшего вулкана. Но снимать он не стал. Отложив аппарат, Кроцца взял куртку и, погасив свет, вышел. Он шел совсем в другом направлении, чем обычно. И ему никак не удавалось стереть с лица глупую улыбку. Домой ему идти не хотелось.

Церковь была богато украшена цветами. По обе стороны алтаря — роскошные каллы и маргаритки, на концах каждого ряда скамей — миниатюрные букеты из этих же цветов. Установив софиты и панель-отражатель, Аличе присела в ожидании в первому ряду. Служительница церкви чистила пылесосом красный ковер, по которому через час пройдут жених и невеста. Аличе подумала о том разговоре, какой однажды состоялся у них с Виолой. Она не могла бы сейчас сказать, о чем именно они говорили, но хорошо помнила, с каким восхищением смотрела на одноклассницу, какие мысли будоражили ее тогда и... какие планы она вынашивала.

В течение получаса все скамьи заполнились гостями, вновь прибывшие толпились у входа, обмахиваясь листками с текстом литургии.

Аличе вышла на улицу, ожидая прибытия свадебного кортежа. Полдневное солнце грело руки и, казалось, просвечивало их насквозь. В детстве она любила смотреть на ладонь, поставив ее против солнца, — сомкнутые пальцы окаймлялись красным. Как-то она показала это отцу, и он поцеловал подушечки, притворяясь, будто сейчас съест их.

Виола приехала на сером, сияющем чистотой «порше». Водителю пришлось помочь ей выйти из машины и подобрать огромный шлейф. Аличе принялась спешно щелкать кадр за кадром, скорее для того, чтобы скрыть свое лицо за фотоаппаратом. Зато потом, когда Виола проходила мимо, она специально опустила камеру и улыбнулась ей.

Их взгляды пересеклись лишь на мгновение, и Виола вздрогнула. Аличе ничего не успела прочитать в ее глазах, потому что та уже прошла мимо, ведомая в церковь своим отцом, — Аличе почему-то всегда представляла его более высоким.

Во время церемонии она старалась не упустить ни одного подходящего для съемки момента: новобрачные и их родители, обмен кольцами, клятва, причастие, подписи свидетелей и первый супружеский поцелуй... Она вела себя как настоящий профессионал — даже увеличила выдержку, чтобы добиться тончайшей нюансировки: сфумато, которое, по мнению Марчелло Кроцца, придавало снимкам особую изысканность.

И она была единственной, кто во время всего действа ходил по церкви. Это давало определенное преимущество. Аличе казалось, стоило ей приблизиться к Виоле, та слегка выпрямлялась и настораживалась, словно животное, чувствующее опасность.

Когда новобрачные выходили из церкви, Аличе пятилась впереди них, хромая и слегка наклоняясь, чтобы не исказить перспективу. Она видела в объектив, как Виола смотрит на нее с застывшей полуулыбкой, словно на какой-то призрак.

Раз пятнадцать она фотографировала Виолу крупным планом, и та испуганно жмурилась, ослепленная вспышкой.

Потом новобрачные сели в машину, и Виола отважилась взглянуть на Аличе из-за стекла. Конечно, она сразу расскажет мужу о ней, удивившись этой встрече. Назовет ее анорексичкой и добавит, что с этой хромоногой она никогда не дружила. Но умолчит о карамели, о том своем дне рождения да и обо всем остальном. Аличе улыбнулась при мысли, что это может оказаться первой полуправдой в их супружеской жизни, первой из тех крохотных трещин, которые возникают в отношениях и в которые жизнь рано или поздно умудряется вбить клин.

— Синьорина, новобрачные ждут вас на набережной, чтобы сниматься там, — произнес чей-то голос у нее за спиной.

Аличе обернулась и узнала одного из свидетелей.

— Конечно, сейчас поеду к ним, — ответила она и поспешила в церковь, чтобы забрать софиты и уложить принадлежности в кофр, и тут услышала, как ее зовут:

— Аличе!

Она обернулась, уже зная, кого увидит.

— Да?

Перед нею стояли Джада Саварино и Джулия Миранди.

— Чао, — пропела Джада, подходя к ней, чтобы поцеловать.

Джулия осталась позади, опустив, как и прежде, глаза в пол.

Аличе едва коснулась Джады щекой.

— Что ты тут делаешь? — защебетала Джада.

Аличе подумала, что это глупый вопрос, и губы ее растянулись в улыбке.

— Снимаю, — объяснила она.

Джада улыбнулась в ответ, показав те же ямочки, что были у нее в семнадцать лет.

Странно было видеть перед собой этих девиц, с их общим прошлым, которое, как неожиданно оказалось, нечего не стоит.

— Чао, Джулия, — сделала над собой усилие Аличе.

Джулия натянуто улыбнулась и с трудом выдавила из себя несколько слов.

— Мы слышали о твоей маме, — сказала она. — Мы очень сочувствуем.

Джада покивала в знак того, что тоже соболезнует.

— Да, — ответила Аличе, — спасибо. — И снова стала собирать свои вещи.

Джада и Джулия переглянулись.

— Не будем тебе мешать, — сказала Джада, коснувшись ее плеча. — Ты очень занята.

— О'кей.

Бывшие одноклассницы повернулись и направились к выходу. В опустевшей церкви звонко простучали их каблучки.

Новобрачные ожидали в тени высокого дерева, но стояли не в обнимку. Аличе припарковала свою машину рядом с их «порше», вышла и достала кофр. Солнце припекало, и она чувствовала, как волосы липнут к затылку.

— Чао, — произнесла она, подходя к ним.
— Али, — сказала Виола, — я не знала, что...
— Я тоже не знала, — прервала ее Аличе.

Они изобразили осторожное объятие, словно опасались помять свою одежду. Виола стала еще красивее, чем в школе. С годами черты ее лица обрели мягкость, глаза уже не казались столь колючими. Фигурка у нее оставалась по-прежнему безупречной.

— Это Карло, — сказала Виола.

Аличе пожала ему руку и ощутила, какая она гладкая.

— Начнем? — спросила она, обрывая разговор.

Виола кивнула и поискала взгляд мужа, но он не ответил.

— Куда встать? — спросила она.

Аличе осмотрелась. Солнце стояло в зените, и ей нужна была вспышка, чтобы убрать тени с лиц. Она указала на скамейку на берегу, на самом солнцепеке.

— Сядьте вон там.

Устанавливая аппарат, она потратила больше времени, чем требовалось. Нарочно долго возилась со вспышкой, меняла объективы...

Муж Виолы расслабил галстук, на лбу у него проступили капельки пота. Виола попыталась стереть их пальцем.

Аличе еще некоторое время подержала их на солнце, притворившись, будто ищет лучшую точку для съемки.

Потом принялась командовать сухим тоном:

— Обнимитесь. Улыбнитесь. Теперь смотрите серьезно. Возьми ее за руку. Положи голову ему на плечо. Шепчи ей что-нибудь на ухо. Смотрите друг на друга. Ближе. Смотрите на реку. Сними пиджак.

Кроцца учил ее, что клиентам нельзя давать ни малейшей передышки, стоит им задуматься — и вся непосредственность улетучится.

Виола повиновалась, только два или три раза уныло спросила, все ли хорошо.

— О'кей, теперь идемте туда, в парк, — сказала Аличе.

— Еще? — удивилась Виола.

От жары лицо ее покраснело. Черная краска на глазах потекла, прямая линия превратилась в бахрому, и это придавало ей жалкий, усталый вид.

— Притворись, будто убегаешь, а ты беги и лови ее, — потребовала Аличе.

— Как? По-настоящему бежать?

— Да, нужно бежать.

— Но... — возразила Виола. Потом взглянула на мужа, и тот лишь пожал плечами.

Виола недовольно фыркнула, но все же приподняла юбку и побежала. Острые каблуки утопали в земле, песок пачкал белое платье.

— Слишком медленно бежишь, — прокричал ее муж.

Резко обернувшись, Виола испепелила его взглядом. Аличе запомнила этот момент и заставила их побегать еще две-три минуты.

Наконец Виола грубо оттолкнула Карло, вырываясь из его объятий, и заявила, что все, хватит. Прическа у нее растрепалась, заколка выпала, и волосы беспорядочно рассыпались по щеке.

— Хорошо, — ответила Аличе. — Но необходимо сделать еще несколько кадров.

Она повела их к киоску с мороженым и заплатила за две лимонные трубочки.

— Держите, — сказала она, протягивая им мороженое.

Они не совсем поняли, зачем это надо, и неуверенно распечатали упаковку. Виола старалась не испачкать руки липким сиропом.

Аличе попросила их изобразить, будто они едят мороженое, соединив руки, как делают, когда пьют на брудершафт.

— А теперь протяните мороженое друг другу.

Улыбка Виолы становилась все более натянутой.

Когда же Аличе велела ей подойти к фонарному столбу и, держась за него, поворачиваться, как вокруг шеста, Виола вскипела:

— Но это же безобразие!

Муж посмотрел на нее не без испуга, а потом перевел взгляд на Аличе, как бы извиняясь. Она улыбнулась ему:

— Это входит в классическую фотосессию новобрачных. Вы же сами просили. Но мы можем и пропустить эту часть.

Татуировка у нее на животе пульсировала, как будто собиралась вырваться из кожи. Но Аличе старалась выглядеть невозмутимой, даже приветливой. Виола смотрела на нее с нескрываемой злостью, и она выдержала этот взгляд.

— Закончили? — спросила Виола.

Аличе кивнула.

— Идем отсюда, — приказала Виола мужу.

Прежде чем уйти, Карло подошел к Аличе и вежливо пожал ей руку.

— Спасибо, — поблагодарил он.

— Не за что.

Аличе стояла и смотрела, как они поднимаются по невысокому склону к парковке. Воздух был наполнен обычным для субботнего дня гомоном — детский смех на качелях, голоса мамаш, приглядывающих за детьми, вдали звучала какая-то музыка, долетало приглушенное, как по ковру, шуршание шин на проспекте...

Она охотно рассказала бы обо всем этом Маттиа, потому что он понял бы ее. Еще она подумала, что Кроцца вознегодует, но потом в конце концов простит ее. Она не сомневалась в этом.

Открыв аппарат, она извлекла из него катушку и на ярком солнце вытянула из нее всю пленку.

ЧТО В ОСТАТКЕ
(2007)

31

Отец обычно звонил в среду вечером между восемью и восемью пятнадцатью. За последние девять лет они виделись всего несколько раз, и в последнем случае очень давно. Но телефон в двухкомнатной квартире Маттиа никогда не звонил в другие часы и дни.

В сущности, говорить им было не о чем. Во время долгих пауз между словами повисала тишина, окружавшая каждого из них, — ни звуков телевизора или радио, ни голосов гостей, позвякивающих приборами. Мертвая, угнетающая тишина.

Маттиа представлял свою мать, слушавшую их разговор, сидя в кресле и положив руки на подлокотники. Когда они с Микелой учились в первом классе, она точно так же слушала, как они учат стихи наизусть. Он всё запоминал сразу, а Микела молчала — она ни на что не была способна.

Каждую среду, повесив трубку, Маттиа задавался вопросом: интересно, на кресле все та же обивка с оранжевыми цветами или родители заменили ее, ведь она была изношена еще тогда, когда он жил дома?

Он не мог не думать и о том, постарели ли они. Конечно, постарели, он понимал это по голосу отца — тот говорил все медленнее и труднее. В трубке слышалось его дыхание — оно стало шумным и больше походило на одышку.

Мать брала трубку только иногда и задавала всегда одни и те же ритуальные вопросы:

— Холодно? Ты поужинал? Как твои занятия?

— Здесь ужинают в семь часов, — поначалу объяснял он, а потом стал ограничиваться простым «да».

— Да, алло, — ответил он по-итальянски, потому что незачем было отвечать по-английски. Его домашний номер знали, самое большее, человек десять, и никто из них не стал бы искать его в такое время. — Это я, папа.

Запаздывание ответа было неуловимо кратким. Надо бы взять хронометр, чтобы сосчитать потом, насколько отклоняется сигнал, идущий по прямой линии длиной более тысячи километров, которая соединяет его с отцом, но каждый раз он забывал сделать это.

— Чао, папа, ты здоров? — спросил Маттиа.

— Да, а ты?

— Все в порядке... А мама?

— Она рядом.

Здесь неизменно возникала пауза, необходимая, как глоток воздуха после погружения в воду.

Маттиа поковырял указательным пальцем царапину на светлом дереве, почти в центре круглого стола. Он не мог припомнить, откуда она появилась. Может, осталась от прежних жильцов? Под лаковой поверхностью оказалась древесная стружка, которая попала ему под ноготь, не причинив боли. Каждую среду он ковырял эту царапину, углубляя ее на какую-то долю миллиметра, но ему и всей жизни не хватило бы, чтобы процарапать столешницу насквозь.

— Ну так что, видел рассвет? — спросил отец.

Маттиа улыбнулся. У них была такая игра, единственная, пожалуй. Около года назад Пьетро прочитал в какой-то газете, что рассвет на северном море — это нечто прекрасное и никак нельзя пропустить такое зрелище. Заметку он прочитал сыну по телефону.

— Ты должен непременно пойти на берег и увидеть рассвет, — посоветовал он.

С того дня время от времени он спрашивал, побывал ли сын на берегу. Маттиа неизменно отвечал, что нет, еще не был. Его будильник заведен на восемь часов семнадцать минут, а кратчайшая дорогая в университет шла не по берегу.

— Папа, я пока не видел рассвета, — признался он и в этот раз.

— Ну, так он никуда не убежит, — ответил Пьетро.

Им больше нечего было сказать друг другу. Они помолчали немного, ощущая ту взаимную привязанность, какая еще сохранилась. Их соединяли сотни километров коаксиальных кабелей, но это не имело никакого значения. Связь между Маттиа и его родителями поддерживалась чем-то иным, не имеющим названия, а может, если разобраться хорошенько, ее вообще больше не существовало.

— Так я советую, — сказал под конец Пьетро.

— Конечно.

— И постарайся не болеть.

— О'кей. Привет маме.

В трубке зазвучали короткие гудки.

День заканчивался. Маттиа рассеянно взглянул на стопку бумаг — работу, которую принес из университета. Никак не удавалось разобраться с одной проблемой — откуда бы они с Альберто ни начинали доказательство, непременно натыкались на нее. Он чувствовал, что решение близко и, если только одолеть эту невесть откуда возникшую проблему, дальше все будет так же просто, как прокатиться по полю с закрытыми глазами. Но сегодня он слишком устал, чтобы заниматься...

Маттиа прошел на кухню, наполнил кастрюльку водой из-под крана, поставил на плиту и включил газ. Он столько времени проводил в одиночестве, что нормальный человек на его месте давно бы уже сошел с ума.

В кухне он опустился на складной пластиковый стул, но не расслабился. Взглянул на лампочку под потолком. Она перегорела спустя примерно месяц после его приезда, но он так и не заменил ее. Когда нужен был свет, он зажигал его в соседней комнате.

Вздумай он уйти этим вечером из квартиры и не вернуться сюда, никто бы и не заметил следов его пребывания за долгие девять лет, если не считать груды бумаг на столе, испещренных непонятными записями. Он не привнес в обстановку ничего своего. Здесь так и оставались стандартная мебель из светлого дуба, пережившая нескольких хозяев, и пожелтевшие обои, наклеенные еще при строительстве дома.

Маттиа поднялся, налил кипяток в чашку и опустил в нее пакетик чая. Посмотрел, как темнеет вода. В полумраке конфорка светилась ярко-синим пламенем. Он убавил газ, и его шипение притихло. Потом он поднес руку к огню и, почувствовав тепло, стал медленно опускать ее, пока синий венчик не обхватил его ладонь.

И сейчас, спустя сотни, даже тысячи одинаковых дней, прожитых в университете, он хорошо помнил свой первый день здесь. Помнил, как вошел в столовую и машинально повторил действия, какие совершали другие. Помнил, как встал в очередь и, медленно продвигаясь, подошел к пластиковым подносам. Взяв один из них, он положил на него бумажную салфетку, приборы и поставил стакан. Потом, оказавшись перед синьорой в халате, которая стояла на раздаче, наугад показал на одну из трех алюминиевых мисок, понятия не имея, что в ней. Синьора что-то спросила его на своем языке, а может, на английском, но он не понял ее и опять указал на миску. Синьора повторила вопрос.

— I don't understand*, — с трудом произнес он английские слова.

Синьора возвела глаза к небу и помахала пустой тарелкой.

— She's asking if you want a sauce**, — сказал стоявший рядом с ним парень.

Маттиа обернулся к нему в полной растерянности.

— Я... — произнес он по-итальянски. — I don't...
— Так ты итальянец? — удивился парень.
— Да.
— Она спрашивает, нужен ли тебе соус к этой гадости.

Маттиа ошеломленно покачал головой.

Парень сказал синьоре только одно слово: «Нет». Она улыбнулась в ответ, наполнила тарелку Маттиа и пустила ее по столешнице прямо к нему. Парень взял себе то же блюдо, но, прежде чем поставить на поднос, с неприязнью понюхал его.

— Ужасная дрянь, — заметил он. — А ты что, недавно приехал? — поинтересовался он, все еще разглядывая жидковатое на вид пюре в тарелке.

— Да, — ответил Маттиа, и парень хмуро кивнул, как будто бы речь шла о чем-то очень важном.

---
* Я не понимаю (англ.).
** Она спрашивает, хочешь ли ты соус (англ.).

Заплатив, Маттиа так и остался возле кассы с подносом в руках. Глазами он отыскал свободный стол в конце зала, где можно было бы сесть спиной ко всем и не ловить на себе чужие взгляды во время еды. Он уже хотел пройти туда, но перед ним появился тот же парень.

— Идем, — сказал он, — вон там есть место.

Альберто Торча работал в университете уже четыре года на штатной должности научного сотрудника по гранту, полученному в Европейском союзе в качестве поощрения за последние научные публикации. Он тоже от чего-то бежал, но Маттиа никогда не спрашивал от чего. Были ли они друзьями или просто коллегами? Ни тот, ни другой не смог бы ответить на этот вопрос, хотя занимали один кабинет и вместе обедали каждый день на протяжении девяти лет.

Был вторник. Альберто сидел напротив Маттиа и сквозь стакан с водой, поднесенный ко рту, увидел новый знак — идеально ровный темный круг на ладони. Он ничего не сказал, только выразительно покосился на эту отметину, давая понять, что ему все ясно. Джиларди и Монтанари, обедавшие за одним столом с ними, весело обсуждали что-то найденное в Интернете.

Маттиа одним глотком осушил стакан, слегка покашлял и сказал:

— Вчера вечером мне пришла в голову одна идея по поводу той непостоянной, которая...

— Прошу тебя, Маттиа, — прервал его Альберто, бросая вилку и откидываясь на спинку стула. Он всегда чересчур энергично жестикулировал. — Пощади меня хотя бы во время еды!

Маттиа опустил голову. Мясо на его тарелке было разрезано на совершенно одинаковые квадратики, и он аккуратно раздвинул их вилкой, оставив между ними решетку из ровных белых линий.

— Почему бы тебе не заниматься по вечерам чем-нибудь другим? — вновь заговорил Альберто, но тише, словно ему не хотелось, чтобы их слышали другие; вилкой он рисовал в воздухе небольшие круги.

Маттиа не ответил и не взглянул на него. Он поднес ко рту квадратик мяса, выбранный из тех, что оказались с неровными краями и нарушали тем самым геометрическую фигуру.

— Почему бы тебе не сходить иногда с нами выпить что-нибудь? — продолжал Альберто.

— Нет, — сухо ответил Маттиа.

— Но...

— Ну ты же знаешь...

Альберто покачал головой и нахмурился. Ему пришлось сдаться. Маттиа опять упрямился. С тех пор как они познакомились, ему удалось вытащить его из дому, самое большее, раз десять.

Он обратился к коллегам, сидевшим за столом, прерывая их разговор:

— Послушайте, а вон ту вы видели?

Через два столика от них в обществе пожилого господина сидела девушка. Насчет господина Маттиа знал, что это был преподаватель с геологического факультета.

— Не будь я женат, о боже, я бы знал, что с ней делать, — продолжал Альберто.

Джиларди и Монтанари сначала не поняли, о чем речь, а потом принялись вместе с ним строить догадки, почему такая красотка оказалась в компании этого старого напыщенного типа.

Маттиа разрезал каждый квадратик по диагонали. Потом сложил из них один большой треугольник. Волокнистое мясо остыло. Маттиа подцепил вилкой кусочек и проглотил его почти целиком. Остальные так и оставил на тарелке.

Выйдя из столовой на улицу, Альберто закурил с тем расчетом, чтобы Джиларди и Монтанари ушли вперед. Потом он остановил Маттиа, который шел, опустив голову, машинально ориентируясь на неровную трещину вдоль тротуара.

— Так что ты хотел мне сказать о той непостоянной? — спросил Альберто.

— Неважно.

— Да ладно, брось.

Маттиа посмотрел на коллегу. Кончик сигареты у него во рту был единственным ярким пятном среди этого серого дня, точно такого же, как предыдущий и, без сомнения, следующий.

— Мы не можем никуда от нее деться, — сказал Маттиа. — И надо принять как данность, что она действительно имеет место. Но, похоже, я нашел способ извлечь из этого кое-что интересное.

Альберто приблизился. Он не прерывал его, пока тот не закончил объяснение, потому что знал: Маттиа говорит мало, но когда говорит, стоит помолчать и послушать.

32

Груз последствий обрушился на нее всей своей тяжестью, когда года два назад Фабио шепнул ей в минуту близости:

— Хочу ребенка.

Лицо Фабио было совсем рядом, Аличе ощущала его дыхание на своих щеках. Она привлекла к себе его голову и уложила в углубление между плечом и шеей. Однажды, когда они еще не были женаты, он признался ей, что это самое лучшее место и его голова создана для того, чтобы лежать именно здесь.

— Так что скажешь? — спросил Фабио приглушенным голосом.

Аличе промолчала, только крепче прижала его к себе. У нее перехватило дыхание, оттого она и не могла говорить.

Она слышала, как он закрыл коробочку с презервативами, и сильнее согнула правое колено, чтобы ему было удобнее, и потом смотрела в пространство, не переставая ритмично поглаживать его голову.

Ребенок... Аличе неизменно откладывала эту проблему в сторону, как нечто такое, о чем можно подумать потом. А теперь она внезапно возникла перед ней, как разверзшаяся бездна в темном потолке. Ей хотелось сказать Фабио: «Остановись, подожди, мне нужно признаться тебе...» — но Фабио действовал с обезоруживающим доверием и, конечно, не понял бы ее.

Она не хотела ребенка... или, может быть, хотела. На самом деле она никогда не задавалась этим вопросом. Он просто не возникал, и все тут. Когда Фабио овладел ею впервые, она почему-то представила, как эта клейкая, полная надежд жидкость оседает в ее худом теле... где ей суждено высохнуть.

Ее менструальный цикл прекратился еще тогда, когда она целиком съела пирожное с черным шоколадом. Истина же заключалась в том, что Фабио хотел ребенка, и она должна была родить его. Должна, потому что, когда они занимались любовью, он не просил зажечь свет и не делал этого после самого первого случая у него дома, потому что, кончив, он опускался на нее, и его тяжелое тело отгоняло все страхи, потому что он молчал, лежал рядом, и этого было достаточно. Она не любила его, но его любви хватало на обоих.

После того вечера, когда он сказал о ребенке, секс приобрел для них некое новое свойство, теперь он имел определенную цель, и поэтому они отказались от всего лишнего, довольствуясь самым необходимым.

Но шли недели и месяцы, а результата все не было. Фабио побывал у врача, и анализ показал, что со сперматозоидами у него все в порядке. Вечером, обнимая Аличе, он очень осторожно сказал ей об этом. И сразу же добавил:

— Не беспокойся, ты ни в чем не виновата.

Она высвободилась из его объятий и ушла в другую комнату, успев удержать слезы. Этого было достаточно, чтобы Фабио возненавидел себя, потому что на самом деле он думал и даже более того — точно знал, что виновата его жена.

Аличе повела свою игру. Вела фиктивный учет дней, чертила графики в записной книжке, лежавшей у телефона, покупала прокладки, а потом выбрасывала их нетронутыми. В определенные дни она отталкивала Фабио, говоря, что нельзя.

Но его было трудно обмануть, потому что он тоже тайком вел учет. Щекотливый, прозрачный секрет Аличе стоял между ними, все более отдаляя их друг от друга. Всякий раз, когда Фабио заводил разговор о визите к врачу, о лечении или о причине проблемы, Аличе мрачнела, и становилось ясно, что вскоре она найдет очередной предлог для ссоры — какую-нибудь явную глупость. Постепенно трудности в отношениях сделали свое дело. Они перестали разговаривать, а главное — все реже и реже занимались сексом, который превратился в привычный пятничный ритуал. Оба мылись по очереди до и после. Фабио выходил из ванной с блестевшим от воды лицом и в чистом белье, Аличе уже была в майке и вежливо спрашивала, может ли теперь пойти принять душ. Когда же она возвращалась оттуда, он уже спал или просто лежал с закрытыми глазами на боку, на своей половине постели.

В ту пятницу все происходило как обычно, по крайней мере поначалу. Аличе легла в постель уже после часа ночи, проведя почти весь вечер в фотолаборатории, которую Фабио оборудовал ей в кабинете в качестве подарка к третьей годовщине свадьбы. Он опустил журнал, который читал, и посмотрел на голые ноги жены, ступавшие по паркету. Аличе скользнула под простыню и прижалась к нему. Они совершили ставшие привычными действия, которые позволяли все упростить, и Фабио вошел в нее, помогая себе рукой.

Она не была уверена, что он действительно плачет, потому что отвернулась, не желая касаться мужа, но все же заметила что-то необычное в его движениях. Фабио действовал энергичнее, торопливее, чем обычно, а потом вдруг останавливался и, глотнув воздуха, возобновлял фрикции. Казалось, он разрывается между желанием войти как можно глубже и... столь же настойчивым желанием выйти не только из нее, но и из комнаты, из дома вообще. Дыхание у него было тяжелым, прерывистым.

Кончив, он тут же встал, прошел в ванную и заперся там, даже не зажигая света. В ванной он оставался дольше обычного.

Аличе подвинулась на середину кровати, где простыни были еще прохладные, и провела рукой по животу, в котором ничего не происходило. Впервые она подумала, что ей больше некого обвинять, что во всех своих ошибках виновата она одна.

Фабио вернулся и лег, повернувшись к ней спиной. Теперь настала ее очередь идти в ванную, но она не двинулась с места. Она чувствовала, что-то должно произойти, ощущение тревоги витало в воздухе.

Он молчал еще минуту, может, две, прежде чем заговорил.

— Али, — позвал он.
— Да?

Он еще помолчал и тихо произнес:
— Я больше так не могу...

От этих слов внутри у Аличе все сжалось, будто в нее вцепились хищные вьющиеся растения, внезапно проросшие из кровати. Она не ответила. Решила, пусть говорит.

— Я знаю, в чем дело, — продолжал Фабио; голос его звучал отчетливо, казалось, стены спальни отражают каждое слово, подобно эху. — Ты не хочешь, чтобы я касался этого, даже поговорить не хочешь. Но так...

Он снова замолчал.

Аличе лежала, широко открыв глаза, привыкшие к темноте. Она различала очертания мебели: шкаф, кресло, трюмо с зеркалом, которое ничего не отражало. Реальные, земные вещи — и в то же время чудовищно несуществующие.

Она представила спальню своих родителей и подумала, что все спальни на свете похожи одна на другую. Так чего же она боится — потерять Фабио или потерять эти вещи: шторы, картины, ковер, всю эту защищенность, старательно уложенную в ящики шкафа.

— Сегодня вечером ты с трудом съела небольшой кабачок, — снова заговорил Фабио.

— Я не хотела есть, — возразила она почти по привычке и подумала: ну вот, началось.

— Вчера то же самое. К мясу даже не притронулась. Нарезала на кусочки, а потом спрятала в салфетку. Ты в самом деле меня за идиота считаешь?

Аличе сжала простыню. Как она могла надеяться, что он ничего не заметит? Сотни, тысячи раз она проделывала подобное на глазах мужа. И ни разу не поинтересовалась тем, что он мог при этом подумать...

— Ты прекрасно знаешь, что я ела накануне и позавчера, — сказала она, сделав ударение на слове «ела».

— Объясни мне, как все это понимать? — повысил голос Фабио. — Скажи, что так отвращает тебя от еды?

Она вспомнила своего отца, который по-деревенски низко наклонял голову над тарелкой, когда ел суп, при этом он громко прихлебывал, всасывая в себя содержимое ложки, и чавкал, заедая суп хлебом. Она представила мужа, любившего поговорить с полным ртом, сидя за ужином напротив нее. Вспомнила карамель Виолы со всеми этими налипшими волосами и синтетическим привкусом клубники. Потом подумала о себе — представила себя обнаженной в большом зеркале в родительском доме: уродливый шрам превращал ее ногу в какой-то отделенный от туловища бесполезный кусок. Но все-таки это было ее тело, и она готова была защищать его любой ценой.

— Чего ты хочешь? Чтобы я стала объедаться? Чтобы испортила фигуру ради твоего ребенка? — спросила Аличе.

Она говорила так, будто ребенок уже существовал где-то во Вселенной. И нарочито подчеркнула слова «твоего ребенка».

— Да, я могу пройти курс лечения, если тебе так хочется. Могу принимать гормоны, лекарства, все эти гадости, необходимые для того, чтобы у тебя появился ребенок. Тогда ты перестанешь шпионить за мной?

— Дело не в этом, — возразил Фабио. К нему вдруг вернулась вся его раздражающая уверенность.

Аличе отодвинулась к краю постели, желая оказаться подальше от пугающего тела мужа. Он повернулся на спину. Глаза открыты, лицо напряжено — казалось, Фабио пытался увидеть что-то в темноте.

— Вот как — не в этом? — сказала Аличе. — А в чем?

— Ты должна понять, чем рискуешь, особенно в твоем положении.

«В твоем положении», — повторила Аличе про себя и невольно попыталась согнуть больное колено, чтобы доказать себе самой, что может владеть им, но колено едва шевельнулось.

— Бедный Фабио, — вздохнула она. — С твоей хромоногой женой и...

Она замолчала. Слово «хромоногая», больно кольнув, оборвало ее речь.

— В мозгу есть такая часть... — заговорил Фабио, не слушая ее, будто научное объяснение могло все упростить. — Насколько я помню, это гипоталамус, он контролирует жировую массу организма. Если показатели слишком понижаются, производство гонадотропина замедляется, механизм блокируется, и менструации прекращаются. Но это лишь первый симптом. Происходят и другие, более серьезные вещи. В костях уменьшается количество минералов, и начинается остеопороз. Кости ломаются, словно вафли.

Он говорил как врач, монотонно перечисляя причины и следствия, как будто достаточно знать название болезни, чтобы излечить от нее. Аличе подумала, что ее кости уже хрустнули однажды и что все это ее не интересует.

— Достаточно повысить этот показатель, как все придет в норму, — добавил Фабио. — Это медленный процесс, но у нас есть время.

Аличе приподнялась на локтях. Ей хотелось уйти, и немедленно.

— Фантастика! Видимо, ты уже давно готовился, — сказала она. — Выходит, все дело только в этом. Так просто...

Фабио сел в кровати, взял ее за руку, но она высвободилась. В темноте он все же посмотрел ей прямо в глаза.

— Теперь это касается уже не только тебя, — сказал он.

— А вот и нет, — ответила она, покачав головой. — Может, именно этого я и хочу, тебе не приходило в голову? Хочу услышать, как хрустят мои кости, хочу заблокировать механизм, как ты сказал.

Фабио с такой силой стукнул по матрасу, что Аличе вздрогнула.

— И что же ты собираешься делать? — ехидно поинтересовалась она.

Фабио тяжело дышал, стиснув зубы. От гнева у него напряглись мускулы.

— Ты просто-напросто эгоистка. Избалованная эгоистка!

Он откинулся на спину и отвернулся. Все предметы снова оказались на своих местах, но наступившая тишина казалась какой-то неопределенной.

Аличе уловила тихий звук, похожий на шелест старой кинопленки в проекторе...

Прислушалась, пытаясь понять, откуда он исходит...

Потом увидела, что смутное очертание Фабио слегка вздрагивает...

И услышала с трудом сдерживаемые рыдания, даже не услышала, а скорее ощутила через ритмичное дрожание матраса.

Весь облик Фабио словно просил ее протянуть руку, коснуться его, погладить по голове, шее, но она ничего не стала делать. Поднялась с кровати и ушла в ванную, хлопнув за собой дверью.

33

После обеда Маттиа и Альберто спустились в полуподвальный этаж, где течение времени замечалось лишь тогда, когда от слепящего неонового света, лившегося с потолка, уставали глаза. Они прошли в свободную аудиторию, и Альберто уселся прямо на кафедру. Он был довольно тучным, не сказать, чтобы толстым, но Маттиа казалось, будто его коллега день ото дня раздувается, как воздушный шар.

— Выкладывай! — нетерпеливо приказал Альберто. — Объясни мне все с самого начала.

Маттиа взял кусочек мела и разломил его пополам. Тонкая белая пыль осела на его кожаных туфлях, тех самых, в которых он защищал диплом.

— Рассмотрим этот случай в двух измерениях, — сказал он и принялся писать на доске своим ровным красивым почерком. Он начал с верхнего левого угла, и за несколько минут две трети доски заполнились формулами. На выдвижном крыле он записывал результаты, которые понадобятся позже. Казалось, все эти расчеты он производил уже десятки, сотни раз, хотя на самом деле они рождались в его голове именно сейчас, в этот момент. Время от времени он оборачивался к Альберто, и тот с серьезным видом кивал ему, но

Маттиа не требовалась поддержка — его мысль спешила за мелком.

Спустя примерно полчаса он дошел до конца, обвел результат рамочкой и написал *c.v.d.*, как делал еще в детстве. Мел иссушил пальцы, но он даже не заметил этого. Только слегка дрожали ноги.

Оба помолчали, размышляя. Потом Альберто хлопнул в ладоши, и звук этот прозвучал, как удар хлыста. Он спрыгнул с кафедры и едва не упал, потому что ноги от сидения в неудобной позе затекли.

— Знаешь, давай без дураков, — сказал Альберто, — сегодня ужинаем у меня. Это нужно отметить. — Он похлопал Маттиа по плечу, и тот одновременно почувствовал и одобрение, и какую-то тяжесть, причину которой не мог определить.

— О'кей, — ответил Маттиа и еле заметно улыбнулся.

Они вместе стерли с досок все записи, стараясь, чтобы ничего нельзя было прочитать, чтобы и следа не осталось от написанного. Оба понимали, что вряд ли кто-нибудь разберется в этих формулах, но уже оберегали свой результат, как драгоценный секрет.

Маттиа погасил свет, и они вышли из аудитории, предвкушая грядущую славу этого момента.

Квартал, где жил Альберто, ничем не отличался от квартала Маттиа, только находился на другом конце города. Маттиа сидел в полупустом автобусе, прижавшись лбом к прохладному стеклу. На него опять нахлынули воспоминания. Много лет назад мама клала на лоб Микеле прохладную влажную салфетку. Всего лишь влажная салфетка, но этого вполне хватало, чтобы успокоить сестру, когда по вечерам у нее начинались эти приступы — конвульсии и скрежетание зубами. Микела хотела, чтобы такая же салфетка была положена и на лоб Маттиа — она просила об этом взглядом, и тогда он послушно ложился в кровать и ждал, пока у сестры прекратятся судороги.

Преже чем поехать к Альберто, он принял душ, побрился, надел черный пиджак и рубашку. По дороге он зашел в винный магазин, куда никогда не заглядывал прежде, и купил бутылку красного вина, выбрав самую красивую этикетку. Продавщица обернула ее в папиросную бумагу и положила в серебристый мешочек. Этот мешочек с бутылкой Маттиа и покачивал теперь, словно маятник, ожидая, пока ему откроют дверь. Машинально он поправил ногой коврик у порога, чтобы его периметр точно совпал с линиями на полу.

Ему открыла жена Альберто. Игнорируя протянутую руку, она привлекла его к себе и поцеловала в щеку.

— Не знаю, что вы там вдвоем сотворили, но я никогда еще не видела его таким счастливым, как сегодня, — шепнула она. — Проходи!

В этот момент Маттиа захотелось потереться ухом о плечо, чтобы избавиться от возникшего зуда, но он удержался.

— Альби, это Маттиа, — крикнула она звонко.

Вместо Альберто в коридоре появился его сын Филипп. Фотографию сына Альберто держал на своем письменном столе в университете. На ней мальчику было всего несколько месяцев — круглый и важный, как все новорожденные. Маттиа почему-то никогда не приходило в голову, что он может вырасти. На лице Филиппа явно проступали черты родителей — слишком длинный подбородок Альберто и полуприкрытые веки матери. Глядя на мальчика, Маттиа подумал о коварном механизме роста, о мягких хрящах, подверженных изменениям, и снова на мгновение вспомнил Микелу, ее черты, которые для него навсегда остались неизменными с того дня в парке.

Филипп приехал, отчаянно крутя педалями. Увидев Маттиа, он резко остановился и с удивлением уставился на него. Жена Альберто взяла сына на руки, сняв с велосипеда.

— Вот наше маленькое чудовище, — сказала она, щекоча носом щеки ребенка.

Маттиа натянуто улыбнулся. С детьми он всегда чувствовал себя неловко.

— Пойдем туда. Надя уже пришла, — продолжала жена Альберто.

— Надя? — переспросил Маттиа.

Жена Альберто посмотрела на него с недоумением.

— Ну да, Надя. Альберто разве не сказал тебе?
— Нет.

Наступило неловкое молчание. Маттиа не знал никакую Надю. Подумал, что бы это значило, но не рискнул спросить.

— Так или иначе, она там. Идем.

Пока шли в гостиную, Филипп поглядывал на Маттиа из-за плеча матери, засунув пальцы в рот; костяшки на его ручонках блестели от слюны. Маттиа пришлось отвести глаза в сторону. Однажды он следовал вот так же по коридору, только более длинному, за Аличе, но этот коридор был другим. На стенах вместо картин были развешаны каракули Филиппа, повсюду разбросаны его игрушки, весь дом был пропитан каким-то особым домашним запахом, столь непривычным для Маттиа. Он подумал о своей квартире, где так просто было решить задачу — жить или не жить. Он уже пожалел, что согласился на этот ужин.

В гостиной Альберто встретил его теплым рукопожатием. Женщина, сидевшая за столом, поднялась и тоже протянула ему руку.

— Это Надя, — представил ее Альберто. — А это наша будущая медаль Филдса*.

— Очень приятно, — произнес Маттиа в растерянности.

Надя улыбнулась и потянулась к нему, наверное, чтобы поцеловать в щеку, но не увидев ответного движения, остановилась на полпути.

— Очень приятно, — только и сказала она.

На некоторое время Маттиа целиком погрузился в созерцание крупной сережки, оттягивавшей ее ухо. Позолоченный диск диаметром не меньше пяти сантиметров при каждом движении начинал раскачиваться по сложной траектории, которую Маттиа тут же разделил в уме на три прямоугольные координаты. Размер сережки и ее контраст с чернейшими волосами Нади заставили его подумать о чем-то бесстыдном, почти непристойном, что пугало его и в то же время возбуждало.

Они сели за стол, и Альберто разлил по бокалам красное вино. Первый тост был произнесен за статью, которую они вскоре напишут. Завершив его, Альберто обязал Маттиа объяснить Наде понятными словами, о чем идет речь. Надя ответила робкой улыбкой, которая выдавала совсем другие мысли и даже вынудила Маттиа несколько раз терять нить разговора.

— Это более чем интересно, — сказал Альберто, как всегда бурно жестикулируя. Выписанный его руками эллипс Маттиа отчетливо представил в виде совершенно реальной геометрической фигуры, повисшей в воздухе.

---

* Раз в четыре года Международный Математический союз вручает медаль и денежную премию (Филдсовская премия) за наиболее крупные научные достижения в области математики молодым ученым (до 40 лет). Премию учредил канадский математик Дж. Ч. Филдс. Первое присуждение премии состоялось в 1936 г.

Жена Альберто вошла, неся супницу, из которой струился сильный аромат тмина.

Разговор перешел на еду — на более нейтральную территорию. Возникшая поначалу неловкость вскоре почти исчезла. Все, кроме Маттиа, дружно перечисляли блюда, о которых здесь, на Севере, можно было только мечтать. Как выяснилось, Альберто скучал о домашних равиоли, которые готовила его мать, пока была жива. Его жена — о салате из морепродуктов, какой подавали в траттории у пляжа, куда она ходила еще студенткой университета. Надя рассказала о сладких трубочках со свежим творогом и черным натертым шоколадом. Это пирожное делали только в одной кондитерской маленького городка, откуда она была родом. Описывая трубочки, Надя закрыла глаза и втянула губы, словно хотела слизнуть с пирожного шоколадные крошки, и это почему-то особенно запомнилось Маттиа. Ему показались несколько чрезмерными Надина женственность, плавные движения ее рук, южная манера произносить согласные — удваивая их без всякой надобности, но все вместе это подействовало на него подобно какой-то темной силе, и он даже раскраснелся.

— Нужно набраться мужества, чтобы вернуться в Италию, — с грустью заключила Надя.

Все на несколько секунд приумолкли. Казалось, каждый обдумывает, что же именно держит его тут, вдали от привычных, родных мест. Тишину нарушало только лепетание Филиппа, игравшего недалеко от стола.

Потом беседа за столом возобновилась, но не слишком активно. Альберто говорил больше всех, энергично помогая себе жестами.

После десерта его жена встала, намереваясь убрать посуду. Наде, пожелавшей помочь, она велела оставаться на месте.

Снова возникла пауза. Маттиа в задумчивости провел пальцем по острию ножа.

— Пойду-ка я посмотрю, что она там делает, — сказал Альберто, поднимаясь. Из-за спины Нади он выразительно посмотрел на Маттиа, как бы говоря ему: не теряйся!

Маттиа и Надя остались вдвоем, если не считать Филиппа, погруженного в игру. Поскольку дырявить стол взглядом было бы глупо, они одновременно подняли глаза друг на друга, и оба невольно рассмеялись от неловкости.

— А ты почему решил остаться здесь? — помолчав, спросила Надя.

Она смотрела на него, слегка прищурившись, словно хотела разгадать его тайну. Маттиа подумал, что ее длинные и густые ресницы слишком неподвижны для настоящих. Он уже выстроил все крошки на скатерти в одну линию и в ответ на Надин вопрос просто пожал плечами. Она молча кивнула, словно поняла. Из кухни доносились голоса Альберто и его жены. Они говорили о каких-то будничных делах, о подтекающем кране, о том, кто будет укладывать спать Филиппа, — и эти вещи казались Маттиа необыкновенно важными. Он постарался придумать, о чем бы еще поговорить с Надей, чтобы это выглядело естественным. Надя неизменно оказывалась в поле его зрения, куда бы он ни переводил взгляд, будто заполняла собой все пространство. Темный цвет ее платья с вырезом привлекал внимание даже теперь, когда он вертел в руках пустой бокал. Под столом, скрытые скатертью, находились их ноги — Маттиа представил их там, в темноте, вынужденные быть рядом.

Тут к столу подошел Филипп и поставил перед Маттиа свою машинку. Маттиа посмотрел на миниатюрную модель «мазерати», а потом на Филиппа, который по-детски в упор рассматривал его, ожидая каких-нибудь действий.

Поколебавшись, Маттиа взял машинку двумя пальцами и покатал взад-вперед по скатерти. Взгляд Нади говорил о том, что она поняла его смущение. Не зная, что делать дальше, он погудел немного, подражая звуку двигателя, и умолк. Филипп молча, с явным неудовольствием взглянул на него, забрал машинку и вернулся к своим игрушкам.

Маттиа налил себе немного вина и выпил. Запоздало сообразив, что следовало бы сначала предложить вино Наде, он спросил, не хочет ли она. Надя ответила «нет» и передернула плечами, словно поежившись от холода.

Спустя еще несколько минут, показавшихся вечностью, в гостиную вернулся Альберто. На пороге он хмыкнул и сильно потер себе лицо руками.

— Пора спать, — сказал он сыну и приподнял его, словно куклу, за шиворот.

Мальчик последовал за ним без возражений, бросив напоследок взгляд на гору игрушек, словно спрятал там что-то.

— Наверное, и мне пора идти, — сказала Надя, не обращаясь прямо к Маттиа.

— Да, наверное, пора, — согласился он.

Оба хотели встать, но так и не сделали этого. Надя улыбнулась, и Маттиа почувствовал, как ее взгляд насквозь пронизывает его, раздевая буквально догола. Они поднялись почти одновременно. Придвинули стулья к столу, и Маттиа заметил, что она тоже, как и он, слегка приподняла стул.

Альберто застал их, когда они стояли, не зная, что делать дальше.

— Как? — спросил он. — Уже уходите?
— Поздно уже, а вы, наверное, устали, — ответила Надя за обоих.

Альберто посмотрел на Маттиа, улыбаясь как заговорщик.

— Вызову вам такси, — предложил он.
— Я поеду на автобусе, — поспешил заметить Маттиа.

В глазах Альберто промелькнуло огорчение.

— В такое-то время? Ну что ты... — возразил он. — Тем более что и Наде в ту же сторону.

34

Такси летело по пустым окраинам мимо совершенно одинаковых зданий без балконов. В некоторых окнах еще горел свет. Мартовские дни на Севере коротки, и люди приспосабливали свою жизнь к условиям ночного времени.

— Какие темные здесь города, — заметила Надя вслух.

Они сидели на заднем сиденье, но не рядом, а каждый на своей стороне у окна. Маттиа смотрел, как мелькают сегменты цифр на счетчике. Надя думала о смехотворном пространстве, разделявшем их. На самом деле пространство было гораздо большее, и она искала в себе мужество заполнить его собою. До ее дома оставалось всего два квартала, время летело так же быстро, как дорога под колесами. Вместе с ним таяли и возможности, какие еще оставались в ее неполные тридцать пять лет. В минувшем году, с тех пор как она порвала с Мартином, она стала ощущать, насколько чужда ей эта холодная страна. И все же она не решалась уехать отсюда, потому что теперь уже зависела от этого места, привязалась к нему с тем упрямством, с каким обычно привязываются к вещам, причиняющим боль.

Уж если чему-то суждено решиться, подумала она, то это произойдет вот здесь, в машине. Потом у нее уже не будет никаких сил. И тогда она окончательно, без всяких сожалений погрузится в работу — будет днями и ночами переводить разные книги, чтобы заработать себе на жизнь и заполнить пустоту, выщербленную одиночеством.

Надя находила Маттиа приятным, хотя и странным, гораздо более странным, чем другие мужчины, с которыми напрасно знакомил ее Альберто. Круг друзей Альберто ограничивался математиками, и потому ей казалось, что математикой увлекаются либо хмурые, погруженные в себя личности, либо они становятся такими со временем. Она могла бы спросить у Маттиа, какое из этих ее предположений ближе к истине, лишь бы нарушить повисшее в машине молчание, но что-то ее останавливало. От Маттиа, сидевшего на расстоянии вытянутой руки, веяло какой-то тревогой. Однако еще за столом у Альберто она заметила в его темных глазах полыхнувшие было огоньки, дарившие надежду. Она не сомневалась, что огоньки эти пока еще не удавалось поймать ни одной женщине.

До ее дома оставалось все меньше и меньше поворотов, и Надя умирала от желания спровоцировать его. Поводив пальцами взад-вперед по краю сумочки, лежавшей у нее на коленях, она сдвинула волосы так, чтобы он увидел ее обнаженную шею, но повернуться к нему не решилась: ей было бы неприятно обнаружить, что он смотрит в другую сторону.

Маттиа осторожно покашлял в кулак, желая согреть руку. Он понимал, что Надя нервничает, но не мог сделать первый шаг. Ему было трудно пересилить себя, да он и не знал, с чего начать. Однажды Денис сказал ему, что все подходы, в сущности, одинаковы, ничего придумывать не нужно. Примерно как в шахматах — открывая игру, двигаешь пешку почти не задумываясь, и только потом требуется стратегия, чтобы развивать партию в нужном направлении. «Но я и подходов никаких не знаю», — подумал Маттиа. Он сделал только одно — положил руку на середину сиденья, словно бросил канат в море, и оставил там, хотя от соприкосновения с синтетической тканью его слегка передернуло.

Надя поняла и тихо, без резких движений подвинулась ближе. Взяла его руку, закинула себе на плечо и, опустив голову ему на грудь, закрыла глаза. От ее волос исходил сильный запах духов, будораживший ноздри.

Такси остановилось у дома Нади.

— *Seventeen thirty**, — сказал таксист, не выключая мотора.

Надя молчала, оба подумали о том, сколько трудов понадобится, чтобы все это повторилось. Маттиа пошарил в кармане и достал бумажник. Протянув водителю двадцать евро, он сказал:

— *No change, thanks***.

Надя открыла дверцу. Сейчас нужно пойти за ней, подумал Маттиа, но не двинулся с места.

Она стояла возле машины. Таксист смотрел на Маттиа в зеркало, ожидая распоряжений. На светящемся табло таксофона высвечивались нули.

— Пойдем, — сказала Надя, и Маттиа повиновался.

Такси уехало, они поднялись по крутой лестнице, покрытой синим ковролином; ступени были такими узкими, что Маттиа приходилось выворачивать ступни.

Квартира Нади оказалась чистой и ухоженной — таким только и могло быть жилище одинокой женщины. Сухие цве-

---

* Семнадцать тридцать (англ.).
** Сдачи не надо, спасибо (англ.).

точные лепестки в ивовой корзинке на круглом столе уже давно не источали никакого аромата; стены окрашены в непочтительно яркие и необычные для Севера цвета — оранжевый, синий и желтый.

Надя сняла пальто и положила его на спинку стула с той непринужденностью, с какой люди держатся у себя дома.

— Принесу что-нибудь выпить, — сказала она.

Маттиа ожидал ее посреди гостиной, засунув израненные руки в карманы. Вскоре Надя вернулась с двумя бокалами, наполовину наполненными красным вином. Она улыбалась какой-то своей мысли.

— Я уже отвыкла. Давно уже такого не случалось, — призналась она.

— Ладно, — ответил Маттиа, умолчав о том, что с ним вообще такого еще никогда не случалось.

Они молча потягивали вино, осторожно встречаясь взглядом и улыбаясь друг другу, словно подростки.

Надя села на диван, поджав ноги, чтобы оказаться поближе к нему. Актеры были готовы к спектаклю, недоставало только действия, какого-то энергичного и сильного движения, эффектного и расчетливого, соответствующего началу.

Подумав минутку, Надя поставила бокал на пол, за диван, чтобы случайно не задеть ногой, и решительно потянулась к Маттиа. Сначала она поцеловала его, потом скинула с ног туфли на каблуках (они упали с грохотом) и села на него верхом, не давая возразить.

Маттиа ничего не пришлось делать самому. Она взяла бокал из его рук и положила освободившиеся руки на свои бедра. Язык Маттиа оказался твердым. Она стала обводить его своим языком, настойчиво вынуждая двигаться, и в конце концов он повторил ее движения.

Довольно неловко они опрокинулись на бок. Одна нога Маттиа свисала с дивана, другую зажимало ее тело. Он думал о круговом движении своего языка, о его равномерности, но вскоре отвлекся, потому что лицо Нади, приплюснутое к его лицу, мешало сложному движению его мысли, как это случилось однажды с Аличе.

Руки его скользнули под майку Нади, и прикосновение к ее коже не вызвало неприятного ощущения. Они разделись, не отрываясь друг от друга и не открывая глаз, потому что в комнате было слишком много света и любая посторонняя вещь могла остановить их.

Пока Маттиа возился с застежкой на бюстгальтере, он подумал: вот и происходит. Наконец происходит, причем таким образом, каким он и не предполагал.

35

Фабио поднялся рано, выключил будильник, чтобы не разбудить Аличе, и вышел из спальни. Аличе лежала на его стороне кровати — одна рука выпростана из-под простыни, другая вцепилась в ее край — наверное, во сне она за что-то хваталась.

Он уснул совершенно обессиленный, но сон не принес облегчения — его преследовали какие-то кошмары, один страшнее другого. Чтобы избавиться от наваждений, нужно чем-то заняться, решил он: поработать, измазаться, вспотеть, заставить мышцы заныть от усталости. Можно было бы отправиться в больницу на внеочередное дежурство, но к обеду ожидались его родители — они приходили, как заведено, каждую вторую субботу месяца. Он дважды брался за телефон, думая позвонить им и отменить встречу — Аличе якобы нездоровится, но ведь потом они станут названивать каждую минуту, как всегда беспокоясь обо всем, придется снова объясняться с женой, и будет еще хуже.

В кухне он снял майку и попил молока, достав его из холодильника. Он мог бы сделать вид, будто ночью ничего не произошло, и дальше держаться, сохраняя спокойствие, как всегда в таких случаях, только на этот раз ему было уж особенно тошно. Кожа на щеках натянулась от высохших слез. Он ополоснул лицо над раковиной и вытерся висевшим рядом кухонным полотенцем. Потом посмотрел в окно: небо еще пасмурное, но вскоре выглянет солнце. В эту пору года всегда так бывает. В один из таких дней он повез бы своего сына на велосипеде по дорожке вдоль канала до самого парка. Там они попили бы воды из фонтанчика и посидели на травке хоть полчасика. Потом вернулись бы, но уже по улице, завернули бы на минутку в кондитерскую и накупили там уйму сладостей к обеду. Ему ведь не так много-то и нужно. Ему нужна просто нормальная жизнь, какую он всегда заслуживал.

Все еще в одних трусах, Фабио спустился в гараж, достал с самой дальней полки тяжелый ящик с инструментами, и на минуту стало полегче. Вытащив отвертку и гаечные ключи на девять и двенадцать миллиметров, он принялся методично, деталь за деталью, разбирать велосипед. Сначала смазал маслом все узлы, потом обтер проспиртованной ветошью раму. Сковырнув ногтем налипшие брызги грязи, почистил как следует середину педалей — щели, куда даже палец не пролезает. Собрал отдельные узлы, осмотрел и отрегулировал тормозные тяги, накачал обе шины, ладонью проверяя давление.

Отступив на шаг, он вытер руки и осмотрел свою работу с досадным отчуждением. Затем изо всей силы пнул велосипед ногой, и тот упал, сложившись пополам, словно животное. Одна педаль закрутилась, и Фабио прислушивался к ее гипнотическому шороху, пока наконец снова не наступила тишина.

Он хотел было уйти из гаража, но вернулся, поднял велосипед и поставил на место, попутно проверив, не поломал ли что-нибудь. И почему он не терпит беспорядка, не может выплеснуть из себя злость, накопившуюся в груди, не в силах ругаться, крушить все, что попадет под руку? Ответ ему был известен: потому что предпочитает сохранять иллюзию, будто каждая вещь находится на своем месте, даже если на самом деле это не так.

Погасив свет, он поднялся наверх.

Аличе сидела за столом в кухне и пила чай. Перед ней стоял только флакон с заменителем сахара. Она подняла глаза и смерила Фабио взглядом.

— Почему не разбудил меня?

Фабио пожал плечами, открыл кран и пустил сильную струю.

— Ты так крепко спала, — ответил он и, капнув средством для мытья посуды, стал тщательно смывать с рук черную жирную грязь.

— Теперь я не успею приготовить обед, — сказала она.

— Ничего, можем и без обеда обойтись.

— Что это еще за новости? — удивилась Аличе.

Он сильнее потер руки:

— Просто я подумал... — и не договорил.

— Новая мысль?

— Да, ты права. Дерьмовая мысль, — сквозь зубы ответил Фабио и поспешно вышел из кухни.

Вскоре Аличе услышала шум душа. Поставив чашку в раковину, она вернулась в спальню, чтобы одеться.

На кровати, на стороне Фабио, простыни были скомканы, подушка сложена пополам, а одеяло сдвинуто в ноги. Как всегда по утрам, немного пахло потом, и Аличе распахнула окно, чтобы проветрить комнату.

Мебель, у которой ночью, казалось, есть душа, теперь выглядела обычно.

Аличе привела постель в порядок: натянула простыни, заткнув углы под матрас, завернула край одеяла до половины подушки, как учила ее Соль, и только после этого оделась. Из ванной донеслось жужжание электробритвы Фабио, навевая сонливость.

Она подошла к окну и задумалась: чем закончится эта их ночная ссора? Обычно Фабио выходил из ванной еще без майки, обнимал ее за плечи, утыкался в волосы и постепенно успокаивался. Она попыталась представить какой-то другой вариант и не смогла. Стояла и смотрела, как колышутся шторы от сквозняка. Внезапно она ощутила беспомощность — нечто похожее на то состояние, которое привело ее в расщелину на горе, а потом в комнату Маттиа. Примерно то же она испытывала всякий раз перед нетронутой кроватью матери. Пальцы нащупали острую бедренную косточку, прошлись по ее краю, поднялись выше, к тому месту, где была татуировка. «Груз последствий...» — со вздохом подумала она.

Когда жужжание бритвы прекратилось, Аличе покачала головой и вернулась в кухню, заставляя себя сосредоточиться на мысли о предстоящем обеде. Мелко нарезала лук, сняла резинку с пучка шпината, вымыла его под струей холодной воды и положила на разделочную доску, поставила на огонь кастрюлю с водой. Всему этому ее научил Фабио. Она привыкла относиться к продуктам со спасительным для нее равнодушием, заученно повторяя простые действия, конечный результат которых не имел к ней никакого отношения.

По некоторым звукам она догадалась, что Фабио прошел из ванной в гостиную, и напряглась в ожидании, что сейчас он подойдет и притронется к ней.

Но Фабио не появился. Аличе услышала, что он сел на диван и принялся листать журнал.

— Фабио, — позвала она, не зная еще, что скажет.

Он не ответил, шумно перевернув страницу.

— Фабио, — снова позвала она и обернулась к двери.

— Что?

— Достань, пожалуйста, рис. Пачка на верхней полке. Мне не дотянуться.

Это всего лишь предлог, понимали оба. «Иди сюда» — вот что означали ее слова.

Фабио раздраженно швырнул журнал на столик и задел пепельницу из скорлупы кокоса, пепельница завертелась, как волчок. Несколько секунд он сидел, глядя на нее. Потом резко поднялся и зашагал на кухню.

— Где твой рис? — сердито спросил он, избегая взгляда Аличе.

— Вон там, — указала она.

Подтащив поближе стул, ножки которого противно проскрежетали по кафельному полу, он встал на него. Аличе посмотрела на его голые ноги и нашла их вполне привлекательными, эта мысль показалась ей забавной.

Фабио достал распечатанную пачку, встряхнул ее и улыбнулся. Улыбка показалась Аличе какой-то неестественной, вымученной.

— Фабио...

Он наклонил пакет, и рис посыпался на пол мелким белым дождем.

— Фабио, что ты делаешь? — удивилась Аличе.

— Вот тебе рис, — рассмеялся он и сильнее тряхнул упаковку; зернышки разлетелись по всей кухне.

— Фабио, прекрати, — попросила Аличе, но он словно не слышал.

— Что, не нравится? Как на нашей свадьбе, помнишь? Как на нашей распроклятой свадьбе! — голос его сорвался в крик.

Аличе тронула мужа за ногу, чтобы он перестал, но Фабио уже не мог успокоиться. Рис теперь сыпался ей на голову. Несколько зернышек застряли в гладких волосах, одно попало ей в глаз, причинив сильную боль. Зажмурившись, Аличе стукнула Фабио по голени. В ответ он пнул ее чуть ниже плеча. Она попыталась удержаться, но искалеченная нога подвела. Пошатнувшись, Аличе упала. Рис в упаковке закончился. Фабио стоял на стуле, держа пакет в руках, и смотрел на жену, лежавшую на полу, свернувшись клубочком, как кошка. Что-то молнией пронеслось в его сознании.

Он слез со стула.

— Аличе, ты ударилась? — спросил он. — Покажи.

Он хотел поднять ее голову, заглянуть в лицо, но она оттолкнула его:

— Оставь меня!

— Дорогая, прости, — взмолился он. — Ты...

— Убирайся вон! — завизжала Аличе во всю силу своего голоса.

Фабио отпрянул. У него дрожали руки. Он отступил еще шага на два и произнес:

— Хорошо... — бросился в спальню, оделся и вышел из квартиры, даже не взглянув на жену, которая так и лежала, не шелохнувшись.

36

Аличе заложила волосы за уши. Створка шкафчика над головой еще была открыта, напротив нее пустой стул. Она не ушиблась. Не заплакала. И никак не могла сообразить, что же произошло.

Машинально она начала собирать рис, рассыпанный по всему полу, — сначала по зернышку, потом сгребая ладонями. Поднялась, бросила непромытую горсть в кастрюлю, где уже кипела вода. Постояла, глядя на крупинки, крутившиеся в бурлящей воде благодаря конвективному движению — именно так Маттиа назвал однажды этот процесс. Погасила огонь, не дожидаясь, пока рис сварится, прошла в гостиную и опустилась на диван.

Она не будет ничего убирать. Она подождет, пока придут родители мужа и все увидят. Она расскажет им, как вел себя Фабио.

Но никто не пришел. Он предупредил их. Или же отправился к ним, чтобы изложить свою версию случившегося. Наверняка он скажет, что чрево Аличе подобно высохшему озеру и что он устал так жить дальше...

В доме стояла полная тишина. Аличе подняла телефонную трубку и набрала номер отца.

— Алло? — ответила Соледад. — Чао, мой ангел. Как поживает моя девочка? — заботливо, как всегда, спросила она.

— Так себе, — ответила Аличе.

— Почему? Что случилось?

Аличе помолчала.

— Папа дома?

— Спит. Разбудить?

Аличе представила отца, лежавшего в опустевшей спальне — теперь он делил ее только со своими мыслями. Тихо... Тоскливо... Сквозь опущенные шторы на постель падают полоски света...

Обида, разделявшая их, со временем прошла, Аличе уже и не помнила о ней. Еще недавно она стремилась вырваться из дома — настолько ее угнетал тяжелый, пристальный взгляд отца, но сейчас именно этого взгляда ей недоставало больше всего. Отец ничего не скажет, он вообще теперь мало говорил. Просто погладит ее по щеке и попросит Соль поменять белье в детской комнате — этого будет достаточно.

Странно, но с тех пор, как Фабио вошел в ее жизнь, отец стал заботливее относиться к ней. Он никогда больше не говорил о себе, предпочитая, чтобы она сама рассказывала ему, как живет. Иногда ей казалось, он и не слушает ее, вернее, слушает, но не вдумывается в слова — просто радуется ее голосу.

После смерти матери отец ослабел. Кратковременные отключения сознания начались у него около года назад, когда однажды вечером он перепутал Соледад с Фернандой — привлек ее к себе, желая поцеловать, будто перед ним и в самом деле его жена. Соль пришлось даже хлопнуть его по щеке, отчего он обиженно захныкал, как ребенок. На другой день он ничего не помнил, но смутное ощущение какой-то ошибки, какого-то сбоя в размеренном, привычном ритме жизни побудило его спросить, что произошло.

Соледад не хотела говорить, переводила разговор на другое, но он упорно настаивал. Когда же Соль все-таки сказала правду, он помрачнел, кивнул и тихо сказал, что огорчен. Потом заперся в своем кабинете и оставался там до ужина, не спал и ничего не делал — просто сидел за письменным столом, положив руки на ореховую столешницу, и напрасно пытался восстановить недостающий фрагмент в ленте своей памяти.

Подобные случаи провалов в памяти повторялись все чаще, и все трое — Аличе, ее отец и Соль — старались делать вид, будто ничего не замечают, ожидая того момента, когда уже не смогут не замечать.

— Али? — снова заговорила Соль. — Так я пойду разбужу его?

— Нет, нет, — поспешила ответить Аличе, — не буди, не нужно.

— Ты уверена?

— Да, пусть отдыхает.

Положив трубку, она прилегла на диван и постаралась не закрывать глаза, устремив их в белый потолок. Она боялась пропустить то мгновение, когда обнаружит новое, необратимое изменение в своей жизни. Ей хотелось быть свидетелем бог знает какой по счету небольшой катастрофы и запомнить ее, но уже совсем скоро дыхание ее сделалось ровным, и она уснула.

37

Маттиа немало удивился, что у него еще есть какой-то инстинкт, похороненный под густой сетью мыслей и отвлеченных понятий. Удивился страсти, с какой этот инстинкт проявился и уверенно руководил его действиями.

Возвращение к действительности оказалось болезненным. Чужое тело Нади распласталось на нем. Ее пот, скомканная диванная накидка, их смятая одежда — от всего этого он задыхался. Надя дышала тихо и ровно. Маттиа подумал, что отношение периодичности ее и его вздохов — число иррациональное, а значит, нет никакого способа соединить их и определить какую-то регулярность. Он широко открыл рот над головой Нади, чтобы вдохнуть побольше кислорода, но воздух в комнате стоял очень тяжелый, такой не вдохнешь.

Ему захотелось прикрыться. Он повернул ногу и почувствовал, как его вялый, холодный пенис соприкасается с Надиной ногой. Он вздрогнул и невольно задел Надю коленом. Надя приподняла голову, оказывается, она уже спала.

— Извини, — сказал Маттиа.
— Ничего.

Она прижалась к нему губами, ее дыхание снова стало слишком горячим. Маттиа лежал неподвижно, ожидая, пока она успокоится.

— Давай перейдем в спальню, — предложила Надя.

Маттиа кивнул. Ему хотелось вернуться в свою квартиру, в удобную безликость своего жилища, но он понимал, что сейчас уходить нельзя.

Оба почувствовали неловкость, когда забирались под простыню с разных сторон кровати. Надя подбадривающе улыбнулась, как бы говоря: «Все хорошо». В темноте она прильнула к его плечу, поцеловала еще раз и тут же уснула.

Маттиа закрыл глаза, но не смог пролежать так долго. Мысли, одна тяжелее другой, были наказанием за содеянное. Он опустил руку под кровать и принялся царапать большой палец об острую металлическую стяжку пружины. Потом пососал его. Вкус крови успокоил, но не надолго.

Он лежал и прислушивался к незнакомым звукам: тихое гудение холодильника, равномерные щелчки калорифера, тиканье часов в другой комнате, которые, как ему казалось, шли слишком медленно.

Он попробовал встать, но Надя заснула посередине постели, не оставив ему места, чтобы спокойно повернуться. Волосы ее щекотали ему шею, дыхание осушало грудь. Маттиа подумал, что из-за всего этого он не сомкнет глаз. Было уже поздно, наверное, третий час ночи, а завтра утром у него лекция. После бессонной ночи он, конечно, допустит какие-то ошибки, будет некрасиво выглядеть перед студентами. А дома он мог бы поспать хотя бы те несколько часов, что еще оставались.

Если действовать осторожно, она не заметит, подумал он.

Еще с минуту он полежал неподвижно, размышляя. Звуки теперь слышались отчетливее. Новый щелчок калорифера заставил его вздрогнуть, и он решил уйти.

Ему удалось осторожно высвободить руку, лежавшую под головой Нади. Во сне она ощутила это и поискала ее. Но так и не проснулась.

Он опасливо спустил ноги на пол. Пружина под ним слегка скрипнула.

Сделав несколько шагов в сторону двери, Маттиа обернулся, посмотрел в полутьме на постель и смутно припомнил то мгновение, когда оставил Микелу одну в парке. Потом он прошел босиком в гостиную, подобрал свою одежду с дивана, взял ботинки и совершенно бесшумно, как всегда, открыл замок.

Оказавшись на лестничной площадке, все еще с брюками в руках, он смог наконец глубоко вздохнуть.

38

В ту субботу, когда случилась история с рисом, Фабио позвонил ей на мобильник уже вечером. Аличе удивилась, что не по городскому телефону, и решила — наверное, оттого, что телефон у них общий, а муж не хочет теперь иметь с ней никаких точек соприкосновении, как не желает этого и она.

Разговор, несмотря на долгие паузы, получился короткий.

— Эту ночь я проведу у родителей, — сказал он как о чем-то уже решенном, и она ответила:

— По мне, так можешь оставаться там и завтра, и вообще сколько хочешь.

Разобравшись с этим сложным обстоятельством, Фабио добавил:

— Али, мне жаль...

Аличе повесила трубку, не добавив: «Мне тоже».

Она никогда больше не отвечала на его звонки. Настойчивость Фабио длилась недолго, и однажды, в приступе жалости к самой себе, она так и сказала: «Ну, видела?»

Расхаживая по квартире босиком, она собрала попавшиеся на глаза вещи мужа, документы, одежду, сложила все в большую коробку и поставила ее у входа. Через пару дней, вернувшись вечером с работы, она обнаружила, что коробки нет. В шкафу висело еще много его одежды, но на полках книжного шкафа в гостиной теперь зияли пустоты, которые свидетельствовали — распад начался. Увидев их, Аличе впервые поняла, что их с Фабио разрыв — это свершившийся факт.

С некоторым облегчением даже она позволила себе махнуть на все рукой. Ей и раньше казалось, что домашними делами она занимается только ради мужа, а теперь, оставшись одна, она позволила себе ничего не делать. Времени у нее было предостаточно, но в конце концов она перестала делать и самые простые вещи. Белье для стирки грудами копилось в ванной, по углам собиралась пыль, однако подняться с дивана было выше ее сил. Вернее, она и хотела бы сделать это, но для ее мышц ни один довод не казался убедительным.

Сославшись на простуду, она перестала ходить на работу. Спала больше необходимого, спала даже днем. Жалюзи не опускала, но вполне достаточно было просто закрыть глаза, чтобы не замечать света, удалить из сознания окружающие вещи и забыть про свое ненавистное тело. Груз последствий никуда не делся и давил, давил, навалившись на нее.

Он давил даже тогда, когда она погружалась в глубокий, тяжелый сон, полный кошмаров. Если пересыхало в горле, она просыпалась от того, что задыхается. Если затекала рука, долго лежавшая под подушкой, ей казалось, что руку кусает овчарка. А когда замерзали ноги, не укрытые одеялом, она снова оказывалась по шею в снегу, там, в горах. Однако ей не было страшно. Парализованная, она могла пошевелить языком и, высунув его, лизать снег. Снег был сладкий, и ей хотелось съесть его, как мороженое, но она не могла повернуть голову. И тогда она просто ждала, пока холод поднимется по ногам, заполнит живот, разойдется по венам и остудит в них кровь.

После пробуждения Аличе поднималась только в самом крайнем случае и медленно отходила от путаницы сновидений, оставлявших в ее сознании болезненный, мутный след. Стараясь вернуть ясность мысли, она бродила по тихой квартире, пугаясь собственного отражения в зеркалах. Иногда она думала, что ее психика не справится. Но это ее не огорчало. Напротив, она даже улыбалась при мысли, что наконец-то у нее есть выбор: либо по ту сторону, либо по эту.

По вечерам она жевала листья салата, вытаскивая их прямо из пластикового пакета. Хрустящие листья были неживые, бледные, и вкус у них был соответствующий — вкус воды. Ела она их не для того, чтобы наполнить желудок, а только ради привычного ритуала: поужинать, занять время, которое некуда было девать. Она жевала салат, пока не начинало тошнить от этой искусственной, бесплотной еды, и освобождалась от Фабио, от самой себя, от всех тех напрасных усилий, которые совершила, чтобы прийти к этой вот самой минуте, ничего не обретя.

С отстраненным любопытством она наблюдала, как вновь дают о себе знать ее слабости, ее наваждения. На этот раз она дала им полную волю, сознавая, что и раньше поступала так же. Характер — это судьба, говорила она себе, вспоминая школьные годы и тот день, когда уехал Маттиа, а потом вскоре ушла и ее мать. Они отправились в разных направлениях, но в одинаковой мере были далеки от нее.

Маттиа... Вот о нем она думала часто. Опять. Это была как бы еще одна ее болезнь, от которой, по правде говоря, она и не хотела излечиваться. Можно ведь заболеть воспоминанием, и она заболела — тем солнечным днем, когда они сидели с Маттиа в машине напротив парка и она приблизила к нему свое лицо, чтобы заслонить то место, где клубились его кошмары.

Ей хотелось вытащить из памяти какой-нибудь случай, связанный с Фабио, чтобы так же сильно сжалось сердце, чтобы желание ощущалось всей кожей, а не только промежностью. Хотя... Однажды, когда они ужинали у Риккардо и его жены — в тот вечер они много пили и смеялись, — она, помогая Алесандре мыть посуду, порезала большой палец о рюмку, разбившуюся у нее в руках. Уронив ее, она воскликнула «Ах!». Совсем тихо, скорее даже шепотом, но Фабио услышал и бросился к ней. Осмотрев палец под настольной лампой, он наклонился и высосал немного крови, чтобы остановить ее, словно это была его кровь. Держа палец во рту, он поднял на нее свои прозрачные глаза, взгляд которых она не выдерживала почти никогда. Потом он закрыл ранку своей ладонью и поцеловал Аличе в губы. Она ощутила в его слюне вкус собственной крови и представила, как та будет циркулировать по телу мужа, а потом снова вернется к ней, чистая, как после диализа.

Возможно, были и другие случаи, но она о них не помнила, потому что любовь того, кого мы не любим, остается на поверхности и быстро испаряется. В том месте, куда Фабио ударил ее ногой, осталась лишь небольшая краснота, да и была ли она вообще?

Иногда, особенно по вечерам, Аличе размышляла над его словами: «Я больше так не могу!» Поглаживая свой живот, она пыталась представить, что там, внутри, кто-то плавает в ее холодной жидкости. «Объясни мне, в чем дело?» Но объяснить она ничего не могла. Не находила причины или, быть может, причин было несколько. Все дело только в ней — она никого не хотела иметь в своем животе. Наверное, надо бы сказать ему это.

Тогда она брала мобильник и пробегала по алфавиту до буквы «Ф». Добравшись, долго терла кнопку большим пальцем, словно надеясь нажать ее случайно. Но она так и не нажала ее. Вновь видеть Фабио, говорить с ним, восстановить все — для этого, казалось ей, требовались нечеловеческие усилия, и она предпочитала оставаться там, где находилась, наблюдая, как мебель в гостиной с каждым днем покрывается все более толстым слоем пыли.

39

Маттиа почти никогда не смотрел на студентов. А если встречался с их ясными глазами, устремленными на него или на доску, всегда ощущал себя раздетым. Поэтому он писал на доске расчеты и давал пояснения, как будто доказывал что-то самому себе.

Аудитория была чересчур большой для той дюжины студентов четвертого курса, которые слушали его лекции по алгебраической топологи. Обычно они рассаживались в трех первых рядах, занимая одни и те же привычные места и непременно оставляя рядом пустые. Он и сам так поступал, когда учился в университете, но ни в ком из посещавших лекции ему не удавалось обнаружить самого себя.

В тишине Маттиа услышал, как в глубине аудитории открылась дверь, но не обернулся, пока не закончил доказательство. Шагнув от доски к столу, он перевернул страницу своих заметок, в которых вряд ли нуждался, выровнял стопку листов и только тогда краем глаза заметил новую фигуру. Это была Надя. Она сидела в последнем ряду, положив ногу на ногу, в белом платье. И она не поздоровалась с ним.

Маттиа попытался скрыть панику и приступил к объяснению следующей теоремы. Но нить рассуждения вдруг прервалась. Извинившись, он поискал формулу в заметках, но так и не смог сосредоточиться. Среди студентов, слушавших его уже четвертый год, прошелестел шепоток: у профессора еще никогда не случалось подобных заминок. Маттиа продолжил объяснение и довел доказательство до конца. Торопливо записывая его, он все больше сворачивал строки вправо и вниз. Последние две записи были сделаны в верхнем углу, потому что внизу не оставалось достаточно места. Некоторые студенты даже потянулись вперед, чтобы рассмотреть цифры и подстрочные знаки, смешавшиеся с соседними формулами.

До конца лекции оставалась еще четверть часа, когда Маттиа сказал:

— O'key, I'll see you tomorrow*.

Положив мел, он рассеянно проводил взглядом студентов, в некотором смущении покидавших аудиторию. Они с Надей остались одни. Казалось, они находятся очень далеко друг от друга. В тот же момент, когда он направился к ней, Надя поднялась. Они встретились примерно на середине аудитории, но все-таки так и остались на некотором расстоянии.

— Привет, — сказал Маттиа, — не думал, что...

— Послушай, — решительно заговорила она, глядя ему в глаза, — мы ведь даже не знакомы. Мне неловко, что я заявилась прямо сюда.

— Нет, но... — попытался возразить он, однако Надя опять прервала его.

— Я проснулась и не нашла тебя, но ты мог хотя бы... — Она замолчала.

Маттиа пришлось опустить голову, потому что у него щипало в глазах, словно он не моргал больше минуты.

* Хорошо, жду вас завтра (англ.).

— Ладно, неважно, — продолжала Надя, — я никого не преследую. Во всяком случае, такое намерение уже пропало. — Она протянула Маттиа записку, и он взял ее. — Это мой номер. Но если решишься набрать его, не тяни.

Оба смотрели в пол. Надя хотела приблизиться, но потом резко повернулась, сказала:

— Пока, — и направилась к двери.

Маттиа не ответил. Он подумал, что у него недостаточно времени, чтобы сформулировать какую-то мысль...

Надя остановилась на пороге.

— Я не знаю, что с тобой происходит, — сказала она. — Но, что бы ни было, думаю, я буду рада звонку. — И ушла.

Маттиа посмотрел на записку, где нашел лишь имя и ряд цифр, в основном нечетных, собрал свои бумаги на кафедре, но вышел, только когда истекло время лекции.

В кабинете Альберто говорил по телефону, зажав его между ухом и плечом, чтобы жестикулировать обеими руками. Увидев Маттиа, он поднял в знак приветствия брови, потом, положив трубку, откинулся на спинку стула и вытянул ноги.

— Ну и как? — улыбнулся он с видом заговорщика. — Поздно вчера закончили?

Маттиа решительно избегал его взгляда. Ничего не сказав, он пожал плечами и сел за свой стол. Альберто поднялся и, встав за его стулом, принялся, будто боксерский тренер, массировать ему плечи. Маттиа не любил, когда к нему прикасаются.

— Понял, ты не хочешь говорить об этом. *All right then* * сменим тему. Я тут набросал план статьи. Не хочешь взглянуть?

---

* Хорошо, тогда... (англ.)

Маттиа кивнул и в ожидании, пока Альберто уберет руки с его плеч, слегка побарабанил по нулю на клавиатуре компьютера. Воспоминания о некоторых моментах предыдущей ночи слабыми вспышками возникали в его сознании.

Альберто вернулся на свое место, грузно опустился на стул и принялся рыться в бумагах.

— А, кстати, — сказал он, — тут тебе письмо, — и перебросил конверт на стол Маттиа.

Тот посмотрел на него, не прикоснувшись. Его имя и адрес университета были написаны синими густыми чернилами, которые, конечно, пропитали бумагу насквозь. Буква «M» в имени Маттиа начиналась с прямой линии, которая превращалась в мягкую, волнистую, две соседние буквы «t» перечеркнуты одной горизонтальной чертой, все слова написаны с наклоном, тесно, казалось, что они падают друг на друга, в названии университета недоставало «c». Но Маттиа хватило бы любой из этих деталей или одной только своеобразной заглавной буквы в его фамилии, чтобы тотчас узнать почерк Аличе.

Он сглотнул и, не глядя, достал из второго ящика письменного стола нож для бумаги...

Повертев нож в руках, сунул его под клапан конверта...

У него дрожали руки, и, чтобы скрыть волнение, он сжал его крепко, как мог.

Альберто наблюдал за Маттиа со своего места, притворившись, будто ищет что-то в стопке бумаг, лежавших перед ним. Он хорошо видел, как дрожат пальцы коллеги, но само письмо рассмотреть не мог — Маттиа прикрывал его ладонями. Он отметил только, что Маттиа замер на несколько секунд, а потом, прочитав послание, осмотрелся в полной растерянности, словно неожиданно перенесся куда-то очень далеко от этой комнаты.

— Кто пишет? — не выдержал Альберто.

Маттиа взглянул на него с некоторой досадой, будто совершенно не узнавая, потом поднялся и, не отвечая на вопрос, произнес:

— Нужно ехать.
— Что?
— Нужно ехать... Думаю... В Италию.

Альберто тоже поднялся, словно собираясь остановить его.

— Но что ты говоришь? Что случилось?

Он подошел к нему и попытался заглянуть в письмо, но Маттиа почти прижал его к животу, как дети прячут секрет от чужих глаз. Видны были только уголки небольшого квадрата.

— Ничего. Не знаю, — ответил Маттиа, уже влезая одной рукой в пиджак. — Но мне нужно ехать.

— А статья?

— Посмотрю, когда вернусь. А ты работай дальше.

И он вышел, не оставив Альберто времени для возражений.

40

В тот день, когда Аличе вышла на работу, она опоздала почти на час. Утром она выключила будильник, едва тот зазвонил, но так и не проснулась окончательно. Собираясь, она то и дело замирала, останавливаясь, потому что каждое движение стоило ей неимоверных усилий.

Кроцца не стал ее упрекать. Ему достаточно было взглянуть на Аличе, чтобы все понять. Щеки у нее провалились, глаза, и прежде казавшиеся слишком большими на худеньком лице, смотрели отрешенно, с глухим безразличием.

— Извини за опоздание, — произнесла она, войдя, но в словах этих не слышалось желания извиниться.

Кроцца перевернул страницу газеты и, не удержавшись, взглянул на часы.

— Там пленка, которую нужно проявить к одиннадцати, — сказал он.

— Все то же дерьмо...

Кроцца покашлял и, подняв газету повыше, стал наблюдать за Аличе. Она положила сумку на обычное место, сняла пиджак и села за проявочную машину. Движения ее были медленными, старательными, что выдавало усилия показать, будто все в порядке. Потом она задумалась на несколько секунд, оперев подбородок на руки, и, наконец, заложив волосы за уши, принялась за работу.

Его не смущала ее чрезмерная худоба, скрытая просторным хэбэшным свитером и отнюдь не облегающими брюками, но все же она бросалась в глаза, если смотреть на кисти рук и бледное до синевы, осунувшееся лицо. Скорее, он испытывал глухое бессилие от того, что никак не входит в жизнь Аличе, зато она еще как входила в его жизнь, словно дочь, для которой он не смог выбрать имени.

Они молча работали до перерыва на обед, обмениваясь только кивками. После стольких лет работы в этой фотостудии они научились понимать друг друга без слов. Старый «Nikon» лежал на своем месте под прилавком, в черном кофре, и иногда оба гадали, а работает ли он еще.

— Пообедаем у... — предложил Кроцца.

— Не могу, у меня дела... — прервала его Аличе. — Извини.

Он кивнул.

— Если нездоровится, можешь остаться дома, — сказал он. — Работы немного, как видишь.

Аличе с тревогой посмотрела на него. Притворилась, будто наводит порядок на прилавке: пара ножниц, конверт для снимков, ручка и пленка, разрезанная на четыре равные части, — она просто поменяла их местами.

— Нет. А что? Я...

— Давно не видитесь? — неожиданно спросил Кроцца.

Аличе еле заметно вздрогнула и зачем-то схватилась за сумку.

— Три недели. Примерно...

Кроцца кивнул, потом пожал плечами.

— Пойдем, — сказал он.

— Но...

— Идем, идем, — повторил он более решительно.

Аличе немного подумала и согласилась. Они заперли студию на ключ, колокольчик над дверями звякнул и умолк. Кроцца шел не спеша, чтобы Аличе не заметила, как он приноравливается к ее трудному шагу.

Старая «лянча» Кроцца завелась лишь со второй попытки, и он позволил себе выругаться сквозь зубы. Машина ехала по аллее до самого моста, потом свернула направо и продолжила путь по набережной. Кроцца включил правый поворотник и свернул на улицу, где находилась больница. Аличе настороженно выпрямилась.

— Но куда... — хотела спросить она.

Машина остановилась у мастерской с полуспущенной металлической шторой, как раз напротив входа в приемное отделение.

— Это меня не касается, — произнес Кроцца, не глядя на Аличе. — Но ты должна пойти туда. К Фабио или к какому-нибудь другому врачу.

Аличе посмотрела на него исподлобья. Некоторая неуверенность, с какой он заговорил, позволяла ей рассердиться. Людей вокруг почти не было. В этот час все обедали по домам или сидели в барах. Листья платанов бесшумно колыхались.

— Я никогда не видел тебя такой... — осторожно заговорил фотограф. — С тех пор, как помню.

Аличе взвесила это его «такой». Звучало мрачно, и ей захотелось взглянуть на себя в боковое зеркало, но в нем отражалась только правая сторона машины. Она покачала головой, нажала ручку и вышла, громко хлопнув дверцей.

Не оборачиваясь, Аличе решительно зашагала в противоположную от больницы сторону. Она шла быстро, быстрее, чем могла, стремясь уйти, убежать от этого места и от наглости Кроцца, но метров через сто ей пришлось остановиться. Она задыхалась, нога невыносимо болела, сердце стучало так, что отдавало в ушах, ей даже пришлось схватиться за стену, чтобы сохранить равновесие.

«„Ты должна пойти туда. К Фабио или к какому-нибудь другому врачу", — сказал Кроцца. А что будет потом?» — подумала она и в нерешительности побрела назад. Редкие прохожие сторонились, видя, что она шатается на ходу, другие задерживались, не зная, предложить ли ей помощь, но Аличе не замечала ни тех, ни других. Она шла без всякого определенного намерения, ее тело само выбирало дорогу.

Во дворе больницы она даже не вспомнила, как гуляла здесь по дорожкам с Фабио. Ей казалось, что у нее нет прошлого, что она не знает, откуда пришла и куда следует идти дальше. Она испытывала ужасную усталость, какая бывает только при полнейшей опустошенности.

Держась за поручень, она поднялась по лестнице и остановилась у стеклянных дверей. Оставалось лишь подойти к ним, чтобы они открылись, но она медлила. Ее удерживала крохотная надежда на случайность. Если она войдет туда, где находится Фабио, может, что и произойдет. Но она не сделает того, на что безмолвно намекал Кроцца, она никого не станет слушать и даже самой себе не признается, что действительно надеется встретить... Кого?

Аличе шагнула вперед. Створки дверей автоматически раздвинулись. Она отступила — створки снова сдвинулись.

Она подумала, что надо бы посидеть немного, может, утихнет боль. Ее тело взывало о помощи, каждый нерв кричал об этом, но она не привыкла потакать своему телу, она не любила его.

В конце концов она собралась повернуться и уйти, но, услышав шуршание дверей, невольно подняла глаза. Она почти не сомневалась в том, что сейчас перед нею окажется ее муж.

Двери раздвинулась.

Нет, это не Фабио.

На том месте, где полагалось быть Фабио, стояла девушка. Она стояла и приглаживала свою юбку.

Потом точно так же, как и Аличе, она отступила, и двери закрылись.

Аличе удивилась. Девушка, заметила она, была примерно ее возраста, немного сутулая, с узкими плечами, какая-то вся сжавшаяся, будто вокруг мало места.

Мысли Аличе кружили, словно в пустоте, ей показалось, что она где-то уже видела эту девушку — что-то знакомое улавливалось в выражении ее лица, но она не могла понять, что именно.

Между тем девушка продолжила свою игру: сначала шагнула к дверям, потом опять отошла и снова шагнула. При этом она подняла голову и улыбнулась.

По спине Аличе, от позвонка к позвонку, до самого низа, пробежала судорога. Она знала только одного человека, который улыбался вот так же: верхняя губа у него чуть изгибалась, открывая резцы, а нижняя оставалась неподвижной.

Нет, этого не может быть...

Чтобы получше рассмотреть девушку, Аличе подошла ближе, и двери остались раздвинутыми. Девушка вопросительно взглянула на нее. Лицо ее приняло огорченное выражение.

Аличе поняла и отступила, чтобы не мешать ей. Створки дверей побежали навстречу друг другу. Девушка заулыбалась.

У нее были темные волнистые волосы, слегка выступающие скулы и черные глаза, глядя в которые Аличе узнала те же матовые отблески, что и в глазах Маттиа.

«Это она...» — поняла Аличе, и ее охватил испуг, почти ужас.

Она стала искать в сумке фотоаппарат, но с собой не оказалось даже банальной «мыльницы». Она не знала, что ей делать. У нее кружилась голова, временами темнело в глазах, все вокруг плыло... Пересохшими губами она позвала девушку по имени: «Микела...» — но губы шевельнулись беззвучно.

А девушке, казалось, нравилось забавляться. Она даже прыгала вперед и назад, как ребенок, и улыбалась, улыбалась своей странной застывшей полуулыбкой, словно ожидая, когда же дверь ошибется.

Все это продолжалось до тех пор, пока сзади к ней не подошла пожилая женщина. Из ее сумки выглядывал большой прямоугольный конверт, очевидно, с рентгеновским снимком. Ни слова не говоря, она взяла девушку за руку и вывела наружу.

Девушка прошла в двух шагах от Аличе — та могла протянуть руку и коснуться ее, но не сделала этого. Двери теперь работали непрерывно — входили и выходили какие-то люди, но Аличе, не замечая этого, стояла как вкопанная. Потом вдруг она пришла в себя и громко позвала:

— Микела!

Но ни девушка, ни пожилая женщина, сопровождавшая ее, не обернулись. Они продолжали идти вперед, уверенные в том, что это имя — Микела — не имеет к ним никакого отношения.

Аличе решила, что должна пойти за ними, должна получше рассмотреть эту девушку, поговорить с ней... Но...

Но больная нога не двинулась с места. Аличе пошатнулась, попыталась ухватиться за перила, чтобы сохранить равновесие, но не смогла.

Она упала и покатилась по ступенькам вниз.

Девушка и ее спутница исчезли за углом.

Теряя сознание, Аличе почувствовала, как воздух насытился влагой, а звуки сделались глухими и далекими.

41

Маттиа бегом спускался по лестнице с третьего этажа. Между вторым и третьим он налетел на студента, которому назначил консультацию.

— Профессор, я...

— Извините, я тороплюсь... — перебил его Маттиа и побежал дальше.

В вестибюле, приличия ради, он немного замедлил шаги, но все равно почти бежал. Темный мрамор пола блестел, отражая людей и предметы, подобно водной глади. Маттиа махнул привратнику и вышел на улицу.

Холодный воздух подействовал на него отрезвляюще. Он опустился на гранитный парапет и задумался. Почему он отреагировал на это письмо именно так? Может, все предыдущие годы он только и ждал сигнала, чтобы вернуться?

Вытащив из конверта снимок, присланный Аличе, он стал рассматривать его. На нем они стояли у кровати ее родителей — жених и невеста в свадебных нарядах. Как помнится, платье Аличе пропахло нафталином... Он выглядел покорным, а она улыбалась, одной рукой обнимая его за талию. Казалось, она тянула его в кадр, а может, желала приласкать...

На обороте снимка Аличе написала всего четыре слова и поставила свое имя:

«Тебе нужно приехать сюда. Али».

Маттиа попытался найти объяснение этому посланию, а заодно понять, как ему вести себя дальше. Он представил, как выходит из зоны прибытия в аэропорту, как за ограждением его ждут Аличе и... Фабио. Вот он здоровается с ней, целует Аличе в щеку, жмет руку ее мужу, называет свое имя... Потом они начнут притворно спорить, кому нести его багаж до машины, и, пока будут ехать, попытаются рассказать, как живут, как будто это возможно сделать за несколько минут пути... Маттиа будет сидеть сзади, они впереди: трое незнакомых людей, притворяющихся, будто у них есть что-то общее...

Нет никакого смысла, сказал он себе.

Эта простая мысль принесла ему некоторое облегчение, словно он пришел в себя после внезапного обморока. Постучав указательным пальцем по снимку, он уже собирался убрать его и вернуться к Альберто, чтобы продолжить работу, но тут к нему подошла Кирстен Горбан, ученая дама из Дрездена, с которой он писал последнюю статью.

— Привет! Жена? — Она наклонилась и с улыбкой взглянула на снимок.

Маттиа хотел было спрятать его, но подумал, что это будет невежливо.

У Кирстен Горбан было такое длинное лицо, словно кто-то специально оттягивал ей подбородок. За два года учебы в Риме она немного освоила итальянский язык и с удовольствием пользовалась им, но говорила с сильным акцентом.

— Привет, — неуверенно ответил Маттиа. — Нет, это не моя жена. Это... только подруга.

Кирстен усмехнулась — непонятно, что ее позабавило, — и отпила кофе из пластикового стаканчика, который держала в руке.

— *She's cute**, — заметила она.

Маттиа взглянул на нее, растерявшись, и снова перевел взгляд на фотографию. Да, в самом деле хорошенькая.

---

* Она хорошенькая (англ.).

42

Аличе лежала на кушетке, стоявшей недалеко от входа, — тело немного наискосок, туфли не сброшены. Когда она очнулась, медсестра считала ее пульс. Аличе сразу подумала о Фабио, который мог увидеть ее в таком положении, и, собравшись с силами, села.

— Все в порядке, — сказала она.
— Лягте, — приказала медсестра, — сейчас посмотрим.
— Не нужно. Я действительно в порядке, — заверила Аличе, преодолевая настойчивость медсестры, тщетно пытавшейся уложить ее. Фабио не было.
— Синьорина, вы же упали в обморок! Вас должен осмотреть врач.

Но Аличе уже вскочила с кушетки и оглядывалась в поисках сумки.

Медсестра возвела глаза к небу и спорить не стала.

Аличе еще раз осмотрелась, словно искала кого-то, потом поблагодарила медсестру и поспешно удалилась.

Падая, она не сильно ударилась. Только на правом колене возник кровоподтек — теперь она чувствовала, как он пульсирует под джинсами. Руки поцарапаны, все в пыли, но ведь она проехалась ими по гравию...

Сдув пыль, она подошла к круглому отверстию справочного окошка. Служащая, сидевшая за ним, подняла голову.

— Здравствуйте, — сказала Аличе.

Она не знала, как объяснить, что ей нужно. Она не знала даже, сколько времени оставалась без сознания.

— Я, — проговорила она, — стояла вон там... — Она показала в сторону раздвижных дверей, но служащая даже глазом не повела в ту сторону. — Там, у дверей, была молодая женщина... девушка... Мне стало плохо, и я упала в обморок. Потом... Мне нужно узнать имя этой женщины!

Служащая с удивлением посмотрела на нее из-за стекла.

— Простите, не поняла, — с недовольным видом сказала она.

— Да, это выглядит странно, я понимаю, — продолжала Аличе. — Но... не могли бы вы помочь мне. Нельзя ли взглянуть на имена пациентов, которые посетили сегодня ваше отделение? Или делали анализы, снимки... Только этих двух женщин, других мне не нужно.

Служащая холодно улыбнулась:

— Нам не разрешено давать такую информацию.

— Это очень важно. Прошу вас! Это в самом деле очень важно.

Служащая раздраженно стукнула ручкой по регистрационному журналу, лежавшему перед ней.

— Мне жаль. Но это действительно невозможно, — повысила голос она.

Аличе тяжело вздохнула и отошла от окошка, но потом вернулась.

— Я жена доктора Ровелли, — сказала она.

Служащая выпрямилась, удивленно приподняла брови и снова постучала ручкой по журналу.

— Понимаю, — сказала она. — Тогда, если хотите, я позвоню вашему мужу. — Она подняла трубку, намереваясь вызвать Фабио по внутреннему телефону. Аличе жестом остановила ее.

— Нет, — сказала она, — не нужно.
— Вы уверены?
— Да, спасибо. Не нужно.

Она побрела домой. И всю дорогу размышляла только о случившемся. В голове прояснялось, но все, о чем бы она ни подумала, заслоняло лицо этой девушки. Детали стремительно тонули в море других, второстепенных, воспоминаний, но... Но эта улыбка, точно такая же, как у Маттиа, совмещенная с ее собственным дрожащим отражением на стеклянной двери, эти слегка вьющиеся черные волосы и эти черные бездонные глаза...

Скорее всего, Микела жива, и она встретила именно ее. Это безумие, и все же Аличе не могла не верить тому, что видела сама, собственными глазами. Она отчаянно нуждалась именно в этой мысли. Она хваталась за нее, как утопающий за соломинку.

Она попробовала представить, как могли развиваться события. Может быть, эта женщина украла Микелу? Нашла ее в парке и увела, потому что очень хотела иметь ребенка, но не могла... Может, ее чрево не способно было зачать или она сама не желала найти в нем место для новой жизни?

Точно так же, как я, подумала Аличе.

Она украла девочку и вырастила где-то далеко отсюда, под другим именем, как свою дочь...

Но зачем, в таком случае, вернулась? Зачем рисковала, ведь ее проступок мог обнаружиться спустя столько лет? Или ее гложет чувство вины? А может, она хотела бросить вызов судьбе, как собиралась поступить сама Аличе, стоя здесь, у дверей онкологического отделения?

Нет, пожалуй, эта женщина тут ни при чем. Она встретила Микелу много позже и ничего не знала ни о ее родителях, ни о ее настоящей семье, так же как и сама Микела ничего не помнила о себе.

Аличе представила Маттиа, как он сидел в ее старенькой машине и показывал на деревья — землистое лицо, мертвенный, отсутствующий взгляд. Она была моей точной копией, сказал он тогда.

Нет, сомнений не может быть, все совпадает, эта девушка и в самом деле Микела, пропавшая сестра-близняшка. Такой же лоб, такие же тонкие пальцы, такая же манера держаться. И эта ее непосредственная детская игра, особенно она...

Но уже через минуту уверенность пропала. Аличе поняла, что запуталась. Усталость ощущалась сильнее, вдобавок давал знать о себе голод, вот уже несколько дней сжимавший ей виски. Аличе побоялась, что снова потеряет сознание.

Дома она оставила ключ в замке, а дверь приоткрытой. Не снимая куртку, прошла в кухню и, порывшись в шкафу, отыскала баночку тунца. Рыбу она съела прямо из жестянки, не слив масла. Вкус у тунца был тошнотворный.

Пустая банка полетела в ведро, а из шкафа была вытащена другая — с горошком.

Выуживая горошинки из мутной жидкости, Аличе, не останавливаясь, съела несколько ложек. Горох отдавал песком, его блестящая кожица липла к зубам.

Потом она взяла пачку печенья, открытую еще в тот день, когда ушел Фабио, и, почти не жуя, проглотила пять штук, одно за другим. Печенье царапало горло посильнее, чем осколки стекла.

Есть она перестала только тогда, когда спазмы в желудке стали такими сильными, что, корчась от боли, она осела на пол.

Полежав немного, Аличе встала и прошла в лабораторию, ту самую, что оборудовал для нее Фабио. Ей незачем было скрывать хромоту, ведь кроме нее в доме никого не было. Там она достала со второй полки коробку, на которой красным фломастером было жирно выведено «Моментальные», высыпала содержимое на стол и принялась быстро перебирать снимки. Некоторые из них слиплись, но она терпеливо разъединяла их, чтобы ничего не пропустить.

Наконец она нашла, что нужно.

Долго рассматривала фотографию.

Маттиа на ней молод, она тоже.

Голова у него опущена. Лица не рассмотреть, поэтому трудно убедиться в сходстве.

Прошло столько времени... Наверное, слишком много...

Аличе охватила мучительная, щемящая тоска. Если б можно было начать все сначала, она бы выбрала именно этот момент. Они с Маттиа в тихой комнате, близкие, но не решающиеся коснуться друг друга... Она должна предупредить его. Только он может сказать, что это было. Если его сестра жива, Маттиа имеет право знать это...

Аличе впервые поняла, что их разделяет смехотворное, по сути, расстояние, и она не сомневалась — он все еще там, откуда много лет назад написал ей пару раз. Если бы он женился, она так или иначе узнала бы об этом. Потому что их связывает невидимая, но прочная нить, скрытая под ворохом разных мелочей, нить, которая может существовать только между людьми, увидевшими друг в друге собственное одиночество.

Пошарив под снимками, она отыскала ручку и начала писать, стараясь не размазать чернила рукой, и потом подула на них, чтобы просохли. Нашла конверт, вложила в него снимок и запечатала свое послание.

Наверное, дойдет, подумала она.

Приятное волнение охватило все ее существо и заставило улыбнуться, как будто именно с этой минуты время начало свой новый отсчет.

43

Прежде чем направиться к посадочной полосе, самолет, на котором летел Маттиа, покружил над центром города. Взяв за ориентир один из самых старых мостов, Маттиа взглядом проследил от него путь к дому родителей. Насколько он понял, цвет у него оставался прежним, не изменившись с тех пор, когда он покинул его.

Под крылом, совсем рядом, раскинулся парк, с четырех сторон зажатый автомагистралями и пересекаемый рекой. В такой ясный день, как этот, хорошо было видно: отсюда никто никуда не мог исчезнуть.

Он поближе придвинулся к иллюминатору, желая увидеть все остальное. Нашел извилистую дорогу, поднимавшуюся на холм, и в стороне от нее — дом делла Рокка — по белому фасаду тянулся пунктир близко поставленных окон; дом походил на массивную глыбу льда. Чуть выше он увидел свою старую школу с зелеными пожарными лестницами и вспомнил их холодный, шершавый металл.

Место, где прошла первая половина его жизни, напоминало гигантский конструктор, составленный из раскрашенных кубов и разных других форм, лишенных признаков жизни.

В аэропорту он взял такси. Отец очень хотел встретить его на машине, но Маттиа отказался.

— Нет, я сам приеду, — сказал он хорошо знакомым родителям тоном, возражать против которого не имело смысла.

Он постоял на другой стороне улицы, глядя на свой дом еще и после того, как такси уехало. Сумка, висевшая на плече, не тянула. В ней лежала смена белья на два, самое большее три дня.

Подъезд был открыт, и он поднялся на свой этаж.

Позвонив, он не услышал никакого движения за дверью. Потом ему открыл отец, и они улыбнулись, прежде чем что-то сказать друг другу, невольно оценивая минувшее время по изменениям, какие произошли с ними.

Пьетро Балоссино выглядел стариком. И дело не только в седине и набухших венах, особенно заметных на руках, а в том, как он стоял перед сыном, в том, как тяжело опирался на дверную ручку, словно ноги не держали его больше.

Они обнялись, испытывая неловкость. Сумка Маттиа сползла с плеча и оказалась между ними. Маттиа опустил ее на пол. Пьетро ласково провел рукой по голове сына и от воспоминаний у него защемило сердце.

Маттиа взглянул на отца, собираясь спросить, где же мама, и тот понял.

— Мама отдыхает, — ответил он. — Неважно чувствует себя. Наверное, из-за жары, что стоит в последнее время.

Маттиа кивнул.

— Есть хочешь?

— Нет. Пить хочу.

— Сейчас принесу.

Отец поспешил в кухню. Казалось, он обрадовался поводу удалиться. Маттиа с грустью подумал: только это и осталось — вся родительская любовь теперь выражается лишь в мелких заботах, в простых вопросах, какие повторяются по телефону каждую среду. Не забывает ли поесть, не холодно ли, не жарко, не устает ли, не нужны ли деньги — вот что их интересует. Все остальное спрессовалось в окаменевшую массу так и не случившихся разговоров, так и не произнесенных извинений, поступков, которые уже не исправить, воспоминаний, которые навсегда останутся неизменными...

По коридору он прошел в свою комнату. Почему-то его не покидала уверенность, что там все осталось по-прежнему, словно это пространство не могло поддаться воздействию времени, словно годы его отсутствия всего лишь заключены в скобки. Но комната стала другой, и он испытал разочарование, граничащее с жутким ощущением, будто его уже нет на свете. Некогда голубые стены теперь покрывали кремовые обои, на месте его кровати стоял диван, перенесенный сюда из гостиной. Лишь письменный стол по-прежнему был у окна, но на нем не оказалось никаких его вещей — только пачка газет и швейная машина.

Маттиа застыл на пороге, словно не решался войти без приглашения. Отец подошел со стаканом воды и, казалось, прочитал его мысли.

— Твоя мать хотела научиться шить, — смущенно объяснил он, словно оправдываясь. — Но вскоре ей надоело.

Маттиа выпил воду одним глотком и поставил сумку на свободное место у стены.

— А теперь мне нужно идти, — сказал он.
— Уже? Но ты ведь только приехал...
— Мне нужно повидать одного человека.

Он прошел мимо отца, избегая его взгляда и касаясь плечом стены. Их фигуры — крупные, мужские — были слишком похожи, чтобы находиться так близко. В кухне он ополоснул стакан и, перевернув, поставил возле раковины, чтобы стекла вода. Потом заглянул в гостиную. Пьетро стоял на том самом месте, где когда-то, в другой жизни, обнимал свою жену, говоря о Маттиа.

— Вернусь вечером, — пообещал Маттиа отцу. Это неправда, что Аличе ждала его, он даже не знал, где искать ее, но ему непременно нужно было сейчас же уйти отсюда.

44

Да, это так: в течение первого года они переписывались. Начала Аличе, как и во всем прочем, что касалось их обоих.

Она прислала ему фотографию торта с немного неровной надписью «С днем рождения!», выложенной из половинок клубничных ягод. На обороте снимка она написала одну только букву «А», ничего больше не добавив. Торт приготовила сама и потом весь целиком выбросила в мусорное ведро. Маттиа ответил ей длинным посланием — мелко исписанные четыре страницы, — в котором рассказывал, как трудно начинать на новом месте без знания языка, и извинялся за то, что уехал, а может, Аличе так показалось — что извинялся. Он ничего не спрашивал о Фабио ни в этом письме, ни в следующих, и она тоже не упоминала о нем. И все-таки оба ощущали за пределами страниц чье-то постороннее и грозное присутствие. И поэтому стали холодно отвечать друг другу, каждый раз все более затягивая ответ, пока переписка не оборвалась окончательно.

Спустя пару лет Маттиа получил открытку. Это было приглашение на свадьбу Аличе и Фабио. Он прикрепил ее скотчем на холодильник, словно она должна была напоминать ему о чем-то.

Каждый день, утром и вечером, он смотрел на этот украшенный виньетками плотный лист бумаги, и каждый раз ему казалось, что он огорчает его все меньше и меньше. За неделю до бракосочетания он все же отправил телеграмму: «Благодарю за приглашение, вынужден отклонить по причине занятости на работе. Поздравляю. Маттиа Балоссино».

В магазине в центре города он потратил тогда целое утро, выбирая хрустальную вазу, которую велел отправить молодоженам по их новому адресу.

Маттиа помнил этот адрес, но, когда вышел из родительского дома, отправился совсем в другую сторону. Он пошел на холм, к дому делла Рокка, где они с Аличе проводили целые дни. Он не сомневался, что не найдет ее там, но хотелось сделать вид, будто ничего не изменилось.

Внизу он долго не решался позвонить по домофону. Ему ответила какая-то женщина. Соледад, наверное.

— Кто там?
— Я ищу Аличе, — ответил он.
— Аличе здесь больше не живет.

Да, это была Соледад. Он узнал ее испанский акцент.

— А кто хочет видеть ее? — поинтересовалась домработница.
— Это Маттиа.

Последовала долгая пауза. Соль явно пыталась припомнить его.

— Я могу дать вам ее новый адрес.
— Не нужно, спасибо. У меня есть, — ответил он.

— Тогда до свиданья, — сказала Соледад, помолчав немного, но уже не так долго.

Маттиа ушел, не взглянув наверх. Он был уверен, что Соль выглядывает из окна и рассматривает его. Вероятно, она спрашивает себя, где же он пропадал все эти годы и чего ищет теперь. Истина же заключалась в том, что он и сам не знал этого.

45

Аличе не ожидала, что Маттиа приедет так быстро. Письмо было отправлено всего пять дней назад и могло просто еще не дойти до него. Во всяком случае, она полагала, что он позвонит и они договорятся о встрече где-нибудь в баре. Ей нужно было подготовиться к разговору.

Опустив письмо в почтовый ящик, она проводила дни в ожидании хоть какого-нибудь отклика. На работе она выглядела рассеянной, но веселой, и Кроцца не решался спросить, в чем дело, хотя в глубине души считал, что перемена ее настроения — в какой-то мере его заслуга. Подавленность, возникшая из-за разрыва с Фабио, сменилась почти детской жизнерадостностью. Аличе без конца рисовала себе, как они с Маттиа встретятся, — меняла обстоятельства будущего свидания, представляла его по-всякому. И так много думала о нем, что в конце концов ей стало казаться, будто это не предстоящее событие, а скорее, воспоминание.

Она побывала в городской библиотеке. Пришлось записаться, потому что раньше не было нужды заглядывать туда. В библиотеке она просмотрела газеты, писавшие об исчезновении Микелы. Она с трудом читала эти заметки — казалось, весь этот ужас разворачивается у нее на глазах. К тому же ее стали обуревать сомнения. Впервые ее уверенность поколебалась, когда она увидела фотографию Микелы на первой полосе. Девочка на снимке выглядела растерянной и смотрела не в объектив, а выше, наверное, на лоб фотографа. Она или не она? Воспоминание о девушке в больнице вытеснилось слишком точным, хотя и не соответствующим возрасту, изображением, которое мешало поверить в то, что Микела нашлась.

Аличе задумалась: а может, случившееся было всего лишь ошибкой, галлюцинацией, длившейся слишком долго? Она прикрыла снимок рукой и продолжала читать, решительно отгоняя прочь ненужные мысли.

Тело Микелы так и не нашли. Ни одежды, никаких других следов тоже не оказалось. Девочка исчезла, будто бы ее и не было. Многие месяцы полиция разрабатывала версию похищения, а потом все закончилось ничем. Никого не допрашивали. Последнее сообщение о деле Микелы Балоссино промелькнуло, набранное мельчайшим шрифтом, где-то на внутренних страницах газеты, и все.

Когда раздался звонок в дверь, Аличе вытирала волосы. Дверь она открыла рассеянно, даже не спросив, кто там, с полотенцем на голове, босиком. И первое, что увидел Маттиа, — ее босые ноги: второй палец чуть длиннее большого, словно выдвигался вперед, а четвертый слегка подвернут внутрь. Хорошо знакомые ему детали, врезавшиеся в память лучше всяких слов и разных ситуаций.

— Чао, — произнес он, поднимая на нее глаза.

Аличе отступила и поглубже запахнула халат, словно испугавшись, что сердце сейчас выпрыгнет из груди. Потом она уставилась на Маттиа, пока не поняла наконец, что это действительно он. Тогда она обняла его, прильнув всем своим невесомым телом. Он тоже обнял ее правой рукой, но легко, не прикасаясь пальцами, осторожно.

— Сейчас приду, подожди меня, — торопливо проговорила она и закрыла дверь, оставив его на улице. Ей понадобилось всего несколько минут, чтобы одеться, привести себя в порядок и утереть глаза, пока он не заметил.

Маттиа присел на ступеньку, спиной к двери. Оглядывая небольшой сад, он отметил почти полную симметрию низкого кустарника, тянувшегося по обе стороны аллеи, — волнистая линия его приходилась точно на середину синусоиды. Щелкнул замок, и он обернулся. На мгновение ему показалось, что время повернулось вспять: он опять ожидает Аличе у ее дома, она выходит нарядная, улыбающаяся, и они идут по улице, еще не решив, куда именно.

Аличе наклонилась и поцеловала его в щеку. Чтобы сесть рядом, ей пришлось подержаться за его плечо из-за не сгибающейся ноги. Он подвинулся. Прислониться было не к чему, поэтому они сидели, слегка подавшись вперед.

— Ты так быстро приехал, — удивилась Аличе.
— Я получил твое письмо вчера утром.
— Выходит, это не так уж и далеко отсюда.

Маттиа опустил голову. Аличе взяла его правую руку и раскрыла ладонь. Он не возражал, потому что перед ней ему нечего было стыдиться.

На ладони она увидела новые темные линии, выделявшиеся на густом переплетении застаревших шрамов. Самым свежим оказался круглый шрам, похожий на ожог. Аличе обвела его кончиком пальца, и Маттиа ощутил это прикосновение через все слои загрубевшей кожи. Он не мешал ей спокойно рассматривать руку, потому что шрамы могли рассказать ей много больше, чем слова.

— Мне показалось, случилось что-то важное, — сказал он.

— Так и есть.

Маттиа взглянул на нее, как бы ожидая пояснения.

— Не сейчас, — сказала Аличе. — Давай уйдем отсюда.

Маттиа поднялся и протянул ей руку, желая помочь, как делал всегда. Они шли по улице. Трудно было говорить и думать одновременно, словно эти действия исключали друг друга.

— Здесь, — сказала Аличе и отключила сигнализацию темно-зеленого джипа «универсал»; Маттиа подумал, что машина слишком велика для нее.

— Поведешь? — улыбнулась Аличе.

— Я не умею.

— Ты шутишь?

Маттиа пожал плечами. Они посмотрели друг на друга, стоя по разные стороны машины, между ними оказалась блестевшая на солнце крыша.

— Там я обхожусь без машины.

Аличе задумчиво постучала по щеке ключом.

— Тогда я точно знаю, куда нам нужно ехать, — сказала она с тем же лукавством, с каким еще в юности сообщала о своих забавах.

Они сели в джип. На торпеде не было ничего, кроме лежавших рядом двух компакт-дисков: «Картинки с выставки» Мусоргского и сонаты Шуберта.

— Любишь классическую музыку? — спросил Маттиа.

Аличе мельком взглянула на диски и поморщилась:

— Нет, что ты. Это его. Я под них засыпаю, только и всего.

Маттиа пристегнул ремень безопасности. Ремень оказался неудобным, потому что был отрегулирован под низкий рост — наверное, для Аличе, когда она сидела на этом месте, а машину вел ее муж. Вместе они слушали классическую музыку. Маттиа попытался представить эту картину, но потом отвлекся на стикер, приклеенный к зеркалу:

«Objects in the mirror are closer than they appear»*.

— Это Фабио для тебя оставил предупреждение? — спросил он.

Вопрос прозвучал глупо, но ему хотелось поскорее развязать этот узел, избавиться от незримого присутствия мужа Аличе, который, казалось, молча изучал их с заднего сиденья. Маттиа понимал, что иначе разговор не состоится, а если и состоится, то будет кружить вокруг да около главного.

Аличе нехотя кивнула, словно это стоило ей труда. Она не знала, с чего начать. Если рассказать Маттиа все по порядку — про ребенка, про ночную ссору, про рис, который до сих пор лежал по углам в кухне, он может подумать, что она позвала его только из-за этого, и никогда не поверит в историю про Микелу. Или решит, что она, переживая кризис в отношениях с мужем, пытается восстановить прежние связи, дабы не чувствовать себя такой одинокой. Последняя мысль насторожила ее: а может, все именно так и обстоит?

— Дети есть у вас? — спросил Маттиа.
— Нет.
— Почему...
— Оставь, пожалуйста, — прервала его Аличе.

Маттиа замолчал, но не извинился.

---

* Объекты, отраженные в зеркале, ближе, чем кажутся (англ.).

— А у тебя? — спросила она и внутренне сжалась, опасаясь ответа.

— Нет, — ответил Маттиа. — У меня нет... — Ему хотелось добавить «никого», но он просто сказал: — Я не женат.

Аличе кивнула.

Машина остановилась на большой пустынной парковке вблизи аэропорта. Вокруг громоздились какие-то сборные сооружения. Возле серой стены ангара высились в три этажа деревянные скамейки, обернутые целлофаном. Маттиа посмотрел на вывеску под самой крышей, и подумал, что ночью она, наверное, ярко светится оранжевым светом.

— Твоя очередь, — сказала Аличе, открывая дверцу. — Давай пересаживайся.

— Не понимаю...

— Теперь ты поведешь.

— Нет, — возразил Маттиа. — Об этом и речи не может быть!

Аличе внимательно посмотрела на него, нахмурившись и надув губы, словно только сейчас что-то вспомнила.

— А ты не очень-то изменился, — сказала она. Это прозвучало не с упреком, а скорее, с облегчением.

— Ты тоже, — ответил он. Потом пожал плечами. — Ну ладно, попробуем.

Аличе рассмеялась.

Они вышли из машины, чтобы поменяться местами. Маттиа всем своим видом демонстрировал смирение.

— Понятия не имею, как это делается, — сказал он, держа руки над рулем, будто и в самом деле не знал, как взяться за него.

— Ты что, и вправду ни разу в жизни не водил машину?
— Да, ни разу.

— О, тогда нам не повезло, — сказала Аличе, наклоняясь к нему. Маттиа отметил, что ее волосы повисли точно по вертикали относительно центра Земли. Кофточка приподнялась на животе, и он увидел верхний край татуировки, которую когда-то — тысячу лет назад — рассматривал вблизи.

— Ты такая худая, — задумчиво произнес он.

Аличе резко выпрямилась, но потом притворилась, будто ее не задели его слова.

— Худая? Нет, — сказала она, пожав плечами. — Такая же, как всегда. — Она снова наклонилась и указала на три педали.

— Смотри, это сцепление, это тормоз, а это газ. Левую ногу держи только на сцеплении, а правой действуй по обстоятельствам.

Маттиа рассеянно кивнул. Его отвлекал запаха ее шампуня, щекотавший ноздри.

— Ты что-нибудь знаешь про передачи? Нет? Это нестрашно, тут все написано. Первая, вторая, третья. Думаю, разберешься, — продолжала Аличе. — Чтобы поменять передачу, нажми на сцепление. Чтобы тронуться с места, медленно отпускай сцепление, одновременно нажимая на педаль газа. Готов?

— Не знаю, — ответил Маттиа, нервничая, как на экзамене. Так уж вышло, что он хорошо разбирался только в том, что составляет его науку: в упорядоченных и трансфинитных* математических понятиях. Обычно люди, взрослея, обретают уверенность, а он, наоборот, терял ее, не надеясь когда-либо компенсировать потери.

---

* Трансфинитный — находящийся за пределами конечного (мат.).

Мысленно он оценил расстояние до скамеек на другом конце парковки. Метров пятьдесят, самое меньшее. Даже если взять резвый старт, все равно хватит времени затормозить...

Решившись, он медленнее, чем надо, повернул ключ в замке зажигания, отчего стартер неприятно заскрежетал, осторожно отпустил сцепление, но на газ нажал без должной силы, и двигатель заглох.

Аличе рассмеялась:

— Почти получилось. Теперь все то же самое, но в другом темпе.

Маттиа глубоко вздохнул и попробовал еще раз.

Машина рывком сдвинулась с места.

Аличе велела включить вторую передачу.

Он послушался и прибавил скорость.

Примерно в десяти метрах от стены он сделал крутой поворот на сто восемьдесят градусов — так резво, что обоих откинуло в сторону, — и вернулся на исходное место.

Аличе захлопала в ладоши.

— Ну, видел? — воскликнула она.

Маттиа выписал еще один круг, ничуть не шире прежнего, хотя в его распоряжении была вся пустынная парковка.

— Поезжай прямо, — предложила Аличе. — Выезжай на дорогу.

— Но ты с ума сошла!

— Давай, тут никого нет.

Маттиа крепко ухватился за руль вспотевшими руками. Он почувствовал, как адреналин поступает в кровь, чего давно уже не случалось, и на минуту увидел себя как бы со стороны: ведет эту огромную машину со всем ее содержимым, со всеми этими механизмами, смазанными маслом, и Аличе так близко, рядом, что-то говорит ему, объясняя, что делать... Именно это он представлял тысячу раз, а может, и больше. Ну, не совсем так, но на мелкие различия вряд ли стоит обращать внимание.

— О'кей, — сказал он и направил машину к выезду с парковки. Там он притормозил, посмотрел в обе стороны, осторожно повернул руль и налег на него всем корпусом, как делают дети, когда воображают, будто ведут машину.

Потом он выехал на дорогу. Солнце стояло низко, за спиной, и отражалось в боковом зеркале. Стрелка спидометра показывала тридцать километров в час, мотор гудел неровно, напоминая дыхание животного.

— Хорошо веду? — спросил Маттиа.
— Очень хорошо. Давай теперь переключай на третью.

Маттиа внимательно следил за дорогой. Аличе воспользовалась этим, чтобы рассмотреть его вблизи. Это был уже не тот юноша, что на снимке. Кожа не такая гладкая и не такая тугая, на лбу появились тонкие морщинки. Утром он, несомненно, брился, однако новая щетина уже проглядывает на щеках черными точками. От прежней стройности не осталось и следа, хотя Маттиа нельзя было назвать полным.

Аличе вспомнила, как она любила сидеть рядом с ним, прижавшись к его плечу. А теперь она будет испытывать те же чувства или уже не способна?

Она попробовала поискать сходство с девушкой, которую видела в больнице. Однако по прошествии нескольких дней воспоминание о ней сделалось еще более расплывчатым. Детали, которые, казалось, так совпадали, теперь вызывали сомнение. Волосы у девушки были, наверное, немного светлее. И Аличе не помнит ни этих ямочек на щеках, ни бровей, таких густых на концах. «Как же я объясню ему?» —

задумалась она и впервые всерьез испугалась, что ошиблась.

Маттиа слегка покашлял, напоминая о том, что молчание длилось слишком долго, а может, заметил, что Аличе разглядывает его. Она отвернулась, посмотрела в сторону холма.

— Помнишь, как я приехала за тобой первый раз на машине? — спросила Аличе. — Тогда я только-только получила права, и часа еще не прошло.

— Да, из всех подопытных кроликов ты выбрала именно меня.

Это неправда. Она вовсе не выбирала его. Просто ни о ком другом она и не думала.

— Ты все время держался за ручку дверцы. И без конца просил, чтобы я ехала помедленнее.

Маттиа вспомнил, что ехать с ней согласился с большой неохотой. В тот день ему нужно было готовиться к экзамену по математическому анализу, но в конце концов он уступил, потому что для Аличе это было бесконечно важно. Правда, потом он весь день подсчитывал в уме, сколько же часов потратил впустую. Сейчас он понимал, как это было глупо... вообще глупо сожалеть о времени, которое проводишь совсем не там, где хотелось бы.

— Мы полчаса кружили, пока не нашли два свободных парковочных места рядом, потому что на одно тебе было не въехать, — сказал он, чтобы отогнать тревожные мысли.

— Полчаса? Ха, да это был только предлог, чтобы удержать тебя, — рассмеялась Аличе, — но ты же никогда не понимал очевидных вещей! — Смех у нее получился невеселым.

— Куда мне ехать? — спросил Маттиа через некоторое время.

— Поверни сюда.

— Хорошо. И давай на этом закончим. Уступаю тебе твое место.

Он сам, без подсказки Аличе, переключил передачу и очень неплохо выполнил поворот. Машина ехала по узкой тенистой улице без разделительной полосы, зажатой между высокими и безликими офисными зданиями.

— Вон там, кажется, удобнее всего остановиться, — показала Аличе на площадку перед одним из них.

Они уже почти подъехали, как вдруг из-за угла появился грузовик с прицепом, двигавшийся им навстречу на приличной скорости.

Маттиа вцепился в руль. Правая нога его еще не умела рефлекторно перескакивать на тормоз, и он сильнее надавил на газ.

Грузовик не замедлял движения, его водитель, не подозревавший, что перед ним новичок, взял лишь чуть-чуть правее, ближе к тротуару.

— Не проеду, — запаниковал Маттиа, — не проеду...

— Тормози. — Аличе постаралась произнести это как можно спокойнее.

Грузовик стремительно приближался. Нога Маттиа, казалось, приклеилась к педали газа. Внезапно перед его глазами возникла совсем другая картина. Они с Микелой спускаются на велосипеде по склону, а впереди — столбики-ограничители для машин. Он всегда резко тормозил, прежде чем проехать между ними, а Микела продолжала двигаться с той же скоростью, словно не замечая препятствия, и ни разу не задела ни один из них.

Видение исчезло. Он повернул руль вправо, и Аличе показалось, что джип сейчас врежется в стену.

— Тормози, — повторила она, стараясь не кричать. — Педаль в середине.

Маттиа наконец переставил ногу и вдавил педаль в пол.

Машина остановилась в нескольких сантиметрах от стены.

Из-за резкого торможения его бросило вперед, и он ударился грудью о руль.

От удара головой о лобовое стекло Аличе уберегли ремни безопасности.

Грузовик проехал мимо как ни в чем не бывало.

Несколько секунд они молчали, слушая тишину. Потом Аличе рассмеялась. У Маттиа глаза были красные, сильно пульсировала набухшая на шее вена — казалось, сейчас лопнет.

— Ударился? — спросила Аличе. Она, похоже, не могла справиться со своим смехом.

Маттиа промолчал.

Она взяла себя в руки и серьезно сказала:

— Покажи! — отстегнула ремень безопасности и наклонилась к нему.

Маттиа не мигая смотрел в стену здания, удивляясь тому, что она так близко. Он думал о кинетической энергии, представляя ее в виде формулы со многими значениями, и о том, как при ударе вся эта энергия высвобождается, из-за чего у него сейчас дрожат ноги.

Наконец он убрал ногу с педали, и машина чуть-чуть качнулась назад из-за еле заметного уклона дороги. Аличе потянула ручной тормоз.

— Ты цел и невредим, — сказала она, погладив Маттиа по голове.

Он закрыл глаза и кивнул. Постарался удержать слезы.

— А теперь поехали домой, тебе нужно прилечь и отдохнуть. — Аличе говорила так, как будто у них был общий дом.

— Мне нужно вернуться к родителям, — возразил Маттиа не слишком уверенно.

— Я отвезу тебя потом. А сейчас тебе нужно отдохнуть.

— Мне нужно...

— Помолчи.

Они поменялись местами. Небо уже совсем потемнело, оставалась только узкая светлая полоска на горизонте, которая ничего не освещала. За всю дорогу они не произнесли больше ни слова.

Маттиа, потирая виски, читал и перечитывал надпись на зеркале:

«Objects in the mirror are closer than they appear».

Теперь он думал о статье, которую оставил дописывать Альберто. Конечно, он все там напутает, нужно вернуться как можно скорее. И кроме того, необходимо подготовиться к лекциям...

Аличе старалась вести машину как можно спокойнее. Время от времени она поглядывала на Маттиа. Ей хотелось включить музыку, чтобы избавиться от давящей тишины, но она не знала, какую выбрать. В сущности, она ничего больше не знала о нем...

Пока она отпирала дверь своего дома, Маттиа шатало, и она чувствовала себя виноватой, как будто все случившееся было результатом какой-то плохой шутки, придуманной ею же.

— Ложись сюда, — сказала Аличе, освобождая диван от подушек.

Маттиа повиновался.

Она ушла в кухню, чтобы приготовить ему чай, но на самом деле — чтобы прийти в себя, избавиться от гнетущего беспокойства, нараставшего с каждой минутой.

В ожидании, пока закипит вода, она то и дело оборачивалась к двери в гостиную, но видела только часть синей обивки в изголовье дивана. Еще немного, и Маттиа спросит, зачем она вызвала его сюда, и ей придется ответить...

Ответить? А что? Сейчас она уже ни в чем не была уверена. В больнице она видела девушку, похожую на него? Да в мире сколько угодно похожих друг на друга людей! Ведь она даже не поговорила с ней. И понятия не имеет, где искать ее. По отношению к Маттиа, если разобраться, все это выглядит нелепым и жестоким. Единственное, что оставалось совершенно определенным, — он вернулся, и ей не хотелось, чтобы он уезжал...

Взгляд ее упал на кастрюлю с горсткой риса на дне. Она так и простояла на конфорке несколько недель, с того самого дня, когда ушел Фабио. Аличе вылила из кастрюли остатки воды и подумала почему-то, что сквозь воду зерна казались крупнее...

Чайник вскипел. Она опустила в чашку пакетик чая и залила кипятком, добавила две ложки сахара и вернулась в гостиную.

Рука Маттиа лежала на груди, слегка вздымавшейся от ровного дыхания. Глаза закрыты, кожа разгладилась, лицо спокойное.

Аличе поставила чашку на стеклянный столик и, не отрывая взгляда от Маттиа, опустилась в кресло. В комнате стояла полная тишина. Мысли ее постепенно пришли в порядок, сердце уже не билось так часто. Перед ней лежал человек, которого она когда-то хорошо знала, но который теперь был совсем другим. Ей была известна его история, и, возможно, поэтому она обратила внимание на ту девушку из больницы. Они и в самом деле похожи... очень похожи, но назвать ее точной копией Маттиа она не решилась бы. Так стоит ли говорить ему обо все этом? Маттиа выстроил свою жизнь у опасной пропасти, на почве, расходящейся под ногами, и все же добился успеха. Так стоит ли разрушать все это из-за случайного сходства, зыбкого и неопределенного, как воспоминание о воспоминании?

Но все же это был тот самый Маттиа, который когда-то заслонил для нее весь остальной мир... Она искала его, потому что он был нужен ей, потому что с того вечера, когда они расстались, ее собственная жизнь скользнула в какую-то раковину да так и оставалась там, за плотно замкнутыми створками. Маттиа оказался в центре сложного, запутанного с годами клубка, который поместился в центре ее души. И если существовал еще способ распутать его, ослабить натяжение, то только один — привлечь к себе эту темноволосую голову, забитую формулами и цифрами... и бесконечным одиночеством, которое сам Маттиа преодолеть был не в силах.

Аличе почувствовала, что сейчас что-то должно произойти, завершиться, подойти к концу, но к какому именно концу, она не знала. Она почувствовала это всем своим существом, даже больной ногой, которая обычно ничего не ощущала.

Она легко поднялась с кресла, не задумываясь о том, вправе ли так поступить, наклонилась к Маттиа и поцеловала его в губы. Всего лишь простое действие, никак не связанное ни с прошлым, ни с будущим... Она поцеловала его, как целуют бодрствующего человека, крепко прижалась к его закрытым губам, придавила их, словно желала оставить какой-то знак.

Маттиа вздрогнул, но не открыл глаза. Он ответил на ее поцелуй. Он не спал.

Это было не так, как в первый раз. Они стали опытнее и хотели агрессивности, хотя их опыт был совсем иного свойства.

Аличе стояла наклонившись, так и не присев на диван, и эта странная поза не доставляла ей никаких неудобств.

Поцелуй длился долго, несколько минут, вполне достаточных для того, чтобы задуматься о происходящем.

Потом они отстранились друг от друга. Маттиа улыбнулся торопливо, машинально, Аличе прижала палец к влажным губам, будто желая убедиться, что это действительно произошло. Им предстояло принять какое-то решение, причем без обсуждения.

Каждый из них взглянул на другого, но их взгляды не встретились.

Маттиа в растерянности поднялся.

— Пойду на минутку... — сказал он, указывая на коридор.
— Конечно. Дверь в конце.

Он вышел из гостиной. Шум его шагов — он так и не снял ботинки, когда прилег на диван, — казалось, уходил под землю.

В ванной он закрылся и оперся руками о раковину. Сознание его было затуманено.

Открыв кран, он подставил запястья под холодную струю. Когда-то так делал его отец, чтобы остановить кровь, сочившуюся из порезов.

Посмотрев на воду, он, как всегда, подумал о Микеле. Странно, но эта мысль не доставила ему страданий, словно он подумал о чем-то обыденном. Его сестра исчезла в потоке воды, соскользнув в реку, и через воду вернулась к нему. Молекулы ее были рассеяны по всему его организму.

Стало немного лучше. Теперь нужно подумать об этом поцелуе... Почему он ответил на поцелуй Аличе и... почему почувствовал необходимость отстраниться от нее, уйти? И что вообще привело его сюда, что он собирался найти в этом городе, столько лет спустя?

Аличе оставалась в гостиной и ожидала его. Их разделяли два ряда кирпичей, тонкий слой штукатурки и девять лет молчания.

Истина же заключалась в том, что она опять руководила его действиями, заставила его вернуться, хотя он и сам все время хотел этого. Она прислала ему записку: «Приезжай!», и он сорвался, как пружина. Эта записка соединила их, а то письмо из университета, полученное вскоре после выпуска, разъединило... навсегда?

Маттиа знал, что делать. Ему следует вернуться в комнату и снова сесть на этот диван, взять руку Аличе и сказать ей: «Я не должен был уезжать!» Ему следует снова поцеловать ее, а потом еще и еще, пока они не привыкнут к поцелуям настолько, что не смогут жить без них. Так происходит в кино, так происходит и в жизни, каждый день... Люди привыкли цепляться за совпадения.

Он скажет Аличе, что останется здесь...

Или скажет, что улетит первым же рейсом туда, где пребывал в подвешенном состоянии все эти годы?..

Принимать решения просто, на это требуется всего несколько секунд, а потом начинаются мучения. Однажды он принял решение и оставил Микелу в парке... Однажды он принял решение и сказал Аличе, что уезжает... И вот теперь опять... Но он не ошибется больше, на этот раз его выбор будет правильным.

Маттиа набрал в ладони воду и ополоснул лицо. Не глядя, поискал рукой полотенце. Вытерся и хотел повесить его на место, но заметил, как в зеркале, отражаясь, промелькнуло какое-то темное пятнышко. Он развернул полотенце и обнаружил вышитые инициалы «ФР» — в углу, симметрично биссектрисе. Точно такое же полотенце висело на крючке. На нем, в том же месте, были другие инициалы: «АДР».

Он огляделся внимательнее. В стакане с остатками зубной пасты по краю стояла только одна зубная щетка, сбоку в корзинке лежали вперемешку разные вещи: крем, красная резинка, щетка для волос с накрутившимися на нее светлыми волосами, ножницы для ногтей... На полочке у зеркала лежала бритва с микроскопическими кусочками темных волос, застрявшими у лезвия.

Когда-то давно, сидя на кровати вместе с Аличе, он легко отыскивал взглядом что-нибудь на полках и говорил себе: «Это я купил ей». Подарки, становившиеся свидетелями жизненного пути, обозначали, как флажки, разные его этапы, за ними просматривалось ритмичное чередование рождественских праздников и дней рождения. Некоторые он даже припомнил: первый диск «Counting Crows»*, градусник Галилея с разноцветными ампулами, плавающими в прозрачной жидкости, книга по истории математики, которую Аличе приняла с недовольством, но которую все же прочитала... Она дорожила его подарками, они всегда были у нее на виду, напоминая о Маттиа, и Маттиа знал это. Он все пре-

---

* Американская рок-группа. Дебютный альбом «August and Everything After», о котором, очевидно, идет речь, вышел в сентябре 1993 г. и имел невероятный успех.

красно знал, но не мог двинуться с места. Ему казалось, что, ответив на зов Аличе, он угодит в ловушку, потеряет себя навсегда.

Взглянув на свое отражение в зеркале — темные спутанные волосы, мятый воротничок рубашки, — он только теперь понял: в этой ванной комнате, в этой квартире, как и в доме его родителей, от него не осталось больше ничего.

Он постоял, привыкая к принятому решению и ожидая, когда, наконец, истечет последняя секунда и окажется слишком поздно, чтобы начать все сначала.

Потом он аккуратно сложил полотенце и стер рукой капельки воды, оставшиеся на умывальнике, вышел из ванной и, пройдя по коридору, остановился на пороге гостиной.

— Теперь мне нужно ехать, — сказал он.

— Да, — тотчас ответила Аличе, словно ответ у нее был наготове.

Подушки снова лежали на своем месте, большая люстра ярко освещала все сверху. Чай на столике давно остыл. Маттиа подумал, что это был всего лишь чей-то чужой дом, в котором он оказался случайно.

Они вместе прошли к двери. В коридоре он коснулся ладони Аличе.

— Записка, которую ты прислала... — произнес он. — Ты что-то хотела сказать мне.

Аличе улыбнулась:

— Нет, ничего.

— Ты говорила, это что-то важное...

— Нет, это не так.

— Но это касалось меня?

Она чуть-чуть помедлила с ответом:

— Нет, это касалось только меня.

Маттиа кивнул. Он подумал о потенциале, исчерпавшем себя, о невидимых линиях, которые прежде соединяли их через многие километры и которых теперь не стало.

— Чао, — сказала Аличе.

Маттиа ответил ей жестом, и, прежде чем закрыть дверь, она еще раз увидела темный круг на его ладони — несмываемый, вечный загадочный символ.

46

Самолет летел ночью, и те немногие, кому не спалось, видели с земли быстро перемещающее светлое пятнышко, похожее на звезду. Никто не загадал желание, никто не поднял руку в приветствии, потому что так поступают только дети.

Маттиа сел в первое же такси из тех, что выстроились у терминала, и назвал водителю адрес. Когда они ехали по набережной вдоль моря, на горизонте возникло слабое свечение.

— *Stop here, please**, — попросил он таксиста.
— *Here***?*
— *Yes****.*

Он расплатился, вышел из машины, и такси тотчас уехало. Маттиа прошел метров десять к скамейке, которая, казалось, стояла тут специально, чтобы смотреть в пустоту, бросил на нее сумку, но сам не сел.

Из-за горизонта появился край солнца. Маттиа постарался вспомнить геометрическое название этой плоской фигуры,

---
* Остановите здесь, пожалуйста (англ.).
** Здесь? (англ.).
*** Да (англ.).

похожей на арку, но не смог. Солнце двигалось гораздо быстрее, чем днем, казалось, оно торопится подняться на небосвод. Радиальные лучи его, скользившие по поверхности моря, отливали спектральными цветами — красным, оранжевым и желтым. Маттиа знал, почему так происходит, но сухое научное знание не отвлекало его. Кривая линия берега была гладкой, словно стертой ветром, и он был единственным, кто в этот час находился здесь.

Наконец гигантский красный шар оторвался от моря, похожий на раскаленный пузырь, с каждой секундой уменьшающийся в размерах. На какое-то мгновение Маттиа подумал о вращательном движении звезд и планет и о том, что солнце, независимо от того, смотрит он на него или нет, по вечерам всегда будет опускаться в море, а утром всегда будет вставать из него. Всего лишь механика, всего лишь соотношение центростремительных и центробежных сил, уравновешивавших друг друга, всего лишь траектория, которая могла быть только такой и никакой иной.

Постепенно краски смягчились, и на фоне других оттенков стал проступать светло-голубой утренний цвет. Он окрасил собою сначала море, а потом и все небо. Маттиа подул на онемевшие от соленого ветра руки и сунул их в карманы. В одном из них он нащупал что-то и достал сложенную вдвое записку. Это был телефон Нади. Он сверил по памяти череду чисел и улыбнулся, потом подождал, пока погаснет на горизонте последняя фиолетовая вспышка, и сквозь легкий туман пешком направился к дому.

Его родителям рассвет понравился бы. Пожалуй, он как-нибудь привезет их сюда, чтобы показать его, а потом они прогуляются в порт и перекусят там бутербродами с лососем. Он объяснит им, как все это происходит, как длина волн смешивается, образуя белый цвет. Еще он расскажет о спектрах поглощения и эмиссии, и они будут кивать, не понимая.

Холодный утренний воздух забирался под куртку, но Маттиа это даже нравилось. От воздуха пахло свежестью. Еще немного, и его ждет душ, чашка горячего чаю и день, похожий на другие, и ему больше ничего не нужно.

47

Тем же утром, несколькими часами позже, Аличе подняла жалюзи. Сухой шелест пластика действовал на нее успокаивающе. Солнце за окном стояло уже высоко.

Вытащив из стопки первый попавшийся диск, она вставила его в щель дисковода. Захотелось немного шума, чтобы очистить воздух, и она повернула ручку громкости до упора. Фабио пришел бы в бешенство. Она улыбнулась, представив, как он, выставив вперед подбородок, произносит ее имя, стараясь перекричать музыку и делая долгое и сильное ударение на «и».

Сняв постельное белье с кровати, она бросила его в угол. Достала из шкафа чистое. Посмотрела, как, вздувшись, простыня медленно опускается на матрас.

Дэмиен Райс слегка охрип, пока дошел до слов *«Oh coz nothing is lost, it's just frozen in frost..»**.

Потом она долго стояла под душем, подставив лицо под струю, оделась и нанесла легкий, почти незаметный макияж.

Музыка давно уже умолкла, но она даже не заметила этого. Вышла из дому и села в машину.

---

* «Конечно, ничего не потеряно, а просто заморожено...» (англ.)

Недалеко от фотостудии она свернула в сторону. Опоздает немного, но это неважно. Машину она направила к парку, где Маттиа рассказал ей все, остановила на том же месте и выключила мотор. Ей казалось, с тех пор ничего не изменилось. Она помнила все, каждую мелочь, за исключением разве что решетчатой ограды из светлого дерева, которая теперь окружала лужайку.

Слегка прихрамывая, она направилась к деревьям. Еще влажная после ночной прохлады трава поскрипывала под ногами, на ветвях распускалась свежая листва. Неподалеку играли дети. Они сидели на той скамье, где когда-то осталась Микела. На столе пирамидой громоздились жестяные банки. Дети разговаривали громко, и один из них особенно энергично жестикулировал, явно изображая кого-то.

Аличе приблизилась, прислушиваясь к обрывкам фраз, но еще прежде, чем дети заметили ее, свернула к реке. С тех пор как мэрия решила оставлять плотину открытой в течение всего года, река обмелела. Ложе ее тут и там покрывали продолговатые лужи, вода в них казалась застывшей, словно забытой, никому не нужной в этом месте. В воскресенье, в жаркие дни, люди приносили сюда из дома шезлонги и загорали, скорее, по привычке. Дно реки устилали белые камни и тонкий желтоватый песок, а на берегу росла высокая трава, доходившая Аличе почти до колен.

Осторожно, проверяя каждый шаг, чтобы не провалиться, она прошла по высохшему руслу до воды. Впереди виднелся мост, а за ним — Альпы, которые в такой ясный день, как этот, казались совсем близкими. Только самые высокие вершины еще укрывал снег.

Аличе опустилась на сухую речную отмель и легла, вытянувшись во весь рост. Больная нога поблагодарила ее за это и расслабилась. Крупные камни кололи спину, но она не двинулась с места. Закрыла глаза и попробовала представить вокруг себя воду. Подумала о Микеле, сидевшей на берегу, вспомнила ее круглое лицо на газетном снимке; лицо теперь отражалось в серебристой воде.

Она представила, как Микела упала в воду, и никто ничего не слышал. Намокшая ледяная одежда тянула ее ко дну, на поверхности воды плавали, словно водоросли, ее волосы...

Она представила, как Микела мучительно барахтается, глотая холодную воду, но потом ее движения постепенно обрели плавность, руки начали работать согласованно, большими взмахами, ноги стали двигаться синхронно, словно плавники, голова потянулась кверху, где еще был виден дневной свет...

Она представила, как Микела выбралась на поверхность и вздохнула наконец, и мысленным взором проследила, как течение повлекло ее на новое место. Влекло всю ночь, к самому морю...

Когда Аличе открыла глаза, небо было таким же голубым и сияющим, без единого облачка.

Маттиа был далеко. Фабио тоже. Река текла с тихим, сонливым шелестом. Она вспомнила, как лежала на склоне горы, погребенная под снегом. Подумала об удивительной тишине, окружавшей ее. Теперь тоже, как и тогда, никто не знал, где она. Теперь тоже никто не придет. Но она больше не собирается ждать.

Она улыбнулась чистому небу. Не без труда, но смогла подняться сама.

БЛАГОДАРНОСТИ

Эта книга не увидела бы свет без помощи Раффаэллы Лопс.

Благодарю также Антонио Франкини, Джоя Терекиева, Марио Дезиати, Джулию Икино, Лауру Черутти, Чечилию Джордано, моих родителей, Джорджию Мила, Роберто Кастелло, Эмилиано Амато, Пьетро Гросси и Неллу Ре Ребауденго.

Каждый из них знает, за что.

СОДЕРЖАНИЕ

СНЕЖНЫЙ АНГЕЛ (1983)   9

ПРИНЦИП АРХИМЕДА (1984)   23

НА КОЖЕ И ПОД НЕЙ (1991)   39

ДРУГАЯ КОМНАТА (1995)   121

В ВОДЕ И ВНЕ ЕЕ (1998)   135

НАВЕДЕНИЕ НА РЕЗКОСТЬ (2003)   201

ЧТО В ОСТАТКЕ (2007)   215

Благодарности   318

Литературно-художественное издание

Джордано Паоло

ОДИНОЧЕСТВО ПРОСТЫХ ЧИСЕЛ

Генеральный директор издательства С. М. Макаренков

Редактор *Т. К. Варламова*
Выпускающий редактор *Е. А. Крылова*
Компьютерная верстка: *И. А. Урецкий*
Корректор *О. Н. Кежун*
Изготовление макета: ООО «Прогресс РК»

Подписано в печать 23.03.2010 г.
Формат 60х90/16. Гарнитура «FuturaBook».
Печ. л. 20,0. Тираж 7000 экз.
Заказ № 2647

Адрес электронной почты: info@ripol.ru
Сайт в Интернете: www.ripol.ru

ООО Группа Компаний «РИПОЛ классик»
109147, г. Москва, ул. Большая Андроньевская, д. 23

Отпечатано с готовых файлов заказчика
в ОАО «ИПК «Ульяновский Дом печати»
432980, г. Ульяновск, ул. Гончарова, 14